译文经典

闲话集
Table Talk and Other Essays
赫兹里特随笔
William Hazlitt

〔英〕威廉·赫兹里特 著

潘文国 译

上海译文出版社

作者自画像
约1802年

兰姆

1804年 赫兹里特 绘

温斯洛茅舍

赫兹里特大部分作品诞生于此

柯勒律治

1795年 彼得·范戴克 绘

罗伯特·骚塞

约翰·奥佩 绘

赫兹里特

1825 年 维廉·比威克 绘

目 录

译者前言 …………………………… 001

人生 杂感

人生众相录 …………………………… 003
约翰牛之性格 ………………………… 008
印度戏法家 …………………………… 014
论小大之事 …………………………… 036
论过去与未来 ………………………… 062
青年人的永不衰老之感 ……………… 077
告别随笔 ……………………………… 087

文学 艺术

作画之乐 ……………………………… 099
说韵味 ………………………………… 110
为什么艺术不会进化？ ……………… 116
诗人初晤记 …………………………… 124
论莎士比亚 …………………………… 152

治学 休闲

论平实之体 …………………………… 173
论读旧书 ……………………………… 182
文人之谈吐 …………………………… 202
饱学者无知论 ………………………… 222
论天才 ………………………………… 236
论独居 ………………………………… 255
独游之乐 ……………………………… 275

译者前言

一、赫兹里特与兰姆

十九世纪上半叶是英国散文史上最辉煌的时期之一。查尔斯·兰姆和威廉·赫兹里特的随笔散文,双峰对峙,更在文学史上留下了他们的名字。由于我国对英国文学的介绍,次序大抵是从小说、戏剧到诗歌,散文译介得不多,更不成系统,因此对他们的了解也不够。比较起来,兰姆的运气稍好些,因为他与其姐玛丽·兰姆合写的儿童读物《莎士比亚戏剧故事》早在二十世纪初就由林纾译介到了中国,取名《吟边燕语》,他最著名的散文集《伊利亚随笔》也已翻译出版。赫兹里特的名头没有兰姆大,有几个原因,其一是他的作品译介得更少;其二是他晚年与我国读者熟悉的湖畔诗人华兹华斯、柯勒律治等闹翻,把他们骂了个狗血淋头,喜欢湖畔派的人可能不会喜欢他;其三是个政治原因,他一生服膺拿破仑,终身为法国革命唱赞歌,至死不渝,这种政治性太强的人物有时也不被人喜欢。

实际上赫兹里特是个极有个性的散文家。作为散文家,他的成就并不在兰姆之下。当然,他们两人属于完全不同的风格,简单地评述谁高谁下是不容易的,也没有必要。但不妨指出一下他们的主要不同:第一,兰姆是城市型的,他的随笔的题材大多是城里的生活和人物;而赫兹里特从本质上更属于自然型,他与华兹华斯、柯勒律治等有较多的共同语言,尽管也写过不少城市生活的篇章,但他的"温斯洛情结"(详见下文),说明他内心向往的始终是乡间的生活。第二,兰姆的作品以情胜,赫兹里特的作品却以理长。也就是说,兰姆文章的感情更为细腻,而赫兹里特文章的说理更富气势。事实上,赫兹里特的很多政论和评论极富战斗性,为兰姆文章中所罕见;因此甚至可以分别把他俩的散文看作"阴柔美"和"阳刚美"的代表。第三,由于经历和生活圈子的原因,兰姆文章覆盖的面没有赫兹里特广,除了随笔与文论是两人共同的之外,赫兹里特的画论、剧论、政论甚至还有哲学方面的探索是兰姆所没有的。从作品数量来讲,赫兹里特也要多得多。

其实在赫兹里特去世不久,赫、兰优劣就成了一个热门话题。著名作家沃尔特·白芒浩[①]扬赫贬兰,结果惹得另一位作

---

① 沃尔特·白芒浩(Walter Bagehot,1826—1877):英国作家,以政治、经济、历史、文学方面的论文见长,1860年后任《经济学家》杂志主编,并起草了1867年英国宪法。

家克拉布·罗宾逊①大光其火,两人几乎吵了起来。因此聪明的办法是,不要在两人中强为轩轾,只要依据各人之所成就,尽情地欣赏就是了。

二、生平与著述

1778年,赫兹里特出生在英国肯特县梅德斯通镇。他父亲是个非国教派牧师,身上体现着英伦三岛的联盟:生于爱尔兰,在苏格兰格拉斯哥大学受教育,而被指派在英格兰当牧师。当时美国独立战争已进行了三年,教派的分裂,加上他父亲又是个坚定的亲美派,使他家不得不离开英国,流亡海外,于1783年来到了独立后的美国。一待就是四年,到1787年才又回到英国。其时赫兹里特才九岁多一点。他刚懂事的幼年,就生活在世上最早的共和国之一的美国,生活在一个因不满欧洲王国们的不公正而自我放逐的家庭里,这与他日后成为一个民众政治的鼓吹者,也许不无关系。有意思的是,他这段生活当然不可能留下什么记录,但巧的是,他留下的最早一篇作文竟是九岁那年写的一封信,信中居然忧郁地说到,美洲的发现是个错误,这个国家应该还给原先住在那里的居民!

回国后不久,赫兹里特一家在什罗普郡韦姆镇安顿了下

---

① 克拉布·罗宾逊(Henry Crabb Robinson,1775—1867):英国作家,以日记和书信的写作著称。他是华兹华斯、柯勒律治、兰姆和赫兹里特的朋友。

来,此后几年,赫兹里特就在这儿长大、上学、跟父亲学习、跟邻家女孩一起学习法语。那些女孩回利物浦后他曾去拜访过,在那里他第一次看到了戏剧,以后成为他一生的爱好。

由于父亲的愿望,1793年15岁那年,他成了哈克尼神学院的一名学生。但他真正受到的教育是在哈克尼的围墙之外。他哥哥约翰现在二十六岁,他的绘画和缩微画在伦敦已小有名气。由于经常光顾他哥哥在伦敦拉思伯恩大街的画室,接触到那里的青年画家,受他们的影响,赫兹里特渐渐喜欢上了绘画,期望有朝一日成为一个画家。一年之后,赫兹里特就永远告别了牧师圣职与神学,回到了韦姆。表面上似乎无所事事,实际上他在忙碌地读书、学画、散步、思索,并且努力想把他的思想形之于文字(他这些年思考的结果终于形成了一本书《论人类行为准则》,于1805年出版)。同时,刻苦的阅读,使他初次尝到了一些伟大文学作品带来的欢乐:卢梭的挚情,伯克的华丽,弥尔顿的雄伟。

1798年,赫兹里特遇到了柯勒律治,并通过他认识了华兹华斯。本书选的《诗人初晤记》记录了这次会面,该文出色地重现了年轻人的激情,而在兴奋中又融合了成熟与诙谐的机智。在那段时间,柯氏的形象明显地在他头脑中占有至高无上的位置,因而这篇文章也是了解华兹华斯,尤其是柯勒律治的重要文献。

与柯勒律治的谈话使他的思想又一次转向哲学，但他现在认真选定的终身职业是绘画，尤其是肖像画。他到伦敦他哥哥那里去，在奥尔良画廊看到了正在展出的提香、伦勃朗、鲁本斯和范戴克的一些藏品。赫兹里特热情高涨，他走遍了几乎整个英国，到各个著名收藏家的家里，坚持要看其藏品，而且发疯似的非看到不可，使得那些藏家惊讶万分。他对绘画的狂热感动了利物浦一个商人，提出资助他一百几尼到罗浮宫去临摹一些名画，不用说他欣然接受了。对赫兹里特来说，巴黎简直就是缩小了的天堂。那年是1802年，巴黎正在享受巴士底狱攻占后第一次真正的宁静。处处洋溢着一种自由的气氛。从1802年10月至1803年1月，赫兹里特就呆在巴黎，一边努力地工作，一边感受这里的气氛，高兴万分。他回英国的时候，完成了大约十到十二幅名画的临摹。正是在这时他遇到了他终生的挚友——查尔斯·兰姆。他们俩的友谊成为英国文坛的一段佳话。

赫兹里特的肖像画的工作很难说取得多大成功。他在这方面的最重要成就是兰姆像，现收藏在英国肖像馆，还常被用作书的扉页插图，其实画得一点也不像兰姆本人。他画的柯勒律治与华兹华斯更不成功。诗人骚塞说柯勒律治的画像看来就像个偷马贼，而华兹华斯的像则像个死刑犯。他靠画父亲的肖像曾度过了许多愉快的时光，1806年在皇家美术院展出时也颇受好评,这在他的随笔《作画之乐》里曾提及过。但随着时间的推移,赫兹里特终于发现他不是块绘画的料。不过他的精力毕竟没有白费,绘画培养了他的观察力,使他成为最出色的艺术评论家之一。

回国后,赫兹里特成了每周在兰姆家相聚的人中的常客,兰姆的圈子里,人们的主要兴趣在文学。活动在他们中间,赫兹里特当然也跃跃欲试,希望把他的一些文字变成铅字。他说服了一个出版商,于1805年出版了他手头的那本《论人类行为准则》,第二年又大胆地出版了一本小册子,名叫《公众事务随想》,这两本书其实都不成功。1807年出版了另两本书。其一是一卷节略本,把阿伯拉罕·塔克尔①所作的六卷本《追逐自然之光》哲学巨著缩成一本;其二是一本演说集,叫《雄辩的英国上议院》,收集了一些著名政治家的演说辞,并附简单小传。同一年他还出版了《答马尔萨斯》,对马尔萨斯的人口理论进行了尖锐的批评。言辞之锋利预示着一个真正的赫兹里特的到来。此后,他的笔一发而不可收,成了一个职业文人。

赫兹里特结过两次婚。第一次在1808年,夫人叫萨拉·斯托达特,比赫兹里特大三岁,在温斯洛一带有一处"小小的

---

① 阿伯拉罕·塔克尔(Abraham Tucker,1705—1774):英国最早的实用主义哲学家之一。六卷本《追逐自然之光》(1768—1778年出版)是他的代表作。

房产"。但婚后发现两人并不般配。因而到 1819 年就分居了，并于 1823 年离了婚。其间赫兹里特经历了一次爱情上的波折，1820 年他疯狂地爱上了在伦敦的房东家的女儿萨拉·沃克，但在与前妻离婚后赶回伦敦，发现萨拉另有男友。因而第二年，赫兹里特又匆匆忙忙结了第二次婚，这次，他娶了一位寡妇，布里奇沃特夫人，接着悠然地到法国、瑞士、意大利去蜜月旅行。他边游玩边工作，沿途写了些很具可读性的小品，当年寄给了《晨报》，1826 年又结成一本集子《旅途随记》。这第二次婚姻也没维持多久。大约蜜月结束后，他们便在瑞士分了手。与萨拉·斯托达特结合的唯一好处是发现了温斯洛。离婚后他仍去那里，晚年还在那边的旷野上买了一个住处。他常常提到温斯洛，当然不是萨拉的"小小房产"，而是野雉酒店，或者人们更熟悉的名称"温斯洛茅舍"。他的大部分作品都作于这里，而他许多最愉快的时光也在这里度过。他的"温斯洛情结"在本书所选的《论天才》里有所论述。

赫兹里特在温斯洛从 1808 年住到 1812 年，然后搬到了伦敦西敏寺的约克大街，住进了一幢原先弥尔顿住过的房子。1812 年，他到拉塞尔学院作了十次关于哲学的报告，讲稿在他死后收在《文学遗墨》里，从中可以看出赫兹里特的哲学兴趣也颇具文学性。第一部充分表现他独特风格的随笔集是《圆桌集》（1817 年出版），内中收录了他在《观察家》《记事晨报》

《战斗者》等报刊上发表的作品。从这本书里我们可以看到赫兹里特文风的基本特点：一泻而下的气势、雄辩的文句、充实的内容。随笔的性质给了这位警句式语言天才一个充分展示的机会。同年(1817年)出版了他的另一本书《莎士比亚戏剧中的人物》。与兰姆一样，赫兹里特对莎士比亚的欣赏有一种完整性，这来自于他对诗的赏识，对戏剧的感受，以及对舞台艺术的喜爱。1818年，他出版了《英国剧坛评论》。收录了他在《记事晨报》《观察家》《战斗者》等报刊上发表的一批戏剧评论文章。两年后，赫兹里特又为伦敦杂志写了一系列精彩的戏剧评论，但直到1903年才得以汇集成书(收在《全集》第八卷)。

1819年至1920年，可说是赫兹里特的讲学年。他在萨里学院作了三个系列讲座，后来形成了三本精彩而受欢迎的书：《英国诗人讲演集》(1818)、《英国喜剧作家讲演集》(1819)和《伊利莎白时代戏剧文学讲演集》(1820)。青年诗人济慈曾去听过他的讲座，并说赫兹里特的"深邃的欣赏趣味"，是他那个时代世上三大乐事之一。另两件乐事，一是华兹华斯的《远足集》，一是海登[①]的画。

1819年赫兹里特还发表了两部重要的作品，一是《致威

[①] 海登(Benjamin Robert Haydon, 1786—1846)：英国历史画家，济慈、赫兹里特、华兹华斯、利·亨特等的朋友。济慈对他的画的称赞看来是出于友情。

廉·吉福德先生》,另一是《政论集》,后者是从许多报章杂志发表的文章中收集起来的。

1821年,《闲话集》第一卷出版,第二年又出了第二卷。许多人认为,如果要从赫兹里特的许多精彩著作中限定选出一部最好的,可能多数人会选《闲话集》。这部随笔集题材多样、风格优美,对人生和文学有许多切中肯綮的评论。在他较长的几篇随笔里,到处可以读到赫兹里特式充满睿智的警句。赫兹里特有意追求言简意赅的效果,这就使文章读起来更像宿构的段落,而不是把旧的警句拆散了再重新拼装。

《英格兰主要画廊札记》出版于1824年,这是回忆他早年迷上绘画、四出探访名画的经历,这本书再次证明,赫兹里特是最出色的画评家。

1825年,出版了《当代精英》,这是一部系列人物速写,跟以前写的比起来,这本书写得更充实、更丰满,也更少失实。兰姆尤其赞扬其中对霍恩·托克①的描写是"无与伦比的人物速写"。确实,这是赫兹里特最精彩的作品之一,整个一个时代的精神都集中在他犀利的笔下了。接着,1826年出版了《坦言集》,这是可与《闲话集》媲美的一部随笔集,只略微逊色一点儿。同年出版的还有前面提到的《旅途随记》。

---

① 霍恩·托克(John Home Tooke,1736—1812):英国政治家、语文学家。

整个这段时间赫兹里特忙得不可开交,但仍在频繁搬家。他在约克大街住到 1819 年,1820 到 1822 年他住在南汉普顿大楼,后来又住到唐大街与半月街,再后来是博韦里大街。在这些频繁的搬迁中,他还时不时要回温斯洛去。他最后住的地方是索霍区的弗里思大街,他是 1830 年去的。此时他已年过半百,身体状况开始下降,而他的经济状况由于全靠即时的努力,自然也变得困难起来。1826 年以后,他开始写他的最长的、人们最不爱读的、最徒劳无功的著作:《拿破仑传》。对这部书他倾注了他的全部心血,1828 年出版了三卷,1830 年,即他去世那年,出版了第四卷。这部书几乎没有吸引什么人。而由于出版商无利可图,赫兹里特也一无所获。

以拿破仑辉煌兴起、悲哀结束的故事作为赫兹里特的最后作品,颇为合适。但另外还有一本书也属于 1830 年,那是一本奇特有趣的书,记录了一些杂志上登的赫兹里特与画家詹姆斯·诺思科特的谈话。在赫兹里特的著作中,这本书并不是人们读得最多的,但这本书里有很多明知睿见,谈读书,谈画画,乃至谈整个人生,这正是许多更严肃的作家在哲学上梦寐以求的。里面哪些是赫兹里特说的,哪些是诺思科特说的,已无法弄清,但整本书都值得一读。

赫兹里特死后两年,出版了一部两卷本的《文学遗墨》,书前有他儿子写的小传,利顿写的《论赫兹里特的天才》,以及塔尔福德写的很有价值的人物速写。书的正文是赫兹里特没有收进自己编的各种集子的文章,其中包括《拳击》与《诗人初晤记》这样的杰作。书中有一些文章后来又收入了一本名为《温斯洛》的文集,主要是他在那个可爱的休闲地写的文章。他还有不少文章,包括从1814年到1830年间为《爱丁堡评论》写的十六篇长文,都没有收入集子,直到几年后他的全集出版。

三、赫兹里特与法国革命

从某种特别意义上来讲,赫兹里特是法国大革命的产儿。他在论争中度过襁褓期,在大洋彼岸的新共和国度过少年期,巴士底狱攻占时他十一岁,他进入哈克尼学院那年正是在雅各宾专政的恐怖时期。柯勒律治和华兹华斯这两位诗人鼓动家最早教会他认识了自己,坚定了他的自由信念,因而他像法国人一样虔诚地来到拿破仑执政的巴黎。甚至他的作家生涯也伴随着战火洗礼,因为他发表的第一部作品中就闪烁着奥斯特利茨[①]的光辉。赫兹里特的悲剧在于他生活在一个变化莫测的世界里,有人真心地改变了自己的想法,有人为利益所

[①] 奥斯特利茨:指奥斯特利茨战役。史称"三皇之战"。1805年拿破仑加冕一周年,同俄国沙皇亚历山大一世、奥地利皇帝弗兰茨一世统率的俄奥联军在奥斯特利茨会战,击溃了俄奥联军,以八千人的代价,毙敌一万五,俘敌二万,缴获无数。这次战役打破了第三次反法同盟,沙皇逃回俄国,库图佐夫负伤;奥皇乞求议和;病已垂危的英国首相发出哀鸣:"我也在奥斯特利茨遭到了痛击。"这次战役确立了拿破仑军事家的地位。

驱改变初衷,但他却始终顽强地坚持早先的原则,不肯随波逐流。

许多人读了一些关于法国革命的书籍,会在脑子里造成一个印象:法国革命和恐怖统治是一回事。法国革命就是在由无套裤汉①与打毛衣的女工组成的一大群乱民的咒骂声中,一颗颗优雅的贵族头颅被砍掉。但是,恐怖并不是大革命的必然组成部分,如果这十个月的恐怖时期能从法国历史上一笔勾销,则法国革命的丰功伟绩将依然长存。革命的动因是想推行一部可行的宪法,来取代业已败坏的中央集权。立宪派迫使欧洲最顽固的王室低头,曾被万众欢呼为自由精神的胜利。接下去的麻烦其实是法国宫廷的密谋造成的,尤其是他们与普、奥军队勾结,想对法国人指手划脚。1791年,奥国麋集了欧洲各国君主,要联合起来对付法国革命。在法国王室与贵族或明或暗的帮助下,德国军队迫近了边境,1792年9月的大屠杀,正是法国对德国入侵的回答;此后在战争和公正名义下的杀戮就造成了恐怖的年代。

欧洲诸国的君主一向高高在上,把奴役成千上万的民众看作是天经地义的事,见到法国王室和贵族的特权被一下踩倒在地,觉得实在难以容忍。而英国早就废除了农奴制,并在

---

① 无套裤汉:法国大革命时对革命群众的称呼,因穿粗布长裤,有别于穿丝绒短套裤的贵族或资产者,故名。

一场内战中将一位国王送上了断头台,最终虽然又从国外迎回了王位继承人,但同时运用宪法顺序严格地限制了国王的权力。它本来应该对法国革命抱有同情的态度,可是它却没有。英国最开明的人士对法国独裁者的被推翻兴高采烈,有的人甚至比法国革命者还要革命,柯勒律治和骚塞,出于年轻人的狂热,鼓吹到北美萨斯奎哈纳河畔去建立一个人人平等的乌托邦国家。赫兹里特也与他们一起共享了这份理想与欢乐。可是,"整个英国"却与他们并不一致。在最早反对法国新政权的人里面就有一个曾经支持过美国独立战争的大政治家伯克。英国变了。法国现在所反对的,正是英国现在所接受的。法国革命发生时,正是英王乔治三世企图利用议会势力的没落重建王室专权的时候。他在位三十年,使英国的政治生活到了腐败和无效的地步。1792 年,一个年轻的英国人跟着一支德国军队,准备前去粉碎法国革命,他对未来的法国政府有一个构想,其中最重要的一点是,"必须彻底重建国王的权威,法国人民以后可以得到一点自由,但那将是出于国王的赦免"。这个人就是利物浦勋爵,1812 年到 1827 年担任了英国的首相。

战胜了德国入侵以后,法国人变得好斗起来,扬言谁不赞成它就是与它作对。与英国的战争从 1793 年开始,断断续续地打了二十二年。大陆诸强一直在那里摇摆,时而加入支持法国的联盟,时而加入反对它的联盟,只有英国在这二十二年中始终是坚定的反法派。它与法国作战,不仅是要扑灭法国人的革命原则,也要扑灭英国人的革命原则。法国发生的事使英国的统治阶层胆战心惊,法国革命中的过火行为成了英国人在镇压中采取过火行动的借口。政府中的反对派尽管家世高贵,照样遭到流放;而有自由倾向的作家则遭密探跟踪盯梢,并被拖上法庭,莫名其妙地被指控犯有叛国罪。赫兹里特就遇到过几个这样的受害者,这在他的记忆里印象极深。

政府的煽动使英国人相信,法国人是要剥夺他们的权利和自由,因此必须坚决同他们作斗争。拿破仑上台之后,英国人的目标更坚定了。他们觉得法国人要革命已经够糟了,还要一个皇帝,那更是糟上加糟。英国人变成了正统派的维护人,起劲地、不折不挠地作战,要让波旁王朝回法国复辟。

在许多年里,英国一直与拿破仑为敌,但随着历史的推移,连英国人也越来越感到了他的伟大。欧洲诸王室都联合起来要打垮他,但从这些王室的目标和理想的反面去看,就可以看到拿破仑对欧洲的影响是积极的。在拿破仑统治下,法国人确实有更多的个人自由和政治自由、更好更明智的管理,比欧洲其他所有地方加起来还要多。当然对拿破仑的一生需要进行正反两方面全面的估量。现在大约没有人怀疑,这全面估量的结果是在好的方面。因此英国人承认,当时他们反对拿破仑，所反对的其实正是今天认为正确的那些理想。而赫兹里特在当时就从没对此怀疑过。

英国取胜、拿破仑被打败以后，黑暗笼罩了欧洲。人们看得越来越清楚，在滑铁卢人们欢庆胜利的自由不是老百姓的自由，而完全是君主们的自由。有一段时期，欧洲人忍受着这个新发现的自由，不久就蠢蠢欲动了。1830年法国的七月革命，1837年后英国的宪章运动，1848年德国的革命，1860年意大利的西西里起义，从某种程度上都是恢复拿破仑的精神。

从向往法国革命起，赫兹里特就是拿破仑的忠实崇拜者。他的崇拜甚至到了嫉妒的程度，认为法国人不配有这么一个伟大领袖。他真正想要的其实是一个英国的拿破仑，就像拿破仑使法国变得纯净一样，使英国变得纯净。对他来说，拿破仑不是暴君，而是解放者，他必须征服欧洲，因为欧洲的王公们正合谋要征服法国。赫兹里特所崇拜的拿破仑就是最早贝多芬把《英雄交响曲》献给他的那位拿破仑。他是法国革命的象征，是赫兹里特作为一个英国人、一个英国革命思想的继承人看得比生命还宝贵的原则的体现。这个原则就是没有什么家族世袭的神圣权利，人民有权选择他们的政府形式。

经过一百多年的风风雨雨之后，我们惊讶地发现，就总的来看，赫兹里特当日所相信的，就是现在一般人所相信的。赫兹里特是当今世上那么多拿破仑拥护者的先驱,如果他能来到今天这个社会,他就完全可以扬眉吐气,丝毫也不会有孤独感了。他会看到世界各国、包括英国人蜂拥前往巴黎荣军院去瞻仰拿破仑的灵柩。

但是冷冰冰的事实是,赫兹里特的观点在当时是极端的少数派,还要被看作是叛国分子。但别人越反对,他的立场就越坚定不移。他渐渐遭到孤立。法国革命对他不但没有成为一个新生活的开始,反而像一支旧的曲调的终结。他的朋友,有的是他曾经尊敬甚至崇拜过的朋友,慢慢地都转到了人数多且对己更有利的方面去了。

华兹华斯和柯勒律治都曾经是法国革命的热心拥护者,现在都成了反对者。赫兹里特恨他们,倒不是因为他们现在的态度,而是因为他们过去的态度。他认为华兹华斯是被政府收买的,为了赚取批发邮票的几枚银币而放弃了自己的目标;骚塞,这个乌托邦主义者与农民起义领袖瓦特·泰勒的歌颂者,现在成了宫廷桂冠诗人,甚至成了《每季评论》的评论员。还有柯勒律治!那个曾经在他人生的早晨布道使他终生难忘,那个抨击过王公贵族的柯勒律治,现在成了乔治六世的亲信,教会和国家的中流砥柱,与神权派完全同流合污了。这是在赫兹里特心上划得最深的伤口。柯勒律治竟然会变节,这真是最大的罪孽!是人类的第二次堕落!回想起年轻时那一天,在诗人走过的时候,哈默山及山上的松树也都弯腰倾听①,这真是对神圣的亵渎。此后赫兹里特对这些假朋友出手总是很重。他甚至对兰姆也表示不满,因为他俩观点虽然差不多,但兰姆却主张谨慎行事,不像他那么激烈。赫兹里特的朋友们确实够受的,他怒气冲冲地横冲直撞,遇人就喝令他站住,命他唱法国革命的赞歌,还要称颂那位皇帝。与这么个狂怒的散文家在一起真难保持平静,他一会说特拉法尔加战役②是一场悲剧,一会说奥斯特利茨战役真是苍天有眼。但事情的进展对他很不利,他所支持的一方越来越无望,最后被彻底击败。赫兹里特不是轻易认输的人,他的希望没有失去,但脾气却失去了。

国民的虚伪和出尔反尔激怒了赫兹里特,他更坚定地奉行自己的原则,毫不妥协,也因此而吃了不少苦。生活在今天,我们很难想象一百年前御用的《评论家》杂志以及诸如《每季评论》的吉福德与克罗克、《黑森林杂志》的约翰·威尔逊等人所挥舞的力量之大。公众似乎真的被这些杂志的气势汹汹所吓倒了,不敢读这些杂志以外的东西,更不敢离开评论家们的观点去思考。这些杂志以文艺批评为名,其实跟文学毫不

---

① 参见本书《诗人初晤记》。
② 特拉法尔加战役:1805年10月21日纳尔逊统率的英国舰队在特拉法尔加海角击溃法国和西班牙联合舰队。纳尔逊于是役阵亡。

相干,纯粹是政党的喉舌。要是发现某位作家在政治上偏向自由派,那么,那些雇佣的文痞们就会一哄而上,进行迎头痛击。就这样,因为济慈跟利·亨特关系不错,而利·亨特因批评摄政王而被判刑,因而济慈也必须予以痛击。那些抨击济慈的文章至今成为英国文学史上难以抹去的耻辱。

那些评论家们发现赫兹里特是他们攻击的一个好对象,不禁欣喜苦狂。可怜的济慈太使他们失望了,还没看到他吃到什么明显的苦头他就死了。但赫兹里特合适多了,他既顽强,又容易被伤害;而且在受伤害的时候还会大声嚷嚷(这样的性格真使人高兴)。因此他们以各种方式对赫兹里特进行围剿式攻击,赫兹里特简直要被这种无端攻击逼疯了,他试着在各种杂志反击,但这只是在做不可能的事。无耻的谰言也许会被纠正,但从无耻的谰言中得到的好处却不会被更正。粗俗的语言最容易给人留下印象。威尔逊和吉福德是赢家,赫兹里特是输家。

1830年8月,赫兹里特病势渐重。由于贫困和孤独,几个星期里,他的境况每况愈下。出版他书的老编辑杰弗里爵士和他的老朋友兰姆送来了物质上的帮助,但他的病已非人力所能挽回,他随着波旁王朝一起去了。不多年以前他说过:"坦白地说,我希望看到波旁王朝的覆灭,不是它死就是我活,我希望这事发生得越早越好。"(《闲话集·说怕死》)他的愿望实现了。1830年七月革命以后,最后一位波旁家族的国王逃离了他的国家。这消息使赫兹里特大为振奋,1830年9月18日他宽慰地离开了这个世界,终年五十二岁。赫兹里特活着充满叛逆精神,他去世时也充满叛逆精神。对于一个生时因为支持一个失败了的事业而饱受打击的人来说,他去世前留下的最后一句话竟是:"我这一生过得很幸福。"

四、关于本书

从上面所述可知,赫兹里特散文包罗的范围很广,有政论、有文论、有戏剧和舞台演出评论,还有哲理性的著作。但他写得最成功的,也最为后人称道的是他的随笔或称"杂志体散文",可说英国的这种文体到他手里达到了一个新高潮。这些文章的平均水平之高,连十九世纪末十分挑剔的作家斯蒂文森也不得不承认,"尽管我们也都算是些了不起的笔杆子了,但没有人能写得像赫兹里特那样出色。"他最大的成就就是把闪光的思想与自然轻松的笔调结合起来,从而形成了自己的风格。他从来没有刻意追求过创作什么"美文",但他文章之美,很少有人能企及。这恐怕跟他早年学画和探索哲学问题的经历有关,正如他自己所说:"我是用画家的笔写哲学家的思想。"(《论舆论之源》)。

因为这个缘故,本书选译的也主要是他的随笔,尤其是

《闲话集》中的文章。至于分成三辑,那纯出于译者的任意性。但就是这些文章,也表现了赫兹里特风格的多样性。他自己曾说过:"我不想有可以为人所认识的风格,因为我讨厌一切独特的风格。"他推崇莎士比亚,并提出骇世惊俗的看法,说莎士比亚是最没有个性的,因为别人有的他都有,反而就没有了他自己①。而赫兹里特所追求的也是一种"没有个性"的风格,就像演员一样,穿上各色服装,就成了各种人物。事实上,我们在他文中所发现的,也很难归纳为一种单一的风格。前面说过,他的散文风格总的趋向是阳刚一路,以中国古代散文作比,像孟子,像韩非,像司马迁,像韩愈;但他也有不少具有阴柔美的篇目和章节,如《独游之乐》《作画之乐》等。我本人在阅读时最感动的是《作画之乐》中为他父亲作画时的一段环境描写:"冬日漫漫,时近傍午,斜阳透窗而入,庭园鸟鸣啾啾,昼淡人闲,而余之日课正趋尾声。"语淡情深,与号称明代压卷之作的归有光《项脊轩志》有异曲同工之妙。

至于赫兹里特行文的特点,早已有人指出过,他的基本特点是"平实",不像兰姆那样喜欢"怪异",他还专门写过一篇《论平实之体》,为本书所收录。但他又好用典,好用对偶排比,特别爱用警句体(他的《人生众相录》全书以语录体写成,

---

① 见本书《论莎士比亚》。

尤富警句,读来有读《论语》的感觉,因此本书也以《论语》体译之),有人认为他是培根式散文最好的继承人。加上他的"创见"特别多,常能于一般的题目中提出别人想不到的意见来,这就造成他的文章虽长而十分精练耐读的效果。考虑到这些因素,我们在翻译中也就没有采用统一的行文风格,而是随文章的不同有较多的变化。

这里特别要提到"古文笔法"的问题。严复在《〈天演论〉译例言》中主张,"精理微言,用汉以前字法句法,则为达易;用近世利俗文字,则求达难",遭到后人的群起而攻之。经过一百年之后,我们冷静下来,重新思考,觉得这并非全无道理。且不说严复之时,白话文尚未成熟,要求他用语体文翻译,未免强人所难;就是今天,我们也不敢说白话文已经完全成熟。在翻译小说、科学论文等的时候,白话文自有其不可替代的优越性,但在翻译散文、诗歌等"美化文学"的时候,白话文常会捉襟见肘,把浓茶译成了白开水。因此前有草婴先生,今有周汝昌先生[1]都指出,在许多场合,白话文的表现力比不上文言。周先生更引柯灵先生的话说,"当前的白话文大多患有'贫血症':'面色苍白,四肢无力'"。我们认为,用这样的文字译好"美文"是有困难的。而从翻译的实践看,王佐良先生译的培

---

[1] 草婴先生文见数年前之《新民晚报》,具体日期待查;周汝昌先生文见1998年6月11日《文汇报》。

根《论读书》就远胜于后来的种种译文;高健先生前几年出版的《英美散文六十家》大受欢迎,也得益于他较纯熟的驾驭文言的能力,其后国内许多高校的翻译专业呼吁要加强学生的古汉语表达能力,亦非空穴来风。而近几年的"散文热",翻译或重印了这么多散文,说实话,能让人留下深刻印象、一见不能忘怀的还不多。因此我很想借这次机会作一个试验,看能不能以"平实"(这是赫兹里特一再主张的)的文言来译好他的随笔。我用文言试译了三个整篇。其中《人生众相录》因为是语录警句体,看来比用白话译效果要好;而《作画之乐》与《论平实之体》可能文言味太重了些,读来虽然声韵铿锵,但有多少人会喜欢不敢说。而大部分文章是在用白话体翻译的基础上,注意保持赫兹里特爱用排比、气势磅礴的特点,在有些特别美的地方,如王佐良先生所说的"神来之笔"[1],仍试用较有表现力的文言。这种试验是否合适,就要请广大的读者来评判了。

潘文国

---

[1] 见王佐良著《英国散文的流变》中有关赫兹里特的章节。

人生 杂感

人生众相录

——仿罗氏《格言》①（节选）

序

此书之作，仿罗切福考尔②之《格言与德行断想录》所为也。罗氏之书，其文甚美，其语甚劲，余雅爱之，因仿之作随感若干则。此体也，其行文至为自由，而胸中所思若有所不得不言者。分观之，每则均可敷衍成单独之章；而纵视之，统篇亦为一连贯之文，是在读者善读耳……

1. 诸善之中，容人最难。己善而称人善者，百不有一焉。

13. 喜摘人疵者有焉，喜掩人德者有焉。

15. 沉默者即所以弃友也，不敢为之言者与责之者何异。

23. 妒者器小而视迩，凡有所求，非全必怨。

27. 自疑者必好妒人，自怯者必好犯人。

57. 欲人之悦己，当先试悦人。盛赞人以某德者，人不疑其无也。

59. 沉默者,言谈之良方也！识时以默者必非愚人也。守默于辩智者之前,人必以为辩智者矣。

61. 好为琐细之事辩者,必树大敌于友者也。

127. 行恶事者易悔,行善事者亦易悔也。

145. 辩以信立,人以诚服。

159. 阅人者,盖有私心在焉。媚己者人恒喜之,而不论其贤不肖也。倨傲而昂扬者人之所爱,羞怯而柔仁者人之所耻。宁喜恶而有智,不乐仁而无能。无害于己也,心恶貌慈之徒可与为友,且有以之自傲者,一如豢猛兽然；而心善之人,倘其智下,其行拙,则久处必令人生厌,其交固难久也。

160. 人乐访健康之朋,而不喜探病中之友。不幸所袭,人且卑其品格；幸运所降,人共赞其貌美。

161. 富豪之女不必有貌,异日必成公众之后。

162. 瑜复增瑜,瑜可掩瑕。

163. 不满于己者,每寻衅于人。

164. 非其侣者不可与处,然犹胜孑然独处。

---

① 本书匿名发表于 1823 年。这里选译的几条主要参考了 Jon Cook 编的《赫兹里特文选》,牛津大学出版社 1991 年版。
② 罗切福考尔(Rochefoucault,1613—1680):法国政治家,所著《格言与德行断想录》初版于 1664 年,至 1700 年出了六版。此书对人性持悲观态度,认为人类行动之基本动力为私利而非美德。

165. 由少及壮,乐随之异,终身不迁者希也。毋忘故友,毋弃旧习。忘人者人亦忘之,弃旧习者,异日必弃今日也。

166. 人常以胜人者自许,而不乐闻见胜于人,盖其日所见者,自身之增益也。

167. 人之所望于他人之甲乙,有若呼吸之空气。美言雅语倘不可得,则恶言诽语亦在所不辞。

168. 罪人临终,有自承其莫须有之罪孽者,无他,故作惊人语以招摇也。或谓借此以自高,不与流俗之见同也。

169. 亦有故甚其忏悔之意者,无他,求人怜悯以免其应得之果报也。以此视之,人但望他人关注于己,固无论其形式,亦无论其手段也。权力之欲亦复如是,人所最不堪者,人之视己似若无也。

170. 有一生致力见笑于人者,其例盖不罕见。彼从不厌其荒唐之行,硁硁然唯恐他人之不以己为笑柄也。

171. 濒死之人,每愿其一生恶行(或善行)为人所知,非借忏悔以自赎也,而望借此惹人之强烈关注,以冀死后留名,以为其遗产也。

172. 事不关己,所言必寡。

173. 缄默之伤人,有甚于莽夫之行者。

174. 缄默者,或出于谦虚,或出于轻蔑。其所以最伤人者,盖两者殊难辨也。

闲话集 | 005

175. 无话可说者无言,漠不关心者亦无言。此坐长途马车者所常见也。设斯时猝逢大海或其他可愕之物,人人喜极大呼,沉默之坚冰必为之打破,而其后之旅途,欢声笑语可期也。

176. 英人自诩保守善缄,盖由鄙视法人之喋喋多言故也。

177. 己之过不思改或不愿改,则借批评他人相反之过而自解。

178. 己之恶则视为善,人之善则视为恶,此易犯之病也。

179. 乐道千事者,无一事有真见。作画须留白处,言谈当有静时。

180. 言谈之高者谓之"声思"。心有所思,则口有所言。其言之长短,视所论之题而异,初不必事事写成一通长文也。不知者以听众为实验,或视之若论辩对手,或视之为普通律师。言之唯恐不详,辨之唯恐不细。以此施于朋友及私交间,实非良策。盖如此则言谈之旨尽失。夫言谈之旨,一则以知人之所感,一则以悉人之所思。余生平一知交,颇善言谈,惜时有此病。盖其语人时,则虑其言过其思;其聆人谈时,则虑其答过其闻,一若为人谘议者。其言辞非不美也,惜平而无奇,实可谓生动流利之大实话也。聪明固然,亦仅此而已矣。夫真知灼见,当如屋檐之雨滴,涓涓不绝,岂可若偶发之阵雨,时倾时息?

181. 上智之人每难适时。遇俗世则无人解其志,逢明士则无人重其意。

182. 有所为者与有所冀者,其品格大相径庭。希冀锦衣美食,声色犬马者,每羡于已有之人。余则于此等物皆无所好,亦无求令名于世,所冀者唯所为之事差胜于他人耳。

约翰牛之性格[①]

某家颇有影响的杂志[②]最近一期刊载了一篇文章,内中有一段对法国人性格的描写:

> 两极相遇。此言用来解释法国人性格之谜,可谓贴切之至。法人虽聪明,但行事龃龉不近人理之处,远胜于任何民族。他们比乐天派还要乐天,比悲壮派还要悲壮。言行之顷,其脸色可由如靥之花,一变而为茫然之木。同一时也,他们是欧洲最活泼最轻快的民族,又是欧洲最沉重、最机械、最耐劳的民族。他们可在片刻之间,从最可鄙的某种偏见,一跃去思考最复杂、最抽象的问题。他们在情趣上异常刻板,一如在道德问题上十分灵活,因为前者的标准是原则,而后者的标准是感觉。他们有时似乎凛然不可侵犯,有时却为琐屑之事而大动肝火。最细小之事,会对他们产生最巨大之影响。他们适应性极强,因

此有时觉得他们几无原则或真正的民族性可言。他们总想吃最少的苦,花最小的代价。一种想法导致不安,他们会迅速转移,去想他们认为合适的东西。他们的一生,戏剧性多于现实性,其情感只是演员们穿上脱下的戏装而已。对他们来说,词语就是事物,他们说着动听的话,便以为事实真是如此。善与恶,好与坏,自由与奴役,对他们来说几乎无甚区别。他们天然容易满足,因而阻碍了他们在其他方面的进展。

以上所说近于事实,无可辩驳。不过这里我们想作一篇类似的文章,谈谈英国人的性格,以示公平,因为英国人总爱把别人的缺点当作自己的优点。

有人说法国人凡物皆爱,英国人凡物皆不爱,此言差矣。英国人实际上爱的是自行其是,直到你让步为止。他是一头执拗的牛,认为自相矛盾就是独立精神,固执己见就是正确。他不会因你赞同而改变方向;他的脾气从没好的时候,只有在恼怒的时候才是他最得意的时候。要是你挑他的刺,他马上暴跳如雷;要是你赞赏他,他马上会怀疑你

---

① 选自 Charles H. Gray 编选的《赫兹里特随笔选》(1926 年 Macmillan 公司出版)。
② 某杂志:指《爱丁堡评论》。该刊第 26 期(1816 年 2 月)发表了赫兹里特的一篇书评,评论施勒格尔的《戏剧文学演讲集》。下面一段文字即出自该篇。

有什么不良动机。他自我推荐的办法就是侮辱别人,如果这一招不灵,就把别人打倒在地,以证明自己的真诚。他的目空一切,前所未有,以至怀疑别国人为什么不把他看作当世之雄。英国人表示好意有个古老的办法,那就是完全无视任何别人的想法和感情。他确实诚实,因为他跟你说的第一句话就是他不喜欢你;他也不骗你,因为他从来不想为你做什么事。不要指望他会客客气气地回答你的问题,要他说一句话比挨他一下打还难。他沉默寡言,因为他无话可说;他一副蠢相,因为他生来如此。他对什么是美有最怪异的想法。他认为人脸上最可爱的表情就像烤牛肉和杏子布丁;一张红通通的脸加上一只圆滚滚的大肚子,就会使他自命不凡。他有一点财大气粗的样子,一顿饱饭下肚便自我感觉良好。他最起劲的事是唯恐天下不乱,为此可以不计后果。谁帮他做到了这点,就可以牵着他的鼻子走,还可以一边掏他的口袋。一个傻乎乎的乡巴佬,一个长老会的牧师,一条尾巴上系着小罐的狗,一场纵狗咬牛的游戏或一场猎狐的活动,都对他有难以抵制的诱惑。以前,他最讨厌的是教皇,而后来是一顶自由的帽子。他把教皇撇在一边,也不理睬什么宗教裁判;他把法国称作是奴隶与乞丐之国,骂他们的大君是暴君;他砍下了一个国王的头,又流放了另一个;他请来了一个荷兰省长,又把一个汉诺威选帝侯立作自己的国王，以示他自有一套，并且教导世人该怎么做；而由于别国看了他的榜样，他又起来千方百计予以阻拦，妄图把造反与弑君看作是自己的专利，结果成了教皇的生死之交，站在宗教裁判所一边，重新扶起昔日的仇敌波旁王室，同时对自己的臣民上了一课，说服他们，说荷兰省长与汉诺威选帝侯来统治英国是出于天授人权；他无所不为，以证明自己是奴役别人的禽兽。事实上，约翰牛一向粗俗顽固，爱管闲事，近几年头脑更有些不大正常！总而言之，约翰牛是大笨蛋加上大流氓，需要被人家奴役一百年来使他头脑恢复正常。他自以为是天字第一号的爱国者，因为他恨所有别的国家；他自以为聪明盖世，以为别人都是傻瓜；他自以为诚实忠信，因为他把别人都称作娼妓流氓。要是最完美的人性就是一生发脾气，那约翰可说是最接近的了。他打老婆，骂邻居，咒仆人，喝得醉醺醺的，消磨时光，泄发情绪，还坚信自己是基督教世界无可指摘、最为完美的道德和宗教的榜样。他自吹法律之完善及执行之正确，但英国被绞死的人比整个欧洲都多；他自吹农妇的单纯清白，但伦敦街头的妓女比其他欧洲首都加起来的还多。他自诩舒适，只因为他最不舒适；由于在社会上无甚欢乐，他只好在家中壁炉边寻求，而在那里他很可能是一头冬烘，满腹忧郁，十分可笑。其自由源于放纵，宗教出于冲动，而脾气则紧随天气。他勤勉,只因不喜取乐,而宁可每周工作六天,以免虚度。其欢乐观常成为其他国家笑料。傅华萨①在谈到黑王子②与法国国王的会见时,说:"他们(指英国人)只会按国家陋习苦中作乐。"英国人干活很耐心,但只限于那些枯燥无味、只需机械劳作的活,不包括高雅艺术。也就是说,他们对吃苦固然不在乎,对乐事却也不在行。他们可以在一个艰苦的环境里吭哧吭哧拼命干,但在一个惬意的环境里却坚持不了多久。他们在艺术上和为人处世上一样,不肯循规蹈矩。他们画的画与他们的言谈一样粗糙乏味。英国人也爱吹嘘本国的伟人,但其实他们没有多大权利这样做;并不是因为英国没有伟人,而是因为英国人除了捐着伟人招牌在别国人前面趾高气扬外,对本国的伟人其实既不了解也不关心。谈到莎士比亚,约翰牛首先想起的是他年轻时曾偷盗过鹿;说到牛顿的发现,他大约到今天还不一定知道地球是圆的。约翰牛爱赌咒发誓,而且颇有特色,人们甚至给他取了个外号,叫"天杀的先生"。这是一句渎神的话,而法国人的咒语却是下流的。一个凭恶行发誓,一个凭报应发誓。然而不管约翰怎样气壮如牛,说到底他只不过是个

---

① 傅华萨(Jean Froissart,1337—1405?):法国宫廷史官和诗人。著有《闻见录》,记载英法百年战争及欧洲大事。
② 黑王子(Black Prince,1330—1376):英王爱德华三世之长子,曾积极参与百年战争。

笨伯。由于他老是眼红别人,结果就成了各种江湖骗子作弄的对象。他起劲地帮着一方,咬牙切齿地反对另一方;他的反对既毫无道理,他的帮忙也只是狂热。可以说,对自己到底想干什么,没有人比英国人更无知,也更荒谬绝伦了。

印度戏法家[①]

印度戏法高手身穿白色长袍,头戴缠得紧紧的头帕,走上前来,席地坐下。他开始时只拿出两个铜球抛上接下,这看来人人都会;但到末了他拿出四个铜球一起抛起来,这我们可没人会了。一来没人想冒险,二来恐怕没人有意花毕生精力去学习。那么,这是雕虫小技呢,还是某种类乎神奇的魔力?这其实是人类潜能发挥的极致,只有全身心地投入,从身体非常柔软的小时候练起,不间断地一直练到成年,才有可能练成。人啊,你真是个奇妙的动物,你所能做的何止是发现!你可以做种种奇妙的事,但又能做得似乎不值一谈!想到人类的灵巧竟能到这种匪夷所思的地步,真令人屏声息气,叹为观止。但对表演者来说,这又算不了什么,他不过把这当作一种机械的骗局,然后看着那些看客个个目瞪口呆,心里暗暗感到好笑而已。这种表演间不容发,再小的疏忽也会铸成大错,动作的精确似乎经过了精密的计算,手势之快犹如闪电。在不到一秒钟的时间里,要一一接住四个球,再把它们一一抛出,意识中要回到另一只手;要让四个球保持一定距离围着他转,就像行星绕着恒星;要让它们彼此相逐,如飞花,似流星;要让它们或绕着背,或围着颈,如彩绸飞舞,蟒蛇吐信;要做出似乎完全不可能的事,而又要做得轻巧、优雅,似乎毫不经心;要一边做,一边还要逗乐,在眼花缭乱的场面中寻开心;要用眼睛追逐着这些球,好像仅用眼神便能指挥若定,又像他的任务只是让球的抛起跟上台上音乐的节拍。他做着这一切,如此从容不迫,谁要是对此不加赞赏,那么他这一生中恐怕不会有什么值得赞赏的了。技巧战胜了困难,而美感又胜过了技巧。看上去,似乎困难一被克服,便会自动化解成轻松与优雅;好像对那些困难要么干脆不去克服,要么克服得不费吹灰之力。动作一生硬,或不够柔软,或失去自制,都将会前功尽弃。这简直是巫术,可又是孩子们喜欢的游戏。

其他一些表演也同样精彩纷呈。例如有一个节目是边保持一棵假树的平衡,边通过一根套管把树上枝头的鸟一一射落。不过这些似乎都没有玩弄四个铜球来得优雅高超。人们都焦急地等着看结果,结果出来便都皆大欢喜,远不如看玩球那样心无旁骛、那样不由自主。而我对那种只让你吃惊却不

---

① 选自《闲话集》。

让你同时感到高兴的东西也总不大在意。还有一个节目是吞刀,我想警察该来干预,不让它演出。

我以前看到的印度戏法家在表演这个节目的时候,还赤着脚,脚趾上套着圈,表演时那些圈不停地旋转,好像是自动的。在国会里听可敬的议员或高贵的爵爷发表演说,他们故意拖腔拖调或结结巴巴,颠来倒去地说着那些老生常谈,这些谁都能学会,而且做得一点不比他们差,这类发言动不了我的心,也影响不了我自己的想法。但看印度戏法家表演就不同了。它使我自惭形秽,我扪心自问,我自己有什么事能做得像他这样到家的?没有。那我这一生都在干些什么?是我太懒了,还是作了艰苦的努力却拿不出东西来?我的写作,是不是像竹篮打水,或运石上山再把它滚下来那样,不顾事实瞎说,或是在黑暗中寻找理由却又找不到?是否哪怕有一件事我能做得完美无缺,不怕任何人来挑剔?我能做的最了不起的事无非是把那戏法家的表演写出来。我会写书,可许多大字不识几个的人也会写。这些随笔又算什么玩意儿!错误百出,杂乱无章,强词夺理,以至难以自圆其说。写出的不过这么一点,而这一点又是如此糟糕!而我所能者,尽于此矣。我能做的,是拼命将就某个题目所想到的和看到的回忆起来,尽量恰如其分地表达出来。不要说同时处理四个题目,只要能处理好一个题目,使之首尾完整,脉络清楚,我就心满意足了。我确实也有时间可以修正观点或藻饰文辞,但前者我做不了,后者我又不愿做。我喜欢争论,但往往要花费九牛二虎之力才能驳倒对手,而他可能根本就没有在意。一个普通剑手也许能在一眨眼之间就击倒对手,除非他同样也是高手。一句妙语有时也能有这种效果,但在体验或推理时就没有这种情况。这里没有什么娴熟的技巧可以炫耀,是真行家,还是假里手,甚至跳梁小丑,也难以辨别。①

我总有一种感觉,与技巧能力的提高比起来,智力的提高总显得缓慢甚至停滞,这常使我伤心。多年以前,我在萨德勒泉剧场②曾观赏过著名走索演员里奇尔的表演。他在这门艺术上可谓无与伦比,除了技艺超群之外,还有那份令人叹为观止的从容与优雅。其时我正受雇摹绘雷诺兹的一幅半身肖像,里奇尔的表演使我嗒然气丧:这一部分画得多糟啊!那

---

① 著名的彼得·平德(沃尔科特医生)最早发现并表彰已故画家奥佩先生的才能。奥佩是康沃尔郡的穷小子,沃尔科特四处找他时,他到地里去干活了。"啊,孩子,快去把你最好的画拿来给我看看。"奥佩飞也似的跑了回去,拿来了他的得意之作。沃尔科特看了又看,只不作声;年轻的艺术家等了许久,沉不住气了,问道:"您觉得怎么样?""怎么样?"沃尔科特说,"我觉得你该害臊。你本可以画得更好的,但却毫无长进!"与这位画家早期的努力比起来,他最后的一些作品也适用于这条评语。——原注
彼得·平德(Peter Pindar)是德文郡医生约翰·沃尔科特(John Wolcot, 1738—1819)的笔名。沃氏早年在德文郡特鲁罗地方行医,后来到伦敦以彼得·平德的笔名发表时事诗和滑稽诗,但作品用语粗俗,很少流传。奥佩(John Opie, 1761—1807):特鲁罗地穷木匠之子,其绘画才能为沃尔科特发现,并帮助他成了著名画家。但他的画后来并不大为人欣赏。——译者注
② 萨德勒泉剧场:位于伦敦北部,一度非常有名,特别是著名演员塞缪尔·费尔普斯(Samuel Phelps)晚年在此演出期间。后来逐渐衰落,现在已经不存。

闲话集 | 017

一部分又画得多笨拙潦草啊！我忍不住对自己说："要是走索者表演时也像我那样，有那么多的漏洞与破绽，他的脖子早就该摔断了，我也没有福分看到如此灵巧精彩的表演了！"这是不是意味着，在绷紧的绳索上走相对来说要容易些呢？谁要这样想，就请他上去试试吧。事情就是这样，开始的时候谁也不会，但最后就能够做得这么完美。对此我想也许可以这样解释，身手的灵巧局限于做某一件具体的事，这件事你可以一遍又一遍地练习，在这过程中你十分清楚你做对与没做对的地方，知道要达到完美的关键在哪里。在技巧训练上，只要一直练下去，就必定会有进步，这绝不会错，因为它的终极目标不是趣味，不是想象，不是观点，而是实实在在的行动；而在行动上，要就是成功，要就是失败，二者必居其一。例如射箭，你瞄准靶子把箭射出去，要就射中了，要就落空了，不会有第三种结果。在这方面没法欺骗自己，一面不断地射偏或射空，一边觉得自己在不断进步。是非真假，在这儿一目了然。你要就修正目标，要就睁着眼继续瞎射。学习走绳索，而对结果毫不在乎，那准会摔断脖子，这时他再争辩，说他一步都没走错过，也没有用了。他的情况与哥德斯密[①]说的就不同：

[①] 哥德斯密(Oliver Goldsmith，约1730—1774)：英国作家。著有《世界公民》《威克菲牧师传》等。下面引的两句诗见于他的《被遗忘的乡村》。

辩论靠的是技巧娴熟，

一旦辩输，还可以重整旗鼓。

  危险是个好教师，可以教出聪敏的学生。当众出丑，技不如人，乃至当面遭人耻笑等也是如此。在这种场合，你没法自欺欺人，没法虚掷光阴，没法心不在焉，要不你就会自食其果；你也没有什么想入非非、随心所欲、任意自为的余地。要是印度戏法师在抛掷三把餐刀并在空中飞成花朵形状时，他再想别出心裁玩花样，恐怕只会割伤自己的手指。而我的对偶句写得再差也不会割伤手指。写文章的本事比起玩那种双刃刀来，可要模糊多了。在贾格诺神①坐车出行的那一天，要是有人叫那戏法师投身轮下，说这样就可往生乐土，他也许会相信，而且没有人能证明这不对。故所以在那个问题上正人君子们可以爱怎么说就怎么说，可以没完没了地建立教义和仪式，而不必担心有人去查考。但要他们说服常到奥林匹克剧院去的那些聪明的同胞，说贾格诺神创造了多少惊人的业迹，他就必须拿出实际的证据。这样看来，要使手上的功夫如此精熟，一是要通过不断的重复练习，使肌肉变得既有力又灵

---

① 贾格诺神（Juggernaut），印度教主神毗瑟拏（Vishnu）的化身，意为"世界主宰"。相传每年例节用巨车载其神像游行时，善男信女往往自愿投身死于轮下，认为这样可以马上往生乐土。

闲话集　｜　019

活，二是要明确知道哪些地方不足，有待提高。最明显的测试是提高操作的难度或优美度，而仍能如愿完成。肌肉在习惯的指挥下自动地动作，手眼经过无数次地重复练习，已变成下意识的活动，自然而然地配合越来越默契，越来越协调；四肢也会自然而然地，但准确地沿着某种既定的套路运动，而意志的表达也会像经过计算似的精确，就好像碰一下机器的发条一样，结果你就会像《艾凡赫》①中的洛克斯利那样，在射箭时只要让它"随风而行"就可以了。

况且，机械动作的完美是一种单一的完美，实际上是在一种力所能及的范围里的完美。他为自己定下的目标是任意的，不会超过人的努力和技巧所能达到的，除了充分发挥能力之外，动作的难度或优美度没有什么抽象的标准。因而，一个可以把四个铜球玩得团团转的人，要他同时玩五个球就不行了，很可能每次都会失手。这就是说，机械技艺的表演者只是以自己为对手，而不是同他人竞争②。与之相反，艺术家追求的是摹仿他人，乃至效法自然。与同时玩弄四个球比起来，准确无误地把自然或"神圣的人的面庞"摹写下来，无疑要难得多，因为前者可以凭人的努力和熟练达到，后者却古往今来没

---

① 《艾凡赫》：一译《撒克逊劫后英雄传》，司各特著名的历史小说。
② 如果某次表演有两个人玩同一个内容，其中有一个必然会被比下来。——原注。

有人能达到过,也永远不可能达到。因此,我对雷诺兹的尊敬远远超过里奇尔。不管怎么说,在这世界上能像里氏那样在绳索上跳舞的人总比能画得像雷氏那样好的人多得多。当然,从职业所要求的来看,雷氏比里氏差多了,但雷氏所要服从的监工头却比里氏难侍候多了,他更加任性,更加喜怒无常,他的指示也更难执行。你可以把一个孩子送给一个走索师或一个杂技演员去做学徒,只要他身体健康、动作灵敏,可以管保他会成功。去学画就不一样了,成功率只有百万分之一。诚然,你可以像放进机器里一样,复制出无数的海顿和霍普纳①来,但在里面找不出一个雷诺兹来,有他那样的高雅,他那样的雄伟,和他那样淡泊的趣味。除非你有本事再造一个雷诺兹出来。这样看来,艺术的高超之处就在于捕捉艺术之外的这种高雅,正是在这里,机械的熟练动作结束了,而真正的美术开始了。灵气的淡淡充溢、无声的滔滔言辞、与天地相融的色彩、闪烁不定的某种永恒原则,这些都是稍纵即逝而不可在心中长留的东西,只有怀有强烈而又难以言传的感觉的人,才能在它们经过时抓住它,获得这种能力靠的是自然的熏陶和天赋,而不是规则和学习。它依赖的是一种感觉,而不是体贴入微的细致观察。如果从外部去抓住它,

---

① 霍普纳(John Hoppner,1758—1810):英国肖像画家。有一定特色,但不知为何,赫兹里特对之评价不高。

闲话集 | 021

我们就会失去内部那种与之和谐一致的线索;想抓住实体,又会让艺术的精神消失得无影无踪。一言以蔽之,凡有存留价值的作品,画上之物已非目中所见之物,而是趣味与想象所生之物,它使人赏心悦目,在人们心中引起共鸣,造成印象,又通过眼光反映出来。自然也是一种语言。事物就像词,也有意义,真正的艺术家应该是这种语言的阐释者,但只有了解它在千百种不同情况下,在千百种不同物体上的功用,才能真正做到这一点。如此看来,要在一个深蓝色的天空中区别出冷调与暖调,眼睛就显得无能为力了,需要另一种感觉来帮助它,而且不会出错。秋天树叶的颜色如果不伴以同时产生的感觉也毫无意义,而正是这种感觉,把秋叶的颜色布到了画面上,消褪的,枯萎的,凋零的,在寒风中瑟缩的,从而使画面变得可触可感——

新景入诗眼,[①]
叶叶挂枝干。

由于每种事物都是一种感情的象征,是人类永恒生命之链上的一个环节,艺术的至高至上、最为烛微洞幽的部分就是

[①] 引自诗人格雷(Thomas Gray)写给他朋友、作家沃波尔(Horace Walpole)的信,其中描写了 Burnham Beeches 地方的美景。

以表情为手段来观察自然本身。但是这一说不清、道不明的神秘的思维和感觉能力,这种对各种变化、对各种变化中小小的变动敏感的感受能力,这种"颤动每根神经、流经每根血管"的能力,只有缪斯女神本人方能赋予。

这种能力有不同的叫法:天才,想象力,感受力,鉴赏力,等等。但这种能力作用于思想的方式既不能像自然科学那样用抽象的规则来定义,又不能像机械表演那样用不断重复的试验来证实。荷兰画家在布色和运笔上的高度机械技巧,是美术与某种手工表演最接近的地方。这两者的能力及产生的效果都值得赞赏。在到达某一阶段之前一切都无懈可击,双手和眼睛都起了重要作用。缺少的只是鉴赏力与天才。只是在进入了这个迷人的领域之后,我们的情绪才开始低落沮丧,好像到了一个新的国土,或者好像被一团浓雾包围,眼前是一片漆黑,屡败屡试,屡试屡败,怎么也突不出来,最幸运者也只是不分胜负,侥幸逃出而已。我们必须像撒旦一样"半飞半跑"地穿过那个神秘和想象的地区,既困难重重,又毫无把握。目标在感觉上是明确的,只要不断实践就能完成。

什么是聪敏?聪敏是在做某些事时的某种机巧或才能,它靠的不是力量,不是耐心,而是一种特别的才智或随机应变的能力,例如使用双关语、警句、即兴赋诗、模拟周围人们、模仿某种风格等等。聪敏不仅仅是机敏或聪明,也不只是某种小手腕,如让杯子沿着桌边滚下桌子,或某种小诡计,如知道手表中的某根特别的发条等。所谓技艺,只是一种外在的荣耀,可以从别人那里学到,也能在观众的赞扬声中当众表演,例如舞蹈、骑马、击剑、奏乐等等。这些都是装饰性的技艺,只要人心中愿意,囊中充实,都可办到。我认识一个人①,要是他生来就能拥有五千英镑的年收入的话,肯定会成为当代最多才多艺的人。他会走到哪里,就受到那里人们的欢呼和嫉妒:他会以其优雅的举止和得体的谈吐赢得人心;他会跟女士们谈笑,跟男人们争论;他会说种种动听的话,也会写出颇为可观的文章;他会玩纸牌,也会在大键琴上露一手;他会即兴写出、再从容得度地吟诵他的诗作;他是独一无二的罗切斯特②,当代的萨里③!但问题是,他的这些出色的能力对他反而是个妨碍:他博而不专,政治上精明有余而愚钝不足,快乐过分而得不到幸福,疏于算计而发不了财。他缺乏诗人的激情、散文家的严肃和商人的实际能力。才干是指勤奋和实际处事的能力,例如写批评文章、作演说、研究法律等。才干与天才不同,

---

① 指亨特(Leigh Hunt,1784—1859):英国诗人、散文家。与其兄共同主编《观察家》杂志。赫兹里特的朋友。
② 罗切斯特伯爵(John Wilmot,Earl of Rochester,1647—1680):查理二世时期著名的宫廷才子,诗人,讽刺家。
③ 萨里伯爵(Henry Howard,Earl of Surrey,1517—1547):英国诗人,英国式十四行诗和素体诗的创始人。以欺君之罪被亨利八世处死。

后者是与生俱来的能力,而前者不是。创造性是天才在小事上的表现,而伟大就是天才在重大事业上的表现。一个聪敏或有机巧的人是大事小事都能做得很好的人,而天才只做有重大意义的事。地米斯托克利①说,他不会吹长笛,但他有本事使一个渺小的城市变成一个伟大的城市。这句话很说明二者的区别。

伟大是指由伟大的能力而产生伟大的结果。一个人自己说有伟大能力还不行,他必须以一种既无法隐藏又无法反驳的方式向全世界显示这一点。他必须在公众头脑里造成一种印象。除了这一双重定义,即由伟大的天赋才能创造出伟大业绩,我想不出还有别的什么来表述"伟大"这个概念。具体事物的伟大与空间的伸展有关,而精神上的伟大则必须表现在空间和时间两个方面。只在其有生之年伟大的人不是真正的伟人。伟大与否要由历史来检验。有明显局限者不能算伟大,与更伟大之物相邻者更谈不上是伟大。除此以外,短时的不佳的名声本身就十分粗俗。市长大人不大可能是伟人;城市演说家和一时的爱国者充其量只能显示他们与其真正的雄心壮志有多远;迎合大众的人既非名人更非伟人。依此则国王也算不上是伟人,他虽然大权在握,但不是他自己得来的。

---

① 地米斯托克利(Themistocles,528 B.C.—462 B.C.):古希腊雅典著名政治家。

他只是行使着国家的权力,这种事连小孩、白痴,甚至疯子都会做。人们注意的只是这个位置,而不是这个人。人人在这个位置上都会成为众人注目的焦点。一个乡下姑娘见到国王以后,失望地告诉别人:"天哪!他只不过是个男人!"对此我们觉得好笑,但尽管如此,人们还是呼拥着要去看国王,好像他是什么与众不同的人。除非是为了伟大的目标而行使巨大的权力,否则,握有大权于人格的伟大丝毫无补。

能够把大麦芒穿过针眼,能够心算九位数乘以九的结果,能够与人争辩身手如何敏捷、头脑如何灵活,但这些事一无用处。费力多而见效少,或仅存在于想象之中。要人家对你的能力有印象,必须设法使人感觉得到。例如让人们知道因为你而增长了知识,或者为你的能力所慑服而改变了自己的意志。要使人们对你的敬仰坚实长久,必须要有不容置疑的证据,这不是什么微不足道的,也不是什么自愿赠送的礼物。数学家解出了一个深奥的难题,诗人创造出了一个前所未有过的美好意象,人们感到他们有知识、有能力,他们也因此出了名,变得伟大。杰迪代亚·巴克斯顿[1]会被人忘记,

---

[1] 杰迪代亚·巴克斯顿(Jedidiah Buxton, 1707—1772):德比郡一位中学校长的儿子,心算能力超常,而在其他方面简直是个白痴。他能把一法寻的值(译按:为四分之一便士)自乘139次,再加以开方,而其结果据对数表的检察是正确的。人们带他去看加里克的《理查三世》,但他对剧情和表演毫不理会,却把精力放在计算演员的台词里用了多少个词了。

但内皮尔①却不会。立法者、哲学家、宗教始祖、征服者与英雄、发明家以及科学和艺术领域的大天才们，都是伟人，因为他们或是给公众带来了福利，或是给人类带来了灾难。在我国，莎士比亚、牛顿、培根、弥尔顿、克伦威尔是伟人，因为他们以其思想和行动显示了他们的能力，至今记忆犹新。他们为自己树立了高大的雕像，其影子投向遥远的未来。伟大的喜剧作者也可能是伟人，因为莫里哀也只不过是一个伟大的喜剧作者。据我看来，《堂吉诃德》的作者也是伟人，像他这样的人还有许多。伟大的棋手不是伟人，因为他离开世界时与到来时没有什么两样。凡能自身完成的行为都构不成伟大，这句话适用于各种显示力量和技巧的表演，尤其是局限于瞬间的和个人的技巧、一旦表演者去世就留不下什么永久的形象或纪念的表演。那么演员是否也不是伟人呢，因为他们也是"没留下摹本就离开了世界"？这里我必须要为西登斯夫人②设一个例外，要不为了她的缘故我愿意放弃我关于"伟大"的定义。这样看来，处于所在领域顶峰的人不一定是伟人，他自然有其伟大之处，但仅此而

---

① 内皮尔（John Napier of Merchiston，1550—1617）：苏格兰男爵，好学深思，是对数表的发明人，还曾发明过滑尺一类的计算器。
② 西登斯夫人（Sarah Siddons，1755—1831）：著名演员坎布尔（Charles Kemble）的姐姐，1782年时她被誉为无与伦比的悲剧女演员。

已,除非他能显示出他的智力具有伟大的改变能力,因而我们就会去探索他的伟大思想之由来,并理解使他变得伟大的力量。除此之外,只是技巧和熟练而已。约翰·亨特[①]是个伟人,这是任何不懂外科的人都能看得到的,他的为人显示了这一点。他解剖鲸鱼尸体时所表现出的伟大与米开朗琪罗切割大理石时没有什么不同。纳尔逊勋爵是伟大的海军统帅,但对我而言,并没有因此对航海生涯增加什么体验。汉弗莱·戴维爵士[②]是伟大的化学家,但我不敢肯定他是不是伟人,因为他的发现一点也没有使我变得聪明,我也没有见到别人因此变得聪明过。"伟大"的概念是不断地由"伟大"的性质推动的,就像海上后浪推前浪,它既有范围又没有范围。与其自我感觉相反,自负的人不可能是伟人。真正的伟人总有什么地方超越了他对自己的认识。我曾注意到某些教徒和论辩作家对人的最高评价无非是"某人在当时很了不起";要是说,某种新解释推翻了某种权威的旧解释,一个大学者在他身后还会被人记住五十年,那是到顶

---

① 约翰·亨特(John Hunter,1728—1793):英国著名外科医生,英国病理解剖学奠基人。因在自己身上实验接种梅毒病原体而得了梅毒。
② 汉弗莱·戴维爵士(Sir Humphry Davy,1778—1829):英国化学家,电化学的创始人之一、1820年至1827年任伦敦皇家协会会长。用电解法制取了钾、钠、钡、钙、锶,著名的矿工安全灯"戴维灯"的发明人。年轻时曾是华兹华斯和柯勒律治的崇拜者,曾监校过《抒情歌谣集》第二卷。大约这是使赫兹里特不能客观地评价他的原因。

了。富人也不是伟人,当然对于其家人和管家是例外。一个贵族之所以伟大是因为我们想到了他的祖先,当然,如果我们除了头衔之外对他一无所知也可能认为他很伟大。我听到过关于两个主教和罗马圣彼得大教堂的故事。其中一个说,他刚进去时,那神圣的气氛使他敬畏得透不过气来,但越往里走,他的思想越充实,最终弥漫了整个大厅;另一个主教则说,他越往里走,越感到自己渺小,到最后感到自己简直不存在了。这个故事从某些方面看正好体现了伟大与渺小的迥然不同:只有伟大者能理解伟大,而渺小者则终归于渺小。这两位主教中,其中一个有可能成为沃尔西①,而另一个只配做一个托钵僧,除非教廷硬要他当主教。我觉得法国人的本性在各方面都很渺小,但它也出了三个世界级的伟人:莫里哀、拉伯雷和蒙田。

扯得太远了,让我们言归正传、结束这篇随笔吧。有一个好例子可以说明手法之巧,那就是已故的约翰·卡瓦纳②,他的表演我曾看过多次。《观察家》1819年2月7日登载了一篇文章,"庆贺"他的去世。该文写得亦庄亦谐,正合本题题意,也跟我在这个问题上的观点相同,兹引用如下:

---

① 沃尔西(Thomas Wolsey,1475?—1530):英国枢机主教、大法官、约克大主教,曾控制英王亨利八世的内外政策。
② 约翰·卡瓦纳(John Cavanagh):生卒年不详。当时著名的墙手球球员。

著名墙手球①球员约翰·卡瓦纳日前卒于伯比奇街其寓。设有一艺,众人共逐之,而一人高出他人多多,则其卒也,必将在世上留一难补之缺憾。今卡瓦纳去矣,当今世上无人堪为其匹,从今而后若许年,世人欲观玩墙手球而如其技之精者不可得矣。或曰:世上之事甚夥,其重于掷球于墙者不一,何念念于兹?此言诚然。事果有无谓若斯而喧闹过之者,如作战而媾和之,如言说而辩驳之,如作诗而攻讦之,如赚钱而挥霍之,然无有玩墙手球而弃之者,此乃强心健体之最佳运动也。罗马诗人②有言:"骑手上马,焦虑随之,攀其裙而不去。"然此言与墙手球无涉。玩此戏者,青春长驻,击球之瞬,无古无今;私债国税,内乱外侮,于我何有哉!一自球局伊始,则思为之止,神所凝者,唯击球、中的、胜出而已。而卡瓦纳者,圣于此者也。彼一触球,则追逐立止,盖他人无所施其长也。彼目定手巧而神算无差,应手而投,随心所欲。彼之玩球也,胸有全局,对手瞬时之误,亦难逃其手,转眼间,球已为所夺,在其掌握中矣;他人之不可为者,在彼则易如反掌,一如有神助之。彼之力,之技,之速,之判

---

① (英式)墙手球是一种在三面或四面围有墙的场地上用戴手套的手或球拍对墙击球的球戏。
② 指贺拉斯,见所作《颂歌》第三章。

断,均臻化境。或以智取,或以力胜。其或示人以欲全力挥臂,而手腕忽抖,球已下线,其间间不容寸。球出其手,一如为拍所击,既平且急,他人之追击阻拦均徒劳也。人有赞某演说大家者,曰彼之用词,从未觉其难,亦无时不得其当;此言可移之卡瓦纳,彼击球之力,与出手之准,一若此也。彼之击球,一若毫不使力,所费无逾其所需者。他人方疲惫欲死,而彼神清气定,若方下场者。其球风也,一似其球技,不矫饰,不玩忽,不为有意之作态,亦不为无谓之尝试。卡氏者,高超理智、具丈夫气概之球员也,彼尽其所能而已矣;然仅此,他人已不可及。其掷球也,决然而必中,不若华氏[①]述史之芜杂,柯氏[②]抒情之犹豫,布氏[③]言谈之无的,坎氏[④]炫智之多方;亦不若《每季》[⑤]之言多不中,《评论》[⑥]之论常失

---

① 指华兹华斯(William Wordsworth,1770—1850)。
② 指柯勒律治(Samuel Taylor Coleridge,1772—1834)。
③ 指布鲁厄姆(Henry Brougham,1778—1868),英国政治家、演说家、作家。因兴趣太广,所论所作之内容太多而为人所讥。
④ 指坎宁(George Canning,1770—1827),英国政治家,英法战争期间任外交大臣,支持反对拿破仑的战争政策。后任英国首相。其人聪明多才,小诗和文章都写得很好。
⑤ 指《每季评论》杂志,1809年创刊,政治上代表托利党观点。文学上支持湖畔派,但抨击济慈、赫兹里特、兰姆、雪莱等人。后期攻击丁尼生、麦考莱、狄更斯,夏洛蒂·勃朗特等人,发表过萨克雷、阿诺德等重要作家和批评家的文章。1967年停刊。
⑥ 指《爱丁堡评论》杂志,1802年创刊,政治上代表辉格党观点。文学上抨击湖畔派。1929年停刊。

手。合考贝特与朱尼厄斯①两人之力，或可及一卡瓦纳。世上玩逆境球之第一高手，非卡氏莫属。纵其对手领先十四分之遥。彼神气自若，击球一似既往，甚或过之。大意自傲，愤而离局；怠惰无心，自认下风，于彼均无涉也。其戏球之唯一特点，为从不击空中球而任其自弹，然球离地纵一寸，即为其囊中物矣。彼之球，不仅无人可敌，且无人敢承第二之名。人咸云无论何人与之戏，彼可让其半局，或以左手胜之。其发球尤见风采。一日英格兰两大高手伍德沃德与梅雷迪思二人联手与之戏于圣马丁街之墙手球场，彼以发球独得二十四分，实闻所未闻。又一日与另一一流高手佩鲁戏，约以五局为胜，然甫三局而胜负已定，佩鲁所得，仅一分而已。卡氏者，爱尔兰人也，以粉刷房屋为业。一日易工装为新衣，赴蔷枝园作半日之欢。或上前曰："盍戏墙手球乎？"卡氏曰诺，遂以半克朗金币与瓶酒为一局之注，下场作戏。方开局，而卡氏由七分、八分、十分、十三分、十四分，扶摇而上，一局已竟。第二局亦然。如此一局复一局，卡氏似乎未费吹灰之力。其人不知其为卡氏也，曰："余有一击，纵卡瓦纳未得其真

---

① 朱尼厄斯（Junius）：作家笔名，身份不详。有人说就是弗朗西斯爵士（Sir Philip Francis），1769—1772年间发表大量文章，抨击时政。

传。今日余击球绝佳,奈何不能胜一局乎?"而屡战屡败,旁观者环睹如墙,且饮且笑。至第十二局,卡氏得四分,而其人已得十三分,忽一人入内呼曰:"卡瓦纳,汝在此乎?"其人大惊,不觉落球于地,曰:"天乎! 余费心费力,所欲击败者乃为卡瓦纳乎?"弃之而去。而卡氏洋洋自得曰:"实告汝,终今日之戏,余之手掌未尝展开也。"

卡氏常于哥本哈根庄园戏球以赌博彩或晚宴。其击球之墙适为厨房之墙。当墙之回响逾于平日时,其厨师必曰:"击此球者必彼爱尔兰人也。"而墙缝嘎嘎如有声! 哥德斯密自慰曰:"人之崇拜我亦必有时也。"① 而人之崇拜卡瓦纳,则凡卡氏所历之墙手球场皆然。彼戏于圣马丁街球场之时,鲍威尔先生正以半克朗金币一幅为代价请人绘制各行各业名人之头像,悬于其画廊内。而卡氏则舍墙手球外无他才能可言,否则人必睹像而怪之,猜测其另有何长也,恰似政治家诧异何以欧洲之平衡悬于卡斯尔雷子爵②之脸庞下,而英国海军之胜利竟埋藏

---

① 鲍斯威尔在他的《约翰生传》里说到一个故事,哥德斯密连女性的美也要嫉妒,一次阿姆斯特丹人倾城而出,去观赏美丽的霍内克斯小姐,哥德斯密竟坐立不安,悻悻地说:"总有一天,也有人会崇拜我的。"赫兹里特在他的随笔中多次引用这个故事。其实哥德斯密是开玩笑,而鲍斯威尔是出于误解。
② 卡斯尔雷子爵(Robert Steward, Viscount Castlereagh, 1769—1822):拿破仑战争期间一度任英国外交大臣,因执行粗暴高压政策为人所恨。但其人外貌甚好,赫兹里特甚为赞赏。

在克罗克①先生之眉宇间。卡瓦纳之外貌,较之子爵毫不逊色,而胜过大臣多多。其面容开朗清秀,不似出版商默里②之两眼旁视。方值青年,头脑清楚,富于幽默,而有勇气。一日与一送水人争执于闹市之中,而人云反为其增光不少。简而言之,其日在场者无虑数百人,而无人不为之倾倒,共赞为墙手球之有史以来第一人。欢呼之声为继之者所未闻。

而继之者中差可与卡氏比拟者为已故之网拍墙球好手约翰·戴维斯。人云戴氏之击球,非人随球,乃球随人也。与之尺墙,而其球必中。时网拍墙球有四好手:曰杰克·斯派恩斯,曰杰姆·哈丁,曰阿米蒂奇,及丘奇,此四人也,任一人可让今之顶尖高手半局。而戴氏可让此四人中任一人半局。人类技艺之衰退盖若此也。戴氏一次竟以一人之力对抗四好手,而竟胜之。彼亦善草地网球与墙手球。使入弗利特或王座监狱③,彼足与鲍威尔抗衡,而鲍氏为当时露天球场第一高手,今日之墙手球

---

① 克罗克(John Wilson Croker, 1780—1857):政治家、散文家,《每季评论》的作者。
② 默里(John Murray, 1778—1843):英国出版家,《每季评论》的创刊人,文学史上因与拜伦的关系密切而著名。
③ 伦敦两座有名的监狱,专关押债务人,并因狄更斯而不朽。弗利特监狱见《匹克威克外传》,而王座监狱见《大卫·考坡菲》。

馆主。其馆门之楣镌有如下十字,为人所熟知,曰:"入此门者,无己,无国,无友。"然以投注赔率论之,此二人均不值一提。

卡瓦纳死于血管爆裂。此病症使之不得下场者二三年,人云卡氏悲痛已绝。近闻病况大有好转,而竟以此卒,深令知之者扼腕。皮尔先生谓新任下院议长曼内斯·萨顿先生为道德完美之人,仿此,则杰克·卡瓦纳可谓热心之天主教徒,人无能劝其于礼拜五食肉者。而于是日卒。兹以新诗两句献于卡氏墓前:

使粗手无损此碑兮,
令斯人于此长眠。[1]

---

[1] 引自华兹华斯的诗《埃伦·欧文》。

论小大之事[①]

事情虽小,但对于小人物来说,却是大事。

——哥德斯密

世上之事无疑有大小之分,但在人们心中却往往无轻重之别,因为内心的度量自有其标准,通常与事情本身之大小轻重不尽相符。人们根据自己的脾性与度量,只对某些事感兴趣。而脾性与度量自有分寸,既不会过分小气;也不会过度大方。要是我们仔细想想,也许都能想起对自己一生影响最大的两件事,其中之一可能真的是大事,而另一件却几乎微不足道。这种说法要是太玄,我们且放在一边吧,不过我们仍能想起许多细小的事情,就像重大场合发生的事情一样,确实给日常生活带来巨大的烦恼,考验着我们的人生观和忍耐性。一块肉烤糊了,一盘面包沾上了灰,一根缎带与帽子不匹配,一场舞会票子弄不到手,都会造成严重以至悲剧性的后果。朋友之间经历过严重的意见分歧和生活趣味相左的考验,却可能会因一次毫不起眼的小误会导致永远分手,这也并不罕见。《闲谈》杂志有一篇文章写得很好,它证明了,要是一对夫妇婚后遇到第一次不值一吵的事情没有争吵,那么以后碰到真正的大事也不大会争吵。严肃的神学家也罢,伟大的政治家也罢,还有深沉的哲学家,都会被一些细小的事情撩拨得失其故态;不仅如此,最谨小慎微的人,最温和理智的人,也会轻易地放弃毕生的幸福,去维护自己的意见,而这意见充其量不过是在一场无足轻重的争论中站在哪一边而已。使问题变得严重、变得似乎尊严受到了不可宽恕的冒犯的,不是事情本身的价值,而是害怕受挫和不愿妥协的心理。有两种意见,一种是,因为人们总是把决心和毅力都用在准备应付重大事情上,对小事既不在乎也不戒备,因而它反而得以乘虚而入,发动一场昆虫式的细小持久的战争,嗡嗡地在我们身边纠缠不休,像蚊子一样叮咬我们,诱使我们失去平时那种耐心,使我们摆脱又摆脱不了、斗又斗不过;另一种是,本来就有一股容易激怒的暗流,不断在蚀损着生活的年轮,而这股暗流最受鸡毛蒜皮之类小事的滋润,却与大事不适,因为大事会将其吞没,或将其导向更有意义的事情。两种说法哪种更正确?本文试图对

---

① 选自《闲话集》。

此作出解释。

玩任何游戏,最使人懊恼的不是毫无赢局之可能,而是功亏一篑,例如玩高尔夫差一个洞、玩牌戏差一个Ａ之类。不用说,其原因部分或主要是因为胜利本来已经在望,随之而来的失败给人的打击更大。我们都听说过有人手持与两万英镑大奖只相差一个数字的彩票而气得病倒。其原因只能是因为他距幻想中的胜利已如此接近,似乎中间只差着一层薄纸。他已经胜券在握了,为什么不能等着拿下面一张呢?这太轻而易举了!——这些想法始终在头脑里盘旋,使他坐立不安,根本不愿去想这推论是何等的荒唐。说穿了,这是他的愿望在作怪,是他的愿望使他以为只要再走一步就能达到目的,是他的愿望使他自信完全有能力得到那个令人垂涎的大奖,是他的愿望在折磨他,明目张胆地把他的号码从一个改成另一个,尽管为时已晚。这就是说,愿望与其想象中的能力、与其克服眼前障碍的水平是成反比的。既然在小事和无关紧要的事情上愿望没有什么理由不能自行其是,因而失望就更容易激怒他。事情越小,他的火气越大,毫不起眼的事使他气得要死。究其原因,正因为事情越小,做起来更不应有任何困难,而做什么本来就是愿望支配的,因而一受挫立即使它失去平衡,于是便大动肝火。而要排除障碍,除了显示力量外别无他法,于是人们变得越来越暴躁,越来越不耐烦,最终变得几乎发疯。事物还是原来的事物，但我们已不是原来的我们。我们热血沸腾，肌肉紧张。感情因争论无效而痛苦到了极点，脾气像绷紧的弦，一触即发。事情越细小，我们激怒得越厉害，简直像中了邪。想象中好像有人对我们施了魔法，因此我们会被稻草绊住脚，被蜘蛛网缠住身。我们相信这一切是命中注定的，是命运故意要磨难我们，魔鬼就在我们身边，要在各个方面、包括最细小的事情上折磨和击败我们，我们可以看到他坐在那里做着鬼脸，也就对着他咬牙切齿，还以颜色。要是我们不能在自己用了心思的某一点，哪怕是很细微的一点上获胜，我们会觉得分外难以忍受。我们成了柔弱无能与种种不幸的掌上玩物。我们又一次奋起抗争，又一次徒劳无功地咆哮如雷。我们怒气冲冲，失去理智，——其实本来也没有什么充分的理由，因而无法晓之以理，也毫不顾及后果。我们大发雷霆，为一些小事大光其火，就好像狂风把一些尘埃秕糠吹得团团乱转。遇到的困难和失望虽微不足道，但情绪却大喜大悲地左右了一切，不由分说地躁急恼怒，不明所以地宣泄怒气，——因为他实在不知道对谁宣泄，而不知道继踵而至的却是真正的灾难、无可挽回的损失，令人追悔莫及。对诸如一场球戏这样的小事，有人也会血气上涌，怒不可遏，狂怒得像一头野兽，随时准备把头往墙上撞，或做出其他类似的举动，而一分钟以后他自己也会感到好笑,十分钟以后便会忘得干干净净;要是同时他凑巧打出了个以后一个月都难以忘怀的好球,他更会马上安静下来——

> 就像只温驯的母鸽,
> 静静地垂头端立。

事情的真相在于,人们往往把小痛酿成大痛,而大痛反能尽量忍受。有的事情人们可以嘻嘻哈哈,玩笑过去;而有的事情却不肯善罢甘休,既非因心血来潮,也不是自作多情,既不像皮斯托尔那样狂妄,也不像坎贝西斯王那样傲慢①。人们对大恶可以泰然处之,而对小的冒犯却耿耿于怀。有一次我在同一天里丢掉了一份一百英镑的工作,又在打壁球时输掉了半克朗钱,但我更伤心的却是后者而不是前者。对长痛的事我们留待未来,能拖则拖;对短痛的事我们才真正痛心疾首。人们对小小的伤害感到刺心般地痛,为那个伤害的最微小、最脆弱的部分而撕心裂肺,痛不欲生,无情地对它,也对自己进行报复。因为小的伤痛在我们可以控制的范围之内,总比较容易处理:我们可以对自己发脾气,自我折磨;我们可以随心

---

① 皮斯托尔(Pistol)、坎贝西斯王(King Cambyses):均为莎士比亚戏剧《亨利四世》中的人物。

所欲地把它们搓来搓去,爱揉成怎样就揉成怎样。就像眼睛里的一粒沙,肉里的一根刺,痛的只是那个部位,我们有足够的余力为之跟人吵架或大发脾气。而一个沉重的打击会打得你目瞪口呆,既没法思想,也没法抵抗。命运的重大转折,就像自然界的变化一样,简直可说是自行其是,不容置辩,它们看来总是无可避免、无可补救,人们对之就像对命中注定之事那样,只有屈从,连半声也不敢吭。人们脑中想的只是他碰巧置身其中的事件是如何伟大,他们的思考能力好像也随之进入历史长河中去了。他们想到的只是那个场面及自己不得不扮演的角色,根本无力顾及个人的应得份额。有的人对命运的打击无动于衷,就像地震前后的气氛一般平静。他们习惯从左右这些事件的局势着眼,觉得自己只是沧海一粟;在不幸的压力下,他们的思想几乎变成了真空。事件的爆发,使他们显露出身上的另一面,与他们以前的思想、为人、情感迥然不同。事情的巨大使得时间与反应总显得缓慢。他们会马上从一个遥远的地方来观察自己,惊异自己所站地位之高。只希望摔得不要太重,那样他们就不会太恼怒,不会太无可奈何,因为再努力一番再坚持一下,他也许还会有机会弥补,然而"机会一去,势难追回"。主要由于这个原因,以及本人自身的品质,近代史上最伟大的那个人才能处变不惊,坦然地忍受他命运上的转折,把丢失了整个帝国看作似乎只是输掉了一盘棋局①。根据我们的理论,这并不说明当形势对他不利、塔列朗②不断用坏消息骚扰他时,他也不会暴跳如雷。他只在灾难到来前的不确定时刻才狂怒,事情真的发生了,倒反而认命了。就好像人们可能都不喜欢无礼的行为,但若无必要,是不会有人为此吵架的!

如果我们想到另一层理由,那就更不会为大人物们的处变不惊的坦然气概感到吃惊了,那就是,在暗中操纵局势的人,正是他们自己。因而对别人来说纯属偶然的事,他们却早就知道是难以避免的。对全局洞若观火使他们打消了疑虑而也变得自信起来,他们不像其追随者那样会受到良心的谴责,那些人根本不知道整个事情中的哪些因素取决于他们的领袖,哪些因素取决于无法预见的突发事件;他们知道的只是,要就是结局无可避免,要就是他们已尽了最大努力。

> 要是只手可以拯救特洛伊,手的背后,却是长长的手臂。③

正因我们自己看事情总在云里雾里,才使我们想象大人

---

① "那个人"指拿破仑。
② 塔列朗(Charles Maurice de Talleyrand-Périgord, 1754—1818):法国著名政治家、外交家,拿破仑的外交大臣。1809年与拿破仑决裂。
③ 本句原文为拉丁语。引自古罗马诗人维吉尔的史诗《伊尼特》。

物大约是另一种人。洞晓事情的因果始末会使人变得非常实际,乃至成为哲学上的必然论者。赌场上缺少的就是这种知识,而这正是赌博的原理和精华所在,其他所有凭运气或者加上一部分技巧的游戏都是如此。这个原理就是结果的不确定性,谁也没有把握保证能赢,全凭骰子的一转或钱币的一掷。下注时一视同仁,但结果只有听其自然。只有这样,才能使人们兴趣盎然,激情勃发而又不致疯狂。悬而未决使人亢奋,想赢怕输的心理使人们的热情都贯注于盼望,而不是冷静的计算,亦即指望不断的实践会产生某种可知的规则,或者将过度的热情克制在某种理性的范围之内。一副牌发下来不好,事先既看不到征兆,事后也无法解释。由于没有任何资料可帮助作出决断,便只好在空白处填上满心的期望,而一旦结果出来,就只会一味地责怪运气。没人诱使你这样做,而手气不好也没人可以指责,大家都是这样想的。输也好,赢也好,都找不出任何理由。没有理由,那么,最可信赖的便是愿望,人们便一再依赖它,幻想着使不可能变为可能,一而再地忧虑和折磨自己①。人们赌了又赌,奇怪自己怎么会输,绞尽脑汁,想着事情可能什么地方出了错,然后拼命想走另一条路,一条自以

---

① 输急了的赌徒就是这样走向孤注一掷的,因为不断地输,不断地背运,会使人趋向极端,以致不顾常识,甚至把一向的小心翼翼和个人利益都置之度外。——原注

为正确而实际上只是符合自己愿望的路。"要是那样就好了,要是当时我那样做就好了。"人们千方百计,试着各种办法,然而该输的仍然是输。开始时指望手气好,输了却又不肯罢手,坐下来心安理得地接受失败,怪东怪西就是不会去怪理性,因为它与此无关。

比方随意抽两根草,比较其长短来定输赢。我们选中了一根,从表面上谁也看不出为什么这根会输,因为我完全可以猜另一根,这太容易了,而我们一度也几乎这样做了——真要那样做就好了——但事情未定之前,我们的念头又转回到这根当时看来那么有把握、那么确定的草上来,理由虽然说不上来,但却非常自信,就像玩九柱戏的人弯着腰,看着他已掷出的球那样自信必中,没有意识到就在这不起眼的一瞬间,就这次赌赛而言,一切已确定无可更改了。真的,作为一个大哲学家,从这个词的最实际和最重要的意义上来说,接受那个智者对科普菲德瓦王的女儿说的那句话就已够了:"事情该怎么样就怎么样。"一切就此结束了。

人们的生活过得不称心,常常是因为所发生的不是我们所希望的,因为这只在想象中可能,而在实际上却绝不可能。我记得那次兰姆的滑稽剧①被禁演之后,整整一个月我几乎天

---

① 指兰姆的《H君》,1806 年 12 月 10 日在德鲁里街剧院首次上演。

天晚上梦见它上演了,在一家小剧院或者什么地方剧院,并取得了巨大成功,而且剧本还作过这样那样的删改。我甚至还想,要是它开始时就在另一家剧院上演也许会好一点。事实上我也真的听说路易斯先生①那晚也到了场,并且说要是当初剧本给了他,他只要稍作删改,肯定能使它成为一段时间里最受欢迎的一出戏。有多少次我在摹想着序幕之后,剧场里雷鸣般的掌声,我的那位天才朋友也在后厅首排的座位上为自己的如珠妙语咯咯笑出了声!接着我就抑制自己的得意,在一些效果还不错的部分细细地挑剔,然后是具体地探讨,是不是该剧演出时排在其前的歌剧《观光客》太冗长拖沓了,结果把观众搞得疲惫不堪,没有精神来听我们这个剧里轻快俏皮的斗嘴拌舌?我们都认为要是它排在一出悲剧后面就好了,只有兰姆不同意,发誓说他从一开始就对它没抱什么希望,一旦人们知道主人公的名字,更是无戏可唱。然而《H君》被禁了!那天早晨,宣告其出台的海报还在泛着油墨的光泽,大街上的人们闹哄哄地都在互相询问:"今晚去看《H君》吗?"回答是"当然去";但还没到天黑,人们脸上的笑容就消失了,——不是作者,而是作者的朋友以及整个城里的人——因为这出戏被禁了。要是开始不取那个名字也许还不至落到这个下

---

① 路易斯先生(William Thomas Lewis,约1748—1811):著名演员,当时隶属于德鲁里街剧院的竞争对手考文园剧院。

场,但因为太自作聪明,没想个更好的名字以通过检查,终于夭折了!

就这样,我们回味着事情的关键时刻,那决定我们自己以及感兴趣的其他人的命运的关键时刻。现在我们对问题有了新的认识,感觉更灵敏了,再试一下吧,也许可以改变一下本来已无可挽回的事情,暂时安抚一下无穷无尽的遗憾带来的打击。为了以小事与大事作比,我们举一场壁球戏为例①。假设我处在这样一个时刻,我已经赢了一场球,要是我对下一场不是那么有把握,或者不是那么想赢,要是我只是想打一个开局,——总之,要是我做了其他种种,就是没做我后来实际做的、因而导致了倒霉的结局的那些事,所有的机会全在我手里。但这只是因为我不知道在其他我自以为会对我有利的情况下什么事情会发生。我有时会整夜不合眼,想象着在一次有趣的比赛中,我如何在球场上一个绝妙的位置,发出最后一个好球,只是因为那次真比赛时,我由于精神太紧张而没有把它发好。壁球与其他球类运动一样,需要技巧和熟练,但它还需要信念,会受到种种不着边际的想法的影响。如果你认为你会赢,你就真的会赢。信心是取胜的保证。如果你击球时犹豫不决,尽管已十比一,你还是会输。如果你意识到可能会

---

① 上个世纪初有些诗总爱以一个比喻开头,说:"那次在阿拉伯,我见到了一只凤凰!"我想我的比方比他们要贴近现实些。——原注

犯某种错误（如发球失误），你差不多肯定会犯。你想着那件事，认真地弯着腰，想要避免它，但你的手却会机械地跟着那个强烈的意识，它服从的是想象而不是击球者的意愿。成功有赖运气，胆量与技术同样重要。没有人能做到完全不受情绪紧张的影响。要是正好有什么他特别害怕的人上场，一个优秀球员也许会连最简单的球也打偏。这样的事常有，一个球员就是赢不了某一个人，尽管遇上与之水平相当的别人，他只要花一半气力就能轻松赢下来，其原因是他对前者怀有某种嫉妒或个人好恶，对后者却没有。好吧，球戏的事就此打住。

象棋我不懂，也不会下，不过我相信，尽管下棋更多地靠的是科学的头脑和技术，而不是运气，但在棋迷们整夜整夜移动着棋子，找合适的对手将军的过程中，也总有某个时刻他会走出不是原来想好的那一步。我听说过一件事，有两个人在下双陆，其中一个因为走错了一步棋导致满盘皆输，恨得将棋盘从窗口扔了出去，不巧正好落在马路上一个行人头上。这个人马上进来要求赔偿。输棋的人问他会不会下双陆，他说会。于是棋手说要是他看到下出这样的棋还不能原谅的话，怎么赔都行。桌子搬来了，两人把下过的棋又摆了一遍，那人挂上剑，心满意足地走了。这个例子有人会看做是题外话，但有人会觉得支持了我的观点。

这样看来，不是事物本身的价值，而是在这上面花的时间和精力，决定了所蒙损失的感受和程度。许多人只关心小事，对细枝末节以外的真正大事从不感兴趣。这种人胸襟狭小，可以称之为大孩子，"爱的是羽毛，玩的是稻草"。他们总是抓了芝麻，丢了西瓜。他们老是莫名其妙地担忧，把自己和旁人都弄得心神不定。衣服上什么地方没弄平整他们会整日坐立不安。他们会坐在那里剔着牙齿，修着指甲，拨弄着炉火，或者擦着衣服上的一块痕迹，而整所房子乃至全世界都在摇晃，他们也对之无动于衷。为了逃命他们当然在椅子上会坐不住，但真要他们做点什么你却别指望他们会挪动半步。他们的神经特别容易受刺激，而想象力却格外麻木。他们沉湎于渺小执拗的痼疾而不能自拔，对任何新行动新想法一概反对，他们习惯的只是司空见惯的，因打情骂俏、卑鄙无耻、过于熟稔而引起的躁动不安与愤愤不平。要是他们是一种热血型而不是病态型的人，他们就会热心于散布流言飞语或收藏古玩，诸如昆虫标本与古怪的书卷之类，还会自制钓竿，或对表链大为好奇。旁观者俱乐部的威尔·温布尔先生即是如此，业绩可嘉，但很多别人却不像他这么成功。有人以铭箴名世，有人以赞颂为业。有的诗人专门自写自唱，我不知道我们最好叫他什么，诗人呢，还是音乐家？伟大在于唯一。有人爱在写信时盖上荷马的头像，并感到洋洋得意，恐怕那个瞽目诗翁自己吟唱《伊利亚特》一生,也没他盖得多吧。

就这样,有人靠这些手腕一夜成名;可也有人与此相反,尽管才华出众,却宁可默默无闻。至少我就认识这么一位[①],他宁可去写不成功的滑稽剧,也不去写有望成功的悲剧。不断受挫使他的壮志消磨,而失败却考验了他的意志。他低垂着头,从不抬起来去看一眼就在他触手可及处放着的炫人眼目的"大众化"的王冠,而总是专心致志地注视着众人踩在脚下的平凡的花朵。要是他写的东西看来要成功,因为各方面因素都对他有利,他却会自己故意开一些不合时宜的玩笑,惹得公众反感,使作品失败,以保持其个人的品格。莎士比亚说:"不幸会使人认识同床异梦的朋友。"其实它也会使思想背离我们自己的本意。

许多人相信这样一条格言,"小钱谨慎,大钱自成"。但前面提到的那些人在实践这句话的时候,更关心的是小钱而不是大钱,对他们来说,大钱还不如小钱,投小资获大利那是浪费,巨额回报那是空想,一年有几百镑收入才是最实惠的。过惯这种蝇营狗苟、小家子气生活的人永远不会有开阔的视野。他们没有本领扬帆出海,追逐命运的波涛,驶向广阔自由的空间,相反只会畏葸退缩,幻想靠节衣缩食发家。我家托比叔叔

---

① 指兰姆。参见前注。

请特林下士坐下,但发现他老是站在他椅子背后①。下士这样做是出于对主人的尊敬,但别人也这样做就显得奴性十足。这种庸庸碌碌的人物在几代人里面还不会消失。你没法让有些人从厨房里出来,只因为他们的祖父母就是呆在那里的。一对穷人夫妇在波特兰大街附近散步,丈夫不耐烦地对妻子说:"在这些光怪陆离的街道、广场里走来走去有什么意思?我们还是到小路上去转悠转悠吧!"因为他在小马路上会感到更自在。兰姆说起一个老熟人,他年轻时的最大理想就是想当一个裁缝,然而竟缺乏这个勇气!

门不当户不对的婚姻会造成可悲结局。妻子总不肯轻易忘记自己的出身,她想别人也一定忘不了,加上眼界又高,人又美貌,生活在新的环境中确实是受罪。而她要想打破这种感觉,结果却把平步青云者的骄横和婢学夫人的做作全都暴露无遗,那就更糟了。但是,我那不幸的人儿啊②,要是你能用你可爱的身影使我们家变得更高雅,就像你曾用你的微笑燃起了我的热望,你一定可以用你那不同凡俗的温柔,征服所有人的心!而我将向全世界显示,莎士比亚时代的女人是什么样的! ——英俊小伙们的心都系在公主们身上,降而求其次

---

① 托比叔叔(Uncle Toby)和特林下士(Corporal Trim)都是斯特恩的小说《项狄传》中的人物。前者是主人公的叔叔,后者是他家仆人。
② 本文写于1821年,其时赫兹里特正迷恋于房东的女儿萨拉·沃克。

的也梦想娶个高贵淑女,还有的则疯狂追逐歌剧女歌手。就我自己来说,我连见到女演员也会害羞,不敢想象会把名片留给维斯特莉夫人①。上面说的那些妙人儿我一点也不敢动心,我想到的只是一些身份较低的漂亮女人、婢女、牧羊姑娘等等。就凭她们火红的两肘、粗糙的双手、黑色的袜子和通俗的帽子,我也可以装饰起一个不亚于考利的画廊,还能画得有他一半么好。啊!哪怕我只想用诗一般的散文描写她们中的几个人,唐璜就会忘了他的朱丽娅,而戴维森先生就会同时出版印刷这本书了②。

迄今为止,我更赞同贺拉斯的观点,而与蒙田见解略异。我对克莱门蒂娜们和克拉莉莎们敬而远之,而理查森的帕梅拉们和菲尔丁的范妮们却使我心颤③。年轻时我曾给这样的女子写过情书,写得哀怨动人,热情似火,足以使岩石熔化,而其结果也恰如写信给石头人。那些傻丫头们只是感到好笑,说:"这种东西哪能引得起感情?"我真希望我当初留下了这些

---

① 维斯特莉夫人(Madame Vestris, 1797—1856):著名女演员。
② 在拜伦的长诗《唐璜》里,朱丽娅是唐璜第一个情人。戴维森(Thomas Davison)是赫兹里特《闲话集》一书的出版商,同时也是《唐璜》第一、二部的出版商(1819年),不过在书里他的署名只是印刷人。
③ 克莱门蒂娜和克拉莉莎代表出身高贵的女主人公,帕梅拉和范妮代表出身低贱的女主人公。克拉莉莎是塞缪尔·理查森的小说《一个少女的故事》(1748—1749年出版)的女主人公;帕梅拉是理查森的另一部小说《帕梅拉》(1740—1741年出版)的女主人公;范妮是约翰·克莱兰的小说《范妮·希尔》(1748—1749年出版)的女主人公。

信的副本就好了,今天可以用来为我作证。更糟的是,我天生不喜欢"才女"。一个女人,居然知道什么叫"作家",我倒不在乎;但要是她读过我写的任何东西,我马上与她断绝往来。这种文学交往于我毫无意义,她的评论和文学知识对我完全是多此一举。我不想有人告诉我,说我又出版了什么什么书。我自己早就知道了,再跟我说一遍并不能提高我的能力感觉。我不希望事情以这种方式被提起。我希望她读读我的心:她应该懂得心的语言;她应该知道我是什么样的人,就好像她是我的另一半!她爱我,就应该爱我这个人。我喜欢我自己不需要任何理由,我希望她也是如此。这些想法很难从道理上推论,我是从我自己止不住要赞赏某些东西这种经验中抽象出来的:衣服啊,出身啊,血统啊,财富啊,等等;而我又不愿掩饰我的感情。

在我的内心深处深深地刻着某个动人的女性的形象,我对她怀有深深的情意,希望她能看到我的心,就像我总看到她的身影一样。她走到哪里,哪里就会长出美丽的花朵:淡淡的樱草就像她的脸庞,春天的风信子就像她的眉毛,每根树枝上都会响起美妙的音乐。可是要是她不在,一切就变得荒凉、冷漠。我这样感觉,也这样想。可是我从来对她说过没有呢?没有。即便是我说了,她会理解吗? 不会。我"所追逐的像风一样虚无缥缈,我所崇拜的像雕像一样无动于衷,我只能对着荒漠大声呼喊"。见到了美不等于自己会变得美丽,渴念爱情也不等于人家会再爱你。我总想提高和扩大爱神的威权,我想他的甜蜜力量只应该用来把最可爱的形象和最忠诚的心连接在一起,只有外部闪耀着爱的神性、内部感受着爱的魅力的人才有可能享受爱情胜利的喜悦。而我只能在远处站着观望,因为我不配加入如此光辉的一群,而且希望哪怕我的片刻参与,而玷污了这一美好形象的荣耀。

以上说的是我以前一度有过的想法,谁知道这是不是我年轻时犯的一个错误。因为走近了看,我发现爱情的殿堂里充塞着各种人,那些有残疾的、瞎子、瘸子都在里面,那些驼背、侏儒、丑八怪,那些老朽和阳痿的,那些游手好闲的和老奸巨猾的,那些短小精悍的和轻佻放浪的;那些大言不惭的牛皮家,那些笨蛋与书呆子,那些无知无识的与粗鲁野蛮的,总之那些与地球上最美妙的生命、人类的骄傲相距得最远的,都在爱情的殿堂里。见到这些人都在里面,想想我自己本来也可混在人群中进去的,结果却被排斥在外面,我想(也许我是错的)这并不是因为我低于或高于通常的标准。当我看到人类中最卑贱的那一种、真正的渣滓和垃圾、在地上爬的生物和淫荡的家伙,都在我之前进了爱情的殿堂,我确实感到,羞辱地感到,我的失败实在是岂有此理。我好像成了孤零零的一个品种,我甚至为我的失败骄傲,相信情场上失意,但在别处我必有所得！我一生中最值得自豪的就是写作《论人类行为原理》，那是没有任何女人读过，也永远不会读懂的东西。但要是我不从我所拥有的条件出发去期待，又怎能从我所完全不具备的条件出发呢？我又有什么理由抱怨或期望得到带刺的葡萄或无用的蓟草呢？我自己的思想取消了欢乐，而在我追求真理的脑门上，一切感情都会撞得粉碎。于是我长叹了一声，结束了这段虚度的光阴，也没有看到有什么亲切的脸蛋亲切地转向我，现在已太晚了。

……不，不对！还不太晚！如果那亲切的脸蛋，清纯、谦和、忧郁、娇嫩，而又带着天使般的甜美，不仅会使我的未来充满欢欣，也会含着眼泪微笑着将它的光辉投射到从前。我的头上盘旋着一道紫色的光晕，房间里充满爱的温馨。当我的目光转向久遭冷落的《克劳玲达之死》的摹本①时，画布上就像我当时在上面作画时那样，泛着金色的光芒。我的脑海里又涌现出希望和愉快的花朵，使我想起它们当初开放的情景。逝去的时光敲着大门又回来了。我又回到了罗浮宫。奥斯特利茨的太阳还未下山，它仍在这里照耀，——在我的心里。而他，荣耀之子，并没死；对我来说，他永远不会死。而我的生命也像刚刚开始。彩虹又飞上了天空。逝去岁月的裙裾又在我

---

① 《克劳玲达之死》，罗多维克·拉纳的画。摹本是赫兹里特1802年参观巴黎罗浮宫时临摹的。

眼前飘曳。我所想、所感的全没有落空。我并非全无价值,无人青睐,我也不会在一片嘲笑中死亡枯萎。让我坐在自由的坟头,为爱谱写颂歌。啊! 如果我被欺骗过,再继续欺骗我吧! 让我生活在充满温柔面容的乐园里,用亲吻来毒我,用微笑来杀我吧,但是照样,嘲弄我的时候请带着你的爱![1]

诗人们爱选最没有魅力的女人作情妇,这样他们就能无中生有,创造出些什么来。最成功的领域是小说,他们把这原则也用到爱情上。随便什么蠢婆娘都能被写成仙女。桑丘曾经实事求是地规劝过堂吉诃德,而堂吉诃德说,作为表现勇敢精神的目标,达尔茜妮娅就像"天下最美丽的公主"一样合适,因而每个女人都能被他们用来作为描写对象。他们拿出一些拙劣的东西,用美丽的言辞把她装扮起来,就像儿童用漂亮的衣服来装扮木头娃娃。也许是一头秀发、一握细腰,还有别的什么打动了他们,然后他们就按照自己的想象把其余部分补足。他们有种特别的本事,能从他们那想象之库里取出所需东西来补充偶像身上的不足。他们可以随时将他们喜爱的人物送到天上,然后就用贝伦妮丝的美发和阿里阿德涅的花冠[2]来加以装扮。诗人们偏好描写这种细枝末节,我认为不仅是

---

[1] 我请求读者把这一节看作是"冷嘲——英雄"文体的样品,与实际情况与感情无关。——原注
[2] 贝伦妮丝:古代埃及王后,以美发著称;阿里阿德涅:希腊神话中的公主。

因为他们需要找到什么题材来操练他们的创作才能，还因为他们嫉妒任何别的追求，甚至是女性的美貌，因为它可能损害他们因长期受人顶礼膜拜造成的虚荣。

德里兹主教告诉马扎兰主教他生命的最后三十年写作用的是同一支钢笔，后者从此就不把他放在眼里①。有个意大利诗人要想将一本诗集献给教皇，当他坐在马车里重读一遍的时候，发现有个字母印错了，恼恨得心碎欲裂。还有一件事更典型，也是一位意大利人，我忍不住也要引在这里，因为它与我们说的也有关。这个人的传记上是这样写的："安东尼·科特鲁斯·乌尔修斯，博学而倒霉的意大利人，1466年生于莫德纳一带。当人们把热情过分地倾注在小事上时，往往会造成悲剧，安东尼就是个最明显的例子。这位学者住在佛里，在宫廷里也有一套房间供他使用，由于太暗，白天也必须点上蜡烛。有一次他外出忘了熄掉蜡烛，书房着火了，他为报界准备的一些文章也烧掉了。听到这个坏消息，他简直要急疯了，他不顾一切地跑去，在房门外大声哭喊：'耶稣基督啊，我犯了什么大错？我伤害了你的哪一位门徒，你对我这样恨之入骨？'然后他又转向一旁的圣母马利亚画像：'圣母啊，听着我说的话吧，因为我是认真的、头脑冷静的：要是我在临死忏悔时叫

---

① 德里兹主教（Cardinal Mazarine，1602—1661）：法国政治家，曾任首相；马扎兰主教（Cardinal de Retz，1614—1679）：法国政治家、作家。

着您的名字,请千万不要理我,千万不要把我接进天堂,因为我只配永堕地狱!'听到这些渎神言语的人都过来劝慰他,但都无济于事,由于整个人类社会已不再理他。他只好离开城市,像野人一样,独自孤零零地住到密林中去了。有人说他在那里被暴徒杀了;还有人说他后悔莫及,于 1500 年在波洛纳悒郁以终。"

故事开头说他"把热情过分地倾注在小事上,因而造成悲剧",话可能说得太重了,也不合事实。对别人来说也许是那样,但他倾其一生所致力的事对他来说绝非小事,他的激情并非毫无来由,尽管有点疯狂过度。艾萨克·牛顿爵士的故事正好与此形成鲜明的对照。牛顿进入书房,发现他的狗特雷撞翻了桌上的蜡烛,烧掉了一些重要的稿纸,只是大叫了一声:"哎,特雷,你知道你闯了什么祸!"许多人即使打翻一杯巧克力也不会那么快就宽恕的。

我记得几年前听说过一件事:一个有钱而个性鲜明的人,只是因为一些意外亏损,结果被判处长期关禁。他规规矩矩地苦挨了四年。最后,由于朋友的关心和努力,他终于获释,从此有望开始新的生活。他作出安排,打算在某一天离开这讨厌的监狱到二百英里外去会见妻子和家人。由于一封信件出错,要完成他出监手续的某些签名未能及时送达,因而他必须等到四天后的下一班邮件来后才能动身回家。而就差这

闲话集 | 057

四天,他的精神竟然支持不住了。他盼到了最后一天,把他的耐心计算到了某一时刻,过此便可永远卸下负担,但他的信心无法再维持这多出来的几个小时。希望与失望一时并至,在绝度的痛苦中,他结束了自己的生命。能够预先知道的痛苦,因为可以平摊在一个长时间里,它的力量是分散的,对人的刺激是间歇的;而突如其来的痛苦,不管时间多短暂,因为其本无必要,又毫无心理准备,伤人之心更甚。释放的前景,已经给出了却又收了回去,哪怕为时甚短,由于感到希望受了愚弄,于是由心神不定转而成为巨大的痛苦。而把人们与心爱的事物分开的隔膜再一次撕裂,足以使人粉碎生命的枷锁本身!

我不知道是否有人证明过,处理大事必须要有比小事更强的能力。思想的器官,就像眼睛的瞳孔一样,可以随观察面的大小扩大或缩小,而在两种情况下都能看到足够多的东西。物质世界是无限可分的,人类的事务也是如此。同样的事,在不同情况下,可以看得粗一点,也可以看得细一点。我想我可以造出本年度国会筹款的预算,也可以使自己收支相抵,按时到小杂货店里去付我的房租。大的事物以其自身的重量和动力而移动,大的力量会把小的阻碍物推在一边。操纵大事的人常常只是局势的傀儡,就好像车轮上的苍蝇在说着:"我们扬起多大的灰尘啊!"推翻一个王国、满足自己的狂妄与偏见比开一家水果蔬菜店要容易,白痴或疯子都随时可以办到,他说的话就是法律,他点点头就决定了别人的命运。不对,是那些貌似顺从的人、那些懂得揣摩大人物没有说出来的意图的人,他们可以轻易地践踏一个伟大民族的脖子,把它的自由踩在脚下,嘲弄它的力量,并且由于自己生性卑劣而更加痛恨它。权力不等于智慧,这是对的,但是它有助于实现其目标。它并不索取,却无需才能。如果有人创造了这种权力,或者凭借聪明的办法和果敢的行为重组了国家,这当然与把杠杆塞进婴儿手里,让他把国家撬翻不一样。但一般说来,做大事、复杂的事,比做小事需要更多的才能,理由是思想必须能够在面对更多的事物时包容更多的细节,或者要有更强的概括能力,或者对控制原则有更深的洞察力以达到正确的结论。波拿巴全知全晓,他甚至叫得出英国在东印度服役的年轻士兵的名字,但是他没有这方面的能力,他不能精确地算出野蛮对文明的抵制程度。他以为法国人不会烧掉巴黎,俄国人就同样不会烧掉莫斯科。法国人总认为一切都该跟法国人一样。但是,天哪,哥萨克人却不遵守这套规则,残酷的天气也不懂得礼貌!

有的画家认为画大幅的画才是对绘画才能的考验。如果大画包含的东西比小画多,我同意他说得有道理,决定的不是画布的大小,而是画出了多少实际和真实的东西。有一个普遍的误解,即认为微型画比油画艺术性要高。其实微型画不如油画之处,恰恰在于其艺术性稍逊,因为它无法把现实中许多个别具体的东西如实表现出来。我的证据是,一幅好的肖像画通常可复制出一幅很精致的微型画(就像博恩先生的珐琅画①),而要是把一幅好的微型画放得像真人一样大,肯定是一幅糟糕的肖像画。有些喜欢画大型人像的画家把这个推理反过来了,他们把人像画得非常巨大,并不是因为他们要留下更多空间来表现真实,而是为了挥动画笔的方便(好像他们在粉刷墙壁似的),同时把画面巨大作为他们偷懒和草草而就的借口。结果他们的画成了放大臃肿的微型画、巨型的漫画。不管画面大小,没有必要把所有细节一一画出,否则会看不到效果,把脸部分解成一个个有孔的透明斑块,就像丹纳那样,他画画是用放大镜来观察对象的。画家的眼睛不需要像显微镜,但我觉得应当像镜子,光洁、清晰、明亮。艺术上的"小"是从不起眼的部分、从最不相干的部分开始的。真正的艺术家画的不是物质上的点,而是精神品质。一言以蔽之,哪里的血管或肌肉有了感觉,或表达出某种意思,哪里的画就有了壮美或优美的气象。

我想用古代雕塑家把大事小事结合起来的一段话来结束

---

① 博恩(Henry Bone,1755—1834):著名珐琅画家,1801年入选英国皇家艺术院。

这篇文章。普林尼[①]说:"毫无疑问,在所有听说过奥林匹亚宙斯神大名的国度里,菲迪亚斯[②]的名声相当显赫。但有人只闻其名,却未见过其杰作,因此这里要举一些例子来证明其天才。我们不想反复强调奥林匹亚宙斯神的壮美,也不想举雅典城的雅典娜女神像之雄伟,尽管其高达三十五英尺,全由黄金和象牙雕成。我们只想举出她手持的盾牌和所穿的鞋子,盾牌的外部刻着与亚马孙人[③]的一战,内部刻着诸神与巨人族的一战;鞋子上则刻着半人马族与拉庇泰族的一战。这些雕刻上的每一部分都充分展示了这门艺术的魅力。而在雕像的底座上他刻着取名为'潘多拉之生'的雕塑,有三十个神像历历可见,其中胜利女神之像尤其令人赞叹不已。懂行的人还非常欣赏盘曲在长矛下的巨蛇与狮身人面像的雕塑。提出上面这一些,是想说明,对这位总也称赞不够的艺术家来说,他即使在细微处也处理得同样出色。"

---

① 普林尼(Pliny, 23—79):古罗马作家。下面一段引文见其《自然史》第三十六卷。
② 菲迪亚斯(Phidias, c. 490—430 B.C.):希腊雅典雕刻家。
③ 亚马孙人:希腊神话中剽悍的女战士。

论过去与未来[①]

我这个人缺乏想象力,也不是个乐天派。我很愿意享受现在的种种乐趣,也时时回忆起过去的甜蜜,但我绝不喜欢建造空中楼阁,也不会对光辉灿烂的未来抱太大的希望。其结果是我提出了这个题目,却与一般人对这个问题的想法截然相反。下面我试申述我的观点。斯特恩[②]在《感伤旅行》中对那位法国大臣说,如果法国人有什么过错的话,那就是他们太顶真了。大臣回答说,要是他真这么想,他就得全力为自己辩护,因为全世界人都会反对他。恐怕现在我要维护我的观点,也得同样花一番气力。

对过去与未来,人们的价值观念完全不一样,似乎未来就是一切,而过去就一钱不值,我实在看不出这有什么逻辑或理性的基础。相反,我觉得过去与现在一样真实,也是我们生命的一部分,在对人生作估价的时候,同未来一样不可否认。说过去已经过去,不复存在,因而无足轻重,不值一顾,这种看法实在难使人苟同,因为如果说过去已经不存在了,因而在善恶的天平上已分文不值了,那未来还没来到,它还未"成为"什么东西呢!要是有人主张,从严格意义上说,只有"现在"是有意义的,因为它确确实实存在着,我们该牢牢抓住不放,而别的都可以不管,我还能理解(也许他本人还未必理解)③;只是我不懂这一区别,切实可感与虚无缥缈的区别,怎么会导致重未来而轻过去?因为这两者从这一观点去看不都是同样的不现实,只存在于人们的思想与感觉中吗?不,还说不上同样。因为其中的"未来"更抽象,更是大脑想象中的产物,我们对它的兴趣也更不着边际、更莫名其妙,因为人们如此看重的"未来",很可能永远都不会实现;而"过去"倒真是切切实实存在过的,还留有真实的痕迹和印象,其真实性是不容置疑的,或者如诗人所说,"过去的欢乐躲藏在命运追逐不到的地方"。

当然,我并不想否认下面这一点:尽管"未来"目前还不存在,而且在说话的此刻也不会马上出现,但它本身意味着最终结果,因而对个人来说有着终极的意义,它迟早会变成真实

---

① 选自《闲话集》。
② 斯特恩(Laurence Sterne, 1713—1768):英国作家,意识流的前驱。著有《项狄传》《感伤旅行》等。
③ 要是我们从"现在"中除掉刚刚逝去的瞬间和即将到来的瞬间,剩下的到底还有多少可用来支撑这一现实的理论?恐怕只有针尖那么大一个点或头发丝那么粗一条线,理论家们要在这上面保持平衡而又不至掉到两边去,是会有一些难度的。——原注

的存在,而我们在未来的某一时刻也会感觉到它的存在。好吧,那么"过去"在现时也不存在,当初的感觉与兴趣也已飘然无存,但它以前确实存在过,我们仍然可以生动地回忆起当时的情景;通过同样的推理,我们也可证明它并非毫无意义,人们的思想对之是否存在过也非完全漠然。哦,不!远非漠然!我们且不要急于放弃过去,即便我们几乎已想不起它曾存在过。往日之事,或悲或欢,难道全无意义?昔日所为,或此或彼,莫非全不值一思?当我怀着满心的欢愉或淡淡的遗憾回忆着一度曾是我的一切的时候,当我重新燃起一度是光辉灿烂的现实的那些形象的时候,这些想法从未离我而去,难道我是在自欺欺人?是在构筑幻影或梦想?或者给自己穿上一件花里胡哨的外衣,适足显示自己的愚昧无知,其实全是空想,丝毫不合情理?当我回首往事,想起曾照亮我早年人生旅途的可爱的阳光和碧蓝的天空的时候,难道我是一无所见,只是凭空的寻欢作乐?想起过去发生在我身上的一切,想起那引起我兴趣的一切,难道全是胡思乱想、一钱不值?或者,用一位大诗人①(他也是我不无伤感地回忆起的早年的朋友之一)的话来说:

---

① 指诗人柯勒律治,作者早年的好友。他们的交往详见本书《诗人初晤记》一文。

> 昔时光烨烨,今日复何有?
> 花落草枯尽,韶光不可留。

是不是想起这些,只是用谎言在欺骗自己?或者说,当我"沿着飘曳而去的裙裾,踩着可人儿的足迹",我没有重新感受那天地间的至乐?同一位诗人还说,

> 忍看水逆流,欢容一时休。

我却不敢苟同。在我看来,过去了的事最实在,我从中得到了最大的快乐。卢梭的《忏悔录》使我爱不释手,就因为里面时时充满了这种感觉。他仿佛是在采集过去一生中的甘露,将之酿成鲜美的琼浆玉液。他所娓娓叙述的一生中的悲欢离合,就是他虔诚的信仰;他把散落在他一生中的希望和幻想之花,织成了一个美丽的花环。在他的《独行者之梦》最后一章的开头,他写道:"又是棕榈主日[①],五十年前的今天,我第一次遇到了华伦夫人。"在这短短的一句话里,蕴含了多少心灵的渴望啊!难道他所经历的一切,他在这段悲哀的岁月中所思索、所感受的一切,都是空无所有吗?这段悲欢交集的漫

---

① 棕榈主日(Jour des Pâques Fleuris):基督教节日,即复活节前的星期日,耶路撒冷的民众曾持棕榈树枝欢迎耶稣,故名。

长日子,当初是何等充实,只是时过境迁,变得遥远淡漠,难道对之的回忆,就只是因为不是对未来的憧憬,就应该看成一片空白?他从过去的五十年,而不是从他所没有活到的未来的五十年中,去发掘使他感兴趣的东西,难道就错了吗?而要是他真的从未来五十年中去发掘,那又会怎样呢?与他少年时初遇华伦夫人相比,与他如此真实、如此倾心地回忆的岁月相比,难道能发掘出更值得思索的事情吗?当生命中最美好的时刻已经过去,难道他不该重新回到青春岁月,重温那些最甜美的时光?——啊!覆盖在幽寂的诺曼院①崖边的小树林哟,我为什么如此眷恋着时时回你身边?为什么一见到你心中就感到宽慰?不就是因为你那在晨风中高高摇曳的树梢不断为我召回了那些早已一去不返的岁月吗?不就是因为你在那尽情的倾诉中不断地道出了我炽热的希望和失意后的悲哀吗?不就是因为在你的荒野中,我可以像在我自己心中一样放纵漫游、把自己忘却吗?不就是因为你的飒飒声唤醒了沉睡多年的感情,我可以平静地对待深埋在心中的忧愁吗?我真不知道我该怎么办,要是没有那张樱花般白净、衬着美丽的卷发的脸庞,那张时时躲避我又时时在我眼前幻现,使我堕入

---

① 诺曼院,赫兹里特在温斯洛购置的房产,即"温斯洛茅舍"。赫兹里特的大部分作品都作于这里,而他许多最愉快的时光也在这里度过。可以说,这是他一生最钟情的地方,作品中常常提到。

梦境的脸庞;那副使我永远难以忘怀的笑容;那双漆黑发亮的眸子,那双至今凝视着我、令人迷惘、令人销魂的眸子;那个听着令人颤抖的名字;那条像仙境中森林和山岳女神般①在我面前飘浮的身影:要是没有这一切,我真不知该怎么办,该怎么度过这些漫无边际的沉重生涯。因此,树梢啊,摇吧,你继续摇吧,把你的枝桠高高伸入天空,用你那神秘的声响表达出我昔日的悲欢,使我回到过去,并能承受今日的一切!

在顺利的日子里人们学会的东西是承受感情重压的主要支柱,也是敢于面对未来的重要动力。未来像一道厚墙,像一片浓雾,把一切事物遮得严严实实;而过去的事物却鲜龙活跳,不论是轻是重,都让人兴味不减。我们一再提到的事究竟是什么呢?我们经常想到谈到的是什么呢?不是虚无缥缈的未来,而是切切实实的过去。奥赛罗,那个威尼斯的摩尔人,在布拉班修的府邸里,谈他一生的经历,甚至从孩提时讲起,来自我取乐,并赢得其听众的欢心;有时说到他年轻时受的苦难,甚至使他们掉下泪来②。这种献殷勤的方法之所以能奏效;是因为他没有把过去的经历像一本老皇历那样扔掉,然后忘得干干净净。而与过去的历史相比,未来六千年的历史对

---

① 指希腊罗马神话中的山岳女神奥瑞阿得(Oread)和希腊罗马神话中的树神德律阿得(Dryad)。
② 故事见莎士比亚戏剧《奥赛罗》第一幕第三场。奥赛罗是通过讲述自己的故事赢得了公爵女儿苔丝德蒙娜的芳心。

我们来说,是如何的一片空白啊!所有能激发想象、引起高度关注的事,都是业已发生的事!①

由此可见,不论就其自身,还是从整体考虑,未来都不比过去优越。但从人们的感情和愿望出发,未来却更加重要。从理解与想象的角度看,过去与未来一样合适,一样真切,一样有名有实;但人类思想中还有另外一个原则,行动或愿望,对此过去就无能为力了,这纯然是属于未来的。在过去与未来的问题上,正是这一感情上的强烈倾向,才使人们偏向于未来,甚至不惜颠倒思考问题的天然次序。人们对失去的欢乐无比遗憾,热切地期望在未来得到满足;对过去做了坏事而没有受惩罚沾沾自喜,却生怕在未来遭到报应。从这个角度看,过去再好,也像钱已用掉,以后再也没有用,也不值得关注;而我们期待中的未来好像还没开封的宝藏,我们沉醉在对它的盼望中,喜不自胜。发生过的事可以毫不在意,没发生的事才关系重大。为什么?正因为前者在我们的控制之中,而后者不是;因为希望某事发生或不发生,这力量左右了人们对事物本身的好恶;因为人们对自己费心尽力了的事总特别关注;因

---

① 一篇述及千年的学术论文总是枯燥无味的,但读起黄金时代的那些故事来,人人都觉得津津有味。有一次我说起我要是罗马皇帝就好了,有人马上就说:"那不行,他们到现在都该已死了。要不然他们就会知道我们该什么时候生,也会知道人生的价值是在往上还是在往下。你要真是罗马皇帝的话,我们还是晚几百年出生,把我们的时代无限期地推迟吧。"——原注

为对某种目的的执着追求使人们对之抱有更强烈的期望,把本来只是理论上的满足转化为真正的感情。遗憾、焦虑和希望都扔给了过去,只有对未来的重视才促使人们下定决心、作出努力。要是未来与过去一样,不受我们意志的驾驭;要是我们对未来作出的种种计划,既谨慎又乐观,既满怀希望又不无担忧,结果却像过去的事一样毫无意义;要是我们没法事先软下心来享受欢乐,或硬起心肠拒绝痛苦;要是所有的事物都像河里的稻草木头一样在我们身边漂浮,人的意志对它来说完全是消极的,就像抓不住过去那样改变不了将来……要是这些都是真的,人们对过去和未来就会同样冷漠地对待了。也就是说,当它对人们的思想情绪施加影响时,人们会表达出一定的赞许或遗憾,但不会强制自己采取什么行动,也不会情绪激动,把感情砝码都放在天平上的一侧,而冷落另一侧。

一旦打击来临,我们会迎上去,准备要么就挡开,要么就把它击退;我们会做好充分思想准备去忍受无法避开的一击,会数十次毫无必要地警戒自己。而当打击过去以后,疼痛也已结束,斗争已无必要,我们通常就不会再去自寻烦恼,自我折磨。这并非因为一个属于过去,另一个属于未来;而是因为一个要付诸行动,需要未雨绸缪,倾注感情,而另一个已经完全从行动的领域退出,成了"安静地思索和痛苦地回味"的东西①。一个人知道一年后将受酷刑,并不比回忆一年前受过的酷刑更令他关切,只不过前者他会想方设法去避免,而后者他却只能无可奈何。但正是这种无望之望会使他拼命与命运抗争,结果在等待着的一年时间里几乎天天如同在受着那想象中的酷刑。如果事情过于遥远或者完全不受意志支配,因而既无法抗拒,也抗拒不了,人们的心境反而平静,还不如对待已经发生的事,或别的事,或他人的事。只要看看那些死刑待决犯,行刑的日子越临近,他们越是躁动不安,而一旦时间真的到了,他们反而变得坦然,临刑前一晚反而睡得特别安稳。

人们对过去或未来事情的看重程度,取决于他们自己参与其事的深浅,这从某种方面看也证实了我的理论。追逐名利、地位、财富的人,不大会想到过去,因为这于他们无补;无所事事、耽于空想的人,过去与未来对他们无甚区别,想起来同样令人愉快和真实,希望的时机已经过去,但希望的回忆尚存,对于有空闲来回忆走过的路的人来说,过去还活在他们的记忆里,可以减轻他们的失落感。狂烈的行动、不安的期望,那都是指向未来的,只有在简单的田园生活时期,在与世无争

---

① 同样,要是我们知道在什么遥远的地方一定发生了什么事,尽管我们还没听到任何消息,但越不知道我们就越激动,在悬念中受尽折磨,好像事情还没发生似的。而一旦真相大白,焦虑一扫而光,我们就会将一切诉诸命运,而努力按照发生了的情况来调整自己的思想。——原注

的牧人之中,才能找到刻着这样的字的墓碑:"吾亦闲人耳!"

我完全无意主张人们对生命之眷恋与其才能相称,但我也不像某些偏激者那样认为生命全无意义。"人生何其渺也",这不过是哲人们的感叹,我实在不敢苟同。如果我们只考虑生命的最后一刻,把以前发生过的一切全置之度外,生命短暂、渺小、微不足道。而这也正是某种人看待这问题的视角。他们的意思似乎是,生命一旦结束,便什么都没有了。在他们看来,这确是真的。古人云:"盖棺事乃已。"要是把这一说法推到极端,那么在去世之前就没有什么幸福之人,世人中也没有几个值得人们羡慕。但这样看问题是不公正的。人生,指的是人的一生,而不是烛花的最后一耀;而一生,不管是苦是乐,绝非区区小事。从为时已晚的期望或冷漠的健忘出发,我们还可以下一个粗暴的结论,与上面相反,但恐怕也同样有理:因为人长大了,所以他从没年轻过;人从没活过,因为他现在已经死了。旅途的长短或是否愉快并不取决于最后的几步,一座建筑的规模也不取决于最后添上的几块石头。同样,评价人生,既非看其最初一刻,也非看其最后一刻,而是其间所有时刻;不是看其走上舞台或退出舞台的瞬间,而是看其在舞台上的所作所为与所想。很容易看出,正是茫茫人生,万千杂事,矛盾而又变化不定的兴趣,一件事方完又是另一件,年复一年、月复一月、日复一日孜孜不倦地追求,质言之,即人生的日常旅途及充塞其中的事件,使人们无法抓住他的真正感受,而让它从记忆中流失,变得一无所有。人生对我们实在是太多太重,而我们竟说它是空的!人生在想象中似乎只是一个点,但其内容之丰富、形象之鲜明,有哪块画布能够容纳得下?人们可以说它轻若无物,但要把人一生中经历的失意时刻,那些痛心疾首的事件全部浓缩成一次打击,什么东西不能打垮!人生中饱含了多少希望,多少思想,多少感受,多少关怀,多少安慰,多少情爱,多少欢乐,多少友谊!即使只在一天的思索或阅读中,就有多少想法或感觉,如此丰富,如此深邃,如此意味深长,掠过我们的脑际!但一年中有多少这样的一天,漫漫一生中有多少这样的一年,人们仍在忙着什么有趣的事情,仍在回味着什么旧时的印象,仍在处理着什么挠人的问题而取得进展,每一步都伴随着力量,每一刻都感觉到前进的努力或成功的喜悦;因为人们的思想总是被当前的急务所左右,喜其所喜,忧其所忧。《亨利六世》中对人的一生作了精彩的分配:

> 哦,上帝!要能做一个牧羊人多好,
> 无忧无虑地度着一生;
> 就像我现在这样坐在山头,
> 一度一度地刻划着光阴。

看那时光是如何地流逝,

多少分钟凑成一个小时,

多少小时形成一天;

多少天合成一年,

多少年是人一生可活的时间。

算完了之后,就可来进行分配:

多少小时用来放牧,

多少小时用来休息,

多少小时用来思索,

多少小时用来嬉戏。

我的母羊必须怀胎多少天,

又隔多少周才能生下小羊,

再过多少月我便能修剪羊毛。

分钟、小时、星期、一月、一年……

朝着既定的归宿滚滚向前,

终于把白发送进了静宓的墓园。①

我本人既非国王又非牧人,我所拥有的"羊毛"只是我的书,而我的"臣下"就是我的思想。但这些于我已颇充分,就是

---

① 这段引文见莎士比亚的《亨利六世》第三部第二幕第五场,是亨利王六世在战斗间隙独坐山头时的一段独白。

将来也已足够。

形形色色的情感左右及扭曲着生命的自然发展,凡不受情感支配的一切都不值一提。其结果是造成了人生各个时期的区别:纯真的童年、快活的青年及执拗的老年。忧虑压在心头,使人产生沉重的负罪之感,因此一个干实事的人的样子就活像一个罪犯:心事重重、烦躁不安。涉世愈深,则愈不易保持思想的自由与单纯,愈不会受到他人的感染。人生早年,质朴而纯真,头脑中还没有塞满各种各样的东西,容易接纳各种各样的感觉。时而快乐,时而痛苦,互不干扰,思想之泉清澈、洁净而永不干涸。因而,"胸中充满了阳光,泪珠儿方滴便干"。随着年岁增长,意志力越来越强,形成了顽固的先入之见,对某种东西有固执的癖好。要想得到什么,就非得到不可,否则宁可什么都不要。我们固执己见,沉湎于幻想和偏见,这使我们失去了完美的判断能力和清新活泼的感觉能力。习惯的索链犹如长蛇缠绕在心头,咬噬着它,使它窒息。思想变得生硬麻木,毫无生气,童年时的柔软而富有弹性,现在变成了赘肉和顽固的肿瘤。感情上的粗暴与顽固愈演愈烈,最后压过了天然的感觉和合理的感情。我们孜孜以求,非要达到什么既不需要也不现实的目的。于是生命就在这种狂热的追求和必然的失败中一天天流逝了。人们都满足于这种病态的感觉,只是程度不同而已。野心勃勃、贪得无厌、放荡无度,使本来很普通而且唾手可得的欢乐化为乌有。机器在超负荷运转,亢奋的血管里喷发的过度炎热烤焦了爱情、希望和欢乐之花,使之枯萎。人们宁可忍受痛苦,也不愿从这狂热中稍作休息或松弛。一边是折磨人的希望,一边是一事无成的恐怖,我们介于这两者之间,惴惴不可终日。意志力的驱使,已经使人生像下山的马车,飞驰而下,而车夫或理智对之已无可奈何,他既无法停止,也无法控制。我们的头脑中也会被一些奇怪的念头盘踞着,不管多么可笑、多么可悲、多么有害,却左右着我们的一生。

过度的躁急不安不仅见之于疯狂的热情与追求,甚至也见之于正常的艺术和科学研究,使生活得不到安宁与幸福。热切的追求使成功的欢乐化为乌有。为了达到目标,思想总处在高度紧张之中,而一旦目标达到,却再也找不到享受这一成果该有的轻松与欢乐。激情并不与事情终始,人们在开始时是焦急不安地要把它做完,而接着又焦急不安地想做别的什么。情绪一旦激起,绝不会自趋安乐,因而我们可以见到一些天智很高的人总追求一些强烈的刺激以缓和其激情。斯宾塞在《教皇佚事》一诗中记载说即兴诗人在表演了一整晚其独特而令人叹为观止的技艺之后总是难以入睡,那些诗句总是不由自主地在他们脑海里反复涌现,使他们不得安宁。工匠和干苦力的人一到星期天就不知做什么事情好,尽管他们一

闲话集 | 075

重新上班就更热切地盼着它,整个星期都眼巴巴地等着它。雷诺兹爵士一出画室就感到不自在,晚年因不能作画郁悒而死。他常说只要画还在画架上,他总能添上一两笔;而一旦画送出去,便终身不想再见。听说当代有一位天才画家说过,要是魔鬼一旦抓住了他,他也要让它临摹他的作品。

如此看来,心安理得、自我陶醉地回顾过去实不足道,而焦虑不安地瞻望未来却诚是一切。人们担心驻足于过去,会影响未来的发展。耽于安乐,便无法达到完美;而追求生活的成功,却丧失了生命的目的。

青年人的永不衰老之感[①]

生当如花年华,没人相信会死。——这是我哥哥说的,真是至理名言。青年人有一种永不衰老之感,这足以弥补一切。青年的感觉就像神仙,生命的一半诚然已经飘逝,但还有另一半,谁知道其中蕴藏着多少金银财产!生命还无穷无尽,因此憧憬也无穷无尽;未来完全属于我们,我们的前景无限。"死亡"、"老年"这一类词对我们毫无意义,就像梦境、虚幻,于我们毫不相干。别人老了、死了,或者会老、会死,可我们不会,我们有神灵保佑,对这种愚蠢的念头,我们一笑了之。我们就像刚刚踏上一次愉快的旅程,极目眺望,"向远处的美景大声问候"。美好的风光无边无际,新鲜的景致扑面而来。因而,在人生的开端,我们纵情提出自己的欲望,一切机会都不放过,想方设法予以满足。我们总是一帆风顺,从不意气消沉。而且看来我们会一直这样下去,直到永远。

放眼四望,周围的世界生机勃勃,新意盎然;生生不息,步移景换。而觉得我们自己也同样精力充沛，精神饱满。我们看不到任何迹象，有朝一日会跟不上大自然的步伐，日益衰老，然后命归黄泉。我们天真无邪，无忧无虑，年少气盛，自觉会跟大自然一样年轻、一样久远。我们在世上不过活了几年，却误以为这结合将地老天荒、永恒绵绵。我们像婴儿躺在幻想编成的摇篮里，一厢情愿；带着微笑进入梦乡，自然界的轰鸣好像在为我们催眠，使我们感到分外安全。我们热切地畅饮着生命之酒，希望和欢乐似乎溢到了杯口，永远不愁喝干。大千世界，万事万物，纷至沓来，充塞了我们的脑子，勾起了无数的欲念，实在容不下考虑死亡的空间。我们生活在清醒的梦中，周围的世界迷花耀眼，使我们看不清阴影在远处徘徊流连。即使我们愿意，我们拥有的生命也不容我们作如是想，因为我们太沉湎于眼前。

在青春朝气尚未消磨之时，在"生命之酒"尚未饮干之前，我们就像醉酒中邪之人，精神亢奋，热血沸腾，感情冲动；只有在世情洞穿、壮志消尽、亲朋四散、热情消退之后，我们才会渐渐与世界疏远，想到人生有如镜花水月，我们也可能与之永别。在那之前，别人的先例对我们全不起作用。意外事故我们可以避免，老境渐至我们也有本领同它周旋。我们自信机

---

① 本文有几种版本。这里是根据 Charles H. Gray 编选的《赫兹里特随笔选》（1926 年 Macmillan 公司出版）上的本子。

警灵活,躲过那视眼模糊的朽老头完全不在话下。就像斯特恩小说中那个又胖又蠢的厨娘①,听到家主博比老爷去世的消息,我们的唯一反应便是:"死的可不是我。"死亡不但不会动摇我们的生之信念,反而会强化我们对生命的占有,促使我们更好地享受生活。听到周围的人们像枯叶般纷纷凋落,或像残花败朵般被时间老人的大锄一一刈去,但青年人对此充耳不闻,他们自以为是地认为,这些不过是比喻和修辞手法而已。只有我们眼看身边的爱情、希望、快乐之花一一凋谢,我们才会结束自我陶醉;在面对坟墓的寂静之时,我们也才会感到雄心壮志消磨的空虚与悲凉!

生命确是神奇之赐,它的法力威力无边,难怪我们刚刚获得这一恩赐之时,我们的内心充满了感激,充满了崇敬,充满了欢乐,以致想不到自己原来是一无所有,想不到生命还可能被重新召回。我们的第一个强烈印象就是所见世界的壮观图景,接着我们就不自觉地把这一壮观连同它的万古不老转移到自己身上。我们的发现是如此新鲜,我们还无法接受要跟它分离的念头,至少要把这考虑无限期地后延。好像乡下人初进集市,看得眼花缭乱、目瞪口呆,既不想回家,又忘了天色将晚。我们通过自身了解自己的存在,我们的所知也仅限于

---

① 胖厨娘是《项狄传》中的人物,事见小说第五部第七章。

自身。我们与自然合而为一。要不然,大千世界的美景,我们应邀去享用的"这顿理性之宴与灵魂之酒",不就成了讽刺与侮辱了吗?要看戏就要看到结尾,看到灯火阑珊;大自然的美丽的脸庞还在闪现,大幕还没落下,我们还没来得及看清上面在演些什么,我们就该被叫出剧场了吗?我们就像小孩子,被自然这个后娘抱起来看一看这宇宙的美景,但没过一会儿,仿佛她抱不动了,又把我们放了下来。但就在这一瞬间,在我们眼前展现的是何等五彩缤纷的图景啊!

我们看到了金色的阳光、蔚蓝的天空和辽阔的海洋;我们在碧草如茵的大地上漫步,成为世界万灵之长;我们在悬崖前,下视无底深渊,或者眺望万紫千红的峡谷;在地图上,整个世界在我们的手指下展开;我们把星星移到眼前端详,还用显微镜观察最微小的生物;我们阅读历史,眼前王朝倾覆、朝代更迭;我们耳闻西顿和蒂尔①的盛衰、巴比伦和苏萨②的兴亡,感叹世事沧桑,往事如过眼云烟;我们思索着我们所生活的此时此地,我们既是人生舞台的看客,又是演员;眼见四季更迭,春去秋来,寒来暑往;我们亲历世态炎凉,快乐悲伤,美丽丑陋,是非短长;我们感受着大自然的风风雨雨,体念着这光怪

---

① 西顿(Sidon)和蒂尔(Tyre):均在黎巴嫩西南部,古时是腓尼基的两个城邦国家。
② 苏萨(Susa):古代波斯帝国首都,遗址在今伊朗西南部胡泽斯坦省。

陆离世界的离合悲欢;我们倾听着密林中野鸽的吟唱,游览高山大谷的风光;我们聆听子夜的神圣歌声,造访灯火通明的厅室或幽暗的教堂;我们还置身拥挤的剧院,观看生活本身受到摹仿;我们钻研艺术作品,使自己的美感升华到顶峰;我们崇拜名誉,梦想不朽;我们眺望梵蒂冈,阅读莎士比亚;我们凝聚了古人的智慧,思索着未来的时光;我们观看战争的骄子,听他们发出胜利的呼喊;我们穷究历史,考察人心的动向;我们追求真理,为人道的事业辩护;我们傲视当世,似乎时间与自然已把所有财富都堆在我们脚前。我们活着,经历着这一切,但是转眼之间,我们变得一无所有,以上种种也都好像变戏法或者一场幻梦似的从我们手中统统夺走。从拥有一切到一无所有,这一变化太令人震惊,也给充满希望与幸福的青年的热情兜头浇上一盆冷水,我们只好尽量不去想那个令人不安的念头。在开始享受人生的时候,我们从没担心过赊欠,也没想到过有朝一日需要向自然归还这么一笔巨款。

我们都知道艺术是永久的,满心以为生命也当如此,看不到在从事艺术的道路上所要面临的困难和挫折是无穷无尽的。必须有足够的时间,日积月累,方能达到完美的境地。我们高山仰止的那些伟人声名永垂,我们就不能考虑从他们那里吸取一点灵气,那永不熄灭的神圣之火吗?天然的或者在伦勃朗画中的一道皱纹,需要花几天时间,方能分解出其组成部分,弄懂它的浓淡明暗;我们在追求完美,同时也在逐步展示大自然的多姿多彩。这是一幅多么美妙的未来图景!我们有多少工作还未着手进行!为什么我们必须中道而废呢?当然我不是说,这样花掉的时间是浪费,这样付出的努力是白费;我们不屈不挠,不知疲倦,越干越精力旺盛。那么时间老人为什么对我们就这样吝惜,不让我们完成业已着手,并已为造化所赞同的事业呢?为什么不让我们拥有完成这使命所需要的时间呢?我曾经接连几个小时在伦勃朗的画前流连忘返,不知时光之飞逝,越看越觉得惊喜,觉得在这样的鉴赏中获得了一个新的生命,这一新生命如此高尚,如此纯洁,无边无际,一尘不染,也永远不会腐烂。看画者如我辈终将化作泥土,为蝼蚁所食,但这幅画将永生。这样的事的发生并非靠推理所得,死亡与健康、力量或食欲无关,而我们只有在幻想破灭、希望成空时才会理解这点。

青年总与新奇等等事物联系在一起,这一联系根深蒂固,难以消除或抹去,看来就像是人类本性的一部分,它不会自然衰退,只有某种突然的力量才会使它消失。正是这种想法的力量使人们总提前享受生命。我们把好几年的光阴浓缩在某一个时刻,只图一时之快而不顾时间的挥洒。那么,要是生命的某一刻确实值好几年,是不是意味着生命的总值和总量是可以限定的呢?同样,不也有这样的场合吗?我们自觉日子长得过不完,因而当孑然独处、厌倦了所谓新奇的东西之时,便会对时间"慢腾腾地爬行"感到恼火,甚至埋怨这种蜗牛似的生活何时才是个尽头。在喜欢的事情上,我们总是轻易抛掷时间,丝毫没想到不用多久我们就会发现它过得实在太快了。

就我自己而言,我的生命历程是与法国革命同时开始的,而且我活着看到了它的结局。但我并没有预见到这个结果。我生命的阳光与自由的第一道曙光同时升起,但我没想到这么快两者都要同时降落。新的动力在人们思想中激发了热情,也在我身上燃起了同样的温暖与光明。我们志气昂扬,共同展开了一场赛跑。我决计没有想到,在我的太阳远没有下落之前,自由的太阳会这么快地变成血腥,又一次陷落在专制暴政的沉沉黑夜之中。坦率地说,自那以后,我再没感到年轻过,因为我的希望与它一起陨落了。

自那以后,我的思路为之一变,转而致力于搜索昔日思维的断片,笔之于纸,以便他日的回忆。前路既已切断,我只好转而向过去寻求安慰与鼓励。事情就是这样,一旦我们发现我们的实体行将消失,我们就转而从思想中寻找一个影像,以作替代:人总不喜欢彻底毁灭,能使自己的名字留传后世,也是好的。只要自己的满腔抱负、毕生心血能在他人心中存活,便会觉得毕竟没有完全从人生舞台上消失。我们还占据着人们的心,对他们施加影响,灰飞烟灭的只是我们的臭皮囊而已。我们所钟爱的思想仍然受到人们的推崇,在世人眼里我们总算还是个大人物,说不定比我们活着时还要光辉呢!这样,人们自爱自重的愿望得到了满足,而这正是永垂不朽、始终如一的事业。非但如此,要是我们的文才能使我们长存世间,我们的德行便会使我们以一个更高尚的形象存活于人们心中,为人神所共赞:

幽幽丘墓中,余音尚呼喊;
冷冷残灰里,热望将复燃。[1]

年齿渐长,对时光之可贵愈益敏感。时光之外,一切均可在所不计。我们老在奇怪,怎么习以为常的一切,会一下子变得无影无踪?周围的许多事物仿佛还是原样,我们自己为什么要起变化呢?这些想法使我们拼命地要抓住现有的一切,还会使我们放眼看去,万事皆空。年轻时初涉人世那种充实、丰满的感觉早已是明日黄花,眼前的一切都索然无味,就像一个徒有其表而内心贪婪肮脏的伪君子。世界就像一个女妖,拿虚假的装扮和表演来哄骗我们。青年时代单纯的自信、真

---

[1] 引自英国诗人格雷(Thomas Gray,1716—1771)的《乡村墓地哀歌》。

诚的期望、洋溢的热情,都已一去不复返,我们只想早日把该过的日子过完,既不要失去机会,也不要自寻烦恼。冲动的幻想,甚至对往日欢快与美好希望的甜蜜回忆也已不再有:要是我们在"大归"之前能体面地过完这一辈子,身体上没有三病六痛,精神上安详平妥犹如一尊"静物",这差不多就是我们所能指望的最好结局了。我们不是在死亡来到的时刻一下子死去的,我们早就在发霉了:身体上的功能、精神上的乐趣和对生活的依恋,在我们还活着的时候,就从我们身上剥落,一个接着一个离我们而去。死亡只是把我们最后残存的躯体送入坟墓而已。

说我们的衰老经过了缓慢的渐变阶段,最后才化为乌有,这并不奇怪,因为即使在我们最辉煌的时刻,我们最强烈的印象也只能维持片刻,留不下多少痕迹,而辉煌一过,我们随即便又成了猥琐的可怜虫。试想在我们最愉快的日子里,我们所读过的书、所见过的景色、所经历的情感,对我们究竟有多大作用!回忆我们当初读到一本如司各特那样的大家写的精彩的浪漫小说时的感觉,那是多么美好,多么崇高,多么引人入胜,多么惊心动魄!你会感到那种感觉将会永存,或者使你自己的思想与之融成一片!当我们沉浸在书中时,似乎没有什么能把我们从高尚的思路中拖开,或者搅乱我们的心境。——但是走到街上,溅到身上的第一身泥水、被人骗走的第一个两便士银毫,刚才那种高尚思想马上会溜到爪哇国去了,我们又回复成卑琐环境中的一个可怜虫。思想可以飞向高空,但它最适应的是那些低微渺小、不讨人喜欢的环境。而我们奇怪的是年龄居然会使我们变得脆弱而好唠叨,而青年人的朝气竟然会一往不返。欲望无穷而行为乖戾,即使此世和彼世加在一起,也不能让这种人满足!

告别随笔[①]

如果宁静的生活最美好,我就这样度过了一生。

可口的晚餐,温馨的旅店,甜美的梦乡,再加上一本好书,在一天的漫游之后,舍此之外更有何求!那么,就不想有一位朋友来与你抵足长谈,还是独处更合你意?有人如约而来当然不错,不过他走后我更加高兴。交友之道在于保持适当距离。那么,也不想有个情人作陪?"美丽的面具,我已看透!"一旦我学会观其貌而察其心,听其言而知其意,我更相信的可能还是自己。扶朋携侣,不如看鸟听雀。看赤胸鸟在门口啄粒,或听其在秃枝上鸣啭,无不令人心旷神怡;时或画眉轻啼,鸣声悠扬,冬日闻来,分外清脆,令人陶醉,令人兴奋。我爱之乐之,因其真实而可贵;而更可贵者,在时过境迁之后,它们仍能将我带回昔日的梦境。当初是小鸟天真而无邪的欢快叫声,唤醒了我对未来生活的憧憬,而且听到自己的心跳在怦怦作应。

现在一切都已过去,世界与我,彼此因轻信而产生的希望已经破灭,我又从那欺骗了我的世界,回到了自然,这自然曾经给过世界以虚幻的美丽,而且总使人想起过去。一日清晨,我正在大口饮茶,彩云朵朵,从西边悠然飘来,不由想道,"春天就这样缓缓来了"。这样想着,不顾田野依然湿润,道路依然泥泞,我就随着别人的指点,来到了邻近的一个树林,从那里踏上了一块干燥平坦的草地。小径蜿蜒,伸向一英里路的远方,两边是低矮的丛林,路尽头有一点亮光,随着天气的阴晴而或明或暗。这是一次多好的徒步旅行机会!书籍友朋于我皆无所需,我可以边走边回忆我的青年时代,那些年月,那些时光,伴着微风,拂面而来。我可以自在地漫步几个小时,时而极目远眺,时而侧身回望;时而想岔开大路,另辟新径,时而又迟疑犹豫,生怕扯断纤细的回忆之丝。白桦在微风中摇曳,树干熠熠,枝条宛曼;一只山鸡扑簌而起;不由回忆起昔日在此曾见到过一只斑鸠在泥土里扑腾,不由感慨韶光易逝。悠悠岁月,熟悉的名字,亲切的面容,一一在眼前浮现。这是为什么?为什么现在会想起他们?或者说为什么不常常想起他们?人生就好比穿越一条狭窄的小路,四周围着一条薄薄

---

① 选自 Charles H. Gray 编选的《赫兹里特随笔选》(1926 年 Macmillan 公司出版)。

的帷幕，幕后是一尊尊人像，一张张竖琴；然而人们不会伸出双手去揭开幕布，去细看那些画像，或者弹拨那琴弦。又如在剧场里，当古老的绿色帷幕徐徐卷起，成群的人们、奇异的服饰、晃动的笑容、丰盛的宴会、庄重的屋宇、闪亮的远景，一一在眼前展现；只要愿意，我们随时可以窥视过去，那曾使我们触景生情的、长忆难忘的、悠然神往的或痛心疾首的一切，可以重新为我们所有。但对这一切，我们漠不关心，无动于衷，仿佛最可关注的只是眼前的烦恼、明日的失意。房里即使挂着提香的杰作，我也未必在意，如何能期望我心灵中的眼睛能看得那么远，或者会运用意志的魔力，把藏有这幅画真迹的罗浮宫的厚厚的石墙推倒呢？见到这幅画，就使我想起罗浮宫另一个头像[1]，想到它，我便忘怀一切，我甚至愿意变成它所代表的那个人，他是如此安详，如此镇定自若！我真巴不得把这幅画像悬挂在我心灵深处，以便时时望上一眼，就像护身符一样，来安抚我那起伏的思潮。这种期望看似自然，但实际必然落空。要么像法国人那样，把花圈挂在坟头，利用死者生前的小像来唤回亡灵？

散步中，这种巧合或联想常会发生，它可以轻松地打开一间间沉睡着记忆的小屋。只要弯下腰，望着那长长的

---

[1] 疑指拿破仑的像。他是赫兹里特终生崇拜的伟人。

闲话集 | 089

草地和冰冷的泥块,十八年前的情境便会历历如在目前:就在这里,在灌木丛上,长着一束束粉色的报春花,或紫色的风信子,衬着绿叶,十分娇艳。小鸟在枝头歌唱。就这样边走边想,我一直走到路尽头。晚风呼啸着掠过高耸的树梢,想象中仿佛还听到了猎狗的叫声,以及紧随其后的不幸的人们,就像在西奥多与霍诺莉亚的故事①里那样。一阵风呼啸而过,使我更相信了这一点。我又一次望着前面的树,看它们是否像那惊恐万状的丛林,包括建在树顶的空中楼阁。

> 在罗马的所有城市中,
> 最重要最著名的便是拉文纳。

我回到屋里打算把整首诗再读一遍。吃过晚饭,我把椅子拉到炉边,将一本小书凑近眼睛,沉浸在德莱顿的诗句中,将他诗中的说教与壮观的场面与薄伽丘原著中简洁的抒情与生动的叙述做着比较,津津有味地品尝着只有一个熟于此道的读者才能感觉得到的古怪而有趣的诗句:

---

① 西奥多与霍诺莉亚的故事:见德莱顿根据薄伽丘改写的诗《西奥多与霍诺莉亚》。下面所引均出自该诗。

> 霍诺莉亚看着看着,
> 原先的害怕又产生了新的冲动。
> 在悲痛中,他看这就像侮辱,
> 即用善良的眼泪来对人表示哀悼。

这些意义上闪烁不定的词句,却给诗句的行进带来了双重的效果,使我对早期文学的疑难之处产生了一种小小的兴趣。那时用词的方式现在看来非常可笑,那时写诗的方式我们却丝毫不敢嘲弄。找到了一种新表达法仿佛就有了新的自信,让音节在他们提供的模式里滚动,超越韵式的限制,组成古老的三行联句。

回顾过去,上述种种使我惊讶莫名,而更不可思议的,是我自身改变之小。我想到的形象没变,思考问题的方式没变:兴趣、爱好、感情以及期望等等,都跟以前没什么两样。诚然,我赖以建立自信的一个基础曾经受到了动摇,但我以同样的执着坚持着这种信念。对我来说,我曾发誓奉献的伟大事业的成功重于一切:它给我力量,给我动力,直至它又一次使我失望。

> 参天树兮既已倒,
> 斯哲人兮不可遇!

闲话集 | 091

直到最后一刻,我才发现我所失去的和必须经受的全部内容。但是我对"是"的坚信却是通过"非"的胜利才获得的,我最早的希望也就是我最后的遗憾。我的不屈不挠,有人称之为冥顽不化,其来源之一,是我一向不爱随声附和。黑非白也,君非臣也,芳草青青也,对这些清清楚楚、不言自明的事,我觉得犯不着与通常的偏见计较。而在一些比较微妙、容许有不同看法的问题上,我既不会毫无理由地将自己的意见强加于人,也不会毫无理由地放弃自己的观点。辱骂或自封权威,证明不了对真理的孜孜追求,而正好相反。吉福德先生①有一次说,当他坐下喝着杜松子酒,抽着板烟斗的时候,他自我感觉就像莱布尼兹。他不知道我以前是否读过哲学,那么,为了讨好他,或向他表示尊重,我是否自己也该忘了是否读过呢?利·亨特见我提出观点时总犹豫不决,但坚持原则时却寸步不移,觉得很难将两者统一起来。我却认为这两者基本上是一件事。

我的天性和习惯,教我说话做事,待人接物,都不懂做假。我不会抢舆论的风头,也不会用繁文缛节来推销自己。我认为站立再正,说话再漂亮,走路姿势再优美,都证明不了什么。因此,我不想靠这些来取悦于众,赢得别人包括朋友的崇敬。

---

① 吉福德(William Gifford, 1756—1826):《每季评论》首任主编,赫兹里特的主要论争对手之一。

为什么？因为我的才能不在这里，或者至少，我所学习与追求的不是这些。也许我的追求过于强烈以至带有病态，我对某个问题的思考过于执着，一旦经过千辛万苦找到答案便得理不让人，常会以激烈的姿态表现出来，是否这就是我在各种场合显得举止乖张、自以为是的原因呢？或者，我是不是应该萎靡不振，自我退缩，故作局促不安，仿佛自知对事物的认识与信心不足，对将自己思索已久的问题告诉别人没有把握？要是我对自己的想法真的没有信心，真的十分肤浅，我又何必老是在肤浅的人们面前炫耀，为那些可怜的胜利而高兴。

说到趣味和感觉，有一点足以证明我的结论不是那么浅薄或匆忙，那就是它们所经历的时间。我所喜爱过的书画文章依然在我身边，它们很可能伴我一生，不，我还有一点小小的愿望，希望我的思想比我活得更长久。这种印象的持续性正是我引以为自豪的东西。兰姆喜爱的东西也太滥，尽管他的审美趣味非常明锐非常实在，但我也不敢问他，经过十年的岁月，他现在最喜欢的作家或最特别的朋友是谁。至于我，人们都知道找到我最容易。凡是我下了决心去做的事，我一定会做到最后。我保持独立见解的原因之一，我想是我给予别人的自由，或者说我对朝秦暮楚的不予信任。要是我去陪审团，我一定是出色的一员。我也许说得不多，但我一定会磨到最后，使另外十一个顽固的家伙接受我的意见。我记得戈德温写信给华兹华斯,说他的悲剧《安东尼奥》"不可能不成功"。实际上这部作品差得不可救药。我告诉华兹华斯这很自然,要是一个人总是从自己出发去评判别人,他的头脑里怎可能出现戏剧性的转折呢?戈德温先生可能对自己的作品信心十足,但他怎能保证别人也这样想,除非认为别人都跟他自己一样聪明,对戏剧诗歌的批评永不会失误,有那么多的亚里士多德在等着评判欧里庇德斯呢?由此可见,骄傲总与羞涩与矜持相关,因为真正的骄傲并不对公众舆论抱过高的期望,认为他的作品人们全都理解,或者他与公众之间有共同的评判标准。因此德莱顿轻蔑地谴责他的对手说:

我想象不出他们能想出些什么。

我没有寻过同伙,更不想树立敌人,因此不论别人是否接受,我总保持我的意见。要别人走进我们的思路,我们自己先得走进他们的思路。欲引导,先跟从。以前我住在这里时,我从没想到会成为一个多产作家,但在我正式当作家之前我就有了像现在一样足够的自信。人们赞成也好,反对也好,于我毫无所损,我也不会说我喜欢这个而不喜欢那个。

距我写这篇文章的屋子不远,是我第一次读乔叟的《花与叶》的地方。那个深居闺中的美丽姑娘,谛听着夜莺的歌唱,一遍又一遍,这个情景深深地打动了我。我至今还记得那个场面:春光明媚,晨寒料峭,婉转轻曼的鸟儿鸣啼,还在耳边回响,这一切就像发生在昨天似的。有谁能说服我,说那不是一首好诗?但我觉得这种感觉没有在德莱顿的诗中传达出来,因此,同样也没有人能说服我,说那是同样的一首好诗。以往在这个时候,到了傍晚,我总同兰姆姐弟俩一起出门散步,看看头顶上那片克劳德·洛兰画中那样的天空,如何从蔚蓝色,转为淡紫色,再变成金黄色。我们还采集脚边时不时蹦出的蘑菇,回来扔进晚餐吃的羊肉杂碎里。那时我正狂热地迷着克劳德的画,房里挂着几张他的佳作复制品,我可以在那里一待就是老半天:毛茸茸的羊群,盘曲的树木,弯弯的小溪,密密的丛林,摇摇欲坠的古寺,烟雾缭绕的山峰,还有远处晴光潋滟的峡谷,一边看,一边在试图将它们还原成生活中活生生的颜色。那时有人告诉我说,威尔逊①的画比克劳德要好得多,我一个字儿都不相信。现在他们的画都并排挂在不列颠展览厅,整个世界都同意了我的看法。但即使这样,我也没有就此抛弃威尔逊。我不会把我们的羊肉杂碎与阿米莉娅的作比较,但这事引起了我们的兴趣,导致了一场争论,争论紧张而热烈,一直持续到半夜,其结果数年后刊登在《爱丁堡评

---

① 威尔逊(Richard Wilson,1713—1782):英国风景画家。

闲话集 | 095

论》上。我现在对这些争论是否有了更高明的看法,或者我是否应以更大的激情与韧性来坚持我的观点? 都不,既然这些都已公之于众,那就得留待公众来做选择了。

回顾以上种种情景,是对未来的最大慰藉,别的印象以后自然也不时有过,弥补了时间上的空缺。但这些景象是最基本的,是真正属于我的"经典"。如果有什么事真使我兴奋,感到不虚此生,那就是我的这些坚实有力的思想;即使在这上面我已无法加上什么,其"利息"也足以使我度过余生。至于我所思索的事,那么,赞美我还不如赞美我所赞美过的前人,这些思想在未来能否再次引起回响且不管,对它们在过去产生的作用我已充满感激之情,并将把只属于我个人的东西卷起来留给我自己,以及与之直接相关的一些事物,以便尽快忘却。

于是大幕降落,隔断了未来人的目光。

1828 年 2 月 20 日写于温斯洛

文学　艺术

作画之乐[1]

"作画之乐,唯作画者知之。"为文者须与人类世界竞强,而作画者仅于友善中与自然世界争胜。端坐作画,乐即随之。手持画笔,直面自然,心境即趋宁静。怒气不足以使绘事中断,不足以使手腕颤抖,不足以使双眉紧锁;忿恚亦无由而生。作画者无须与人论战,无须言过其实,无须压垮论敌,也无须愚弄对手——盖作画,非因爱因畏而生也。作画时,无"戏法"可变,无辩术可用,无诡计可施,无证据可玩弄于股掌之中,更毋须颠黑为白,颠白为黑。作画者实委身于自然,为其强力所制,单纯如赤子,虔诚如教徒,欣欣然研究自然之表现,悠悠然感受自然之风采。作画时心境宁静而充实,手眼并用而不悖。纵描摹至浅易之事物,一草一木,亦使画者时时受益也。同中见别,别中见同,手写心摹,随错随纠。不必略施小技,亦不必故意出错,尽画师之力,而自然之美总难企及也。唯日日追踪,则耐心生焉,则奇趣得焉。花中之痕,叶上之褶,云间之彩,墙头之迹,费心捕得,则犹战斗之斩获,半日之劳累不虚矣。时光流逝,怨悔不生,倦怠不知,且舍绘事外更无他想。率真与勤奋同在,欢愉并忙碌共存。不与乎苦思,不晓乎为害,而心境之乐何如哉!

  余之作随笔,虽时得佳语,或偶触佳思,然不甚感其乐,想他日再读,亦不过如此也。而余每捉笔为文,常求其早早毕事,盖余不知其何时可毕,甚矣哉即次句次章所言亦不预知也。而一旦写毕如有神助,则弃之弗复再思矣。时而同一文也,需一写再写,则余读校样时尤为小心,唯恐手民有所误植也。然则待文章井然刊出,余实已熟记在胸,兢兢然旁窥他人之反应,而文之光彩尽矣,兴味索然矣,即一老生常谈之故事,亦胜之多多矣。欲击节叹赏己作而不生厌,需先忘其为己作,何则?熟稔生轻蔑也。读己作犹如专心读白纸,憨态可掬,盖重复多次,词句已无意义可循,直空洞之声音耳!唯虚荣心驱人伪作欣喜状,百读已作而不厌也。余雅喜思考,而不乐语之于人。词句于他人为必要,盖舍之无从令人悟己所得;而词句于己实利少而弊多,犹如蒙上一多余之薄纱也。诗人有言:"吾思于我如帝城。"然余不欲设一帝座,君临他人之思想也。哲人之思,存乎朦胧之抽象中,或如人言,"存乎最幽深之纯情

---

① 选自《闲话集》。

思维中"。诉之他人,于己所思既无损益,亦无加乎其情趣。思想犹如一久识之故人,虽借装饰而变其外观,变其风格,于其本身则未必有益也。故余每属文论述一题毕,而思想辄离我而去;余之思溶入词语,而思之自身则忘矣。换言之,余冥思苦索,变真实思想为词语;而俟之他日,此思想已仅为他人而存矣。

绘画则不然。就余之经验言之,自思想转移为绘画,其所得远过于其所失也。画之作,永无尽时,盖作画时,所画者非所以烂熟于胸,乃所以新得于目者也。述烂熟者变感情为词语,绘新得者变名称为事物。作画过程,常须无中生有。每添一笔,犹洞开一求知之新域,新困难陡生,而紧随其后之新胜利亦可期也。以所绘者与原物较之,可见何者已就,何者未竟,对感知力之考验,实远胜于对想象力之考验也。此一竞赛胜负悬殊,使人不敢在幻觉中过于自负。画面中此处使他处相形见绌,每使人思及,法自然难,或可取法乎自身乎。映照以艺术之镜,事物每焕发出异彩,入于画家之目,而画家之笔或可写出之。空中幻象,疑有似无,一经画出,顿可感知;美之形式,一变而为美之实体;美妙而壮观之宇宙,则既可赏之于心,又可悦之以目矣。

君不见画中之彩虹乎?滋润鲜艳,七彩盈然,宛若采撷于白云卷舒之苍穹也。风景画中,阵雨初歇,露珠晶莹欲滴;夕阳下，群羊咩咩，其毛茸茸然；晚风中，牧人之短笛，吹奏出离别之音。如此等光彩耀人之作，非均出之于一无生气之白布一幅欤？恰似一肥皂泡，竟可折射出万千气象之宇宙也。不意鲁本斯画笔，竟可创造如此之奇迹也。而一旦见此奇迹，孰不跃跃欲试，欲尽毕生之力，以臻同一境地乎？试观伦勃朗之风景画，休闲地之肥沃，收茬地之空落，收割地之稀疏，何等淋漓尽致！而余静观其画，默察自然，提笔握管，继踵其武，又何其勤奋！直至光色厚重，而空气中依稀可闻泥土之香也。以此观之，艺术，犹如自然，其追求永无止境也。地平线边，晚霞闪烁，视之常令人出神，目为之眩，思为之止，唯愿此无涯之美景，一朝得复现于画布也。威尔逊昔日曾言，彼所欲画者，乃落日余照里空气中飞舞之尘埃也。又一画友，一日进其画室，方欲坐下作画，偶见其画极似雨后之景，惊喜雀跃，曰："此余往昔竭力画之而未得也！"威尔逊不为时俗所重，而日复一日，彼自身亦重美酒甚于重作画，而手腕日渐滞重，乃至需一再涂抹，方能得其所欲。作画未几，见熟人来，辄曰："余今日所画足矣，曷不外出一饮乎？"克劳德则异乎是，彼从不因他种娱乐而弃其画，或弃其置于第伯尔河畔之画室于不顾。彼日日凝视阳光明媚之峡谷与远山，一旦目有所接，心有所触，归即施之于画布，欲留其景至永远。余最乐之时光系某年晴夏，每于黄昏漫步，见落日晚照，泻光于碧草黄茵之上，染色于尖塔孤树之顶。其时也,则天色由蓝而紫,由紫而橙,金光满天;时或镶以暗灰,高悬于白云铺就之"石板路"上,一似意大利大师之风景画中所见也。然下文所言者乃一特例。

余生平所作之首幅头像为一老妇,其额隐于帽檐之下。余画之甚勤,用功甚殷,已不记费时几许。此画今日仍在余箧中,偶出把玩,颇讶昔日何以费力如许之多而收效如此之微,——然其画亦非一无所就,余因之而知,凡物皆有其美;视之以科学与艺术之目光,自然界本无俗物也。追求美者处处创造美,而俗人所见,则在在皆俗物也。虽然,余仍倾全力以为之。人云创造艺术费时,彼时余思人之生命亦甚费时也。第一日,余已大体绘就,视之惊喜交集,自谓其余则时间之功也。余日复一日,月复一月,苦苦用功,精心修改。前此余曾于伯雷庄园见伦勃朗所画一老人头像,因思假我以时日,一年抑或一生,倘余所作,差可比拟于伦氏,则荣耀、快乐、名声、财富,余之一生,将享用不尽矣。伦氏之头像精确而美妙,视之一似真人,余所勉力为者,亦如此也。余当日不信、今日亦不信雷诺兹爵士之言,所谓完美之作盖在乎再现总体效果而不在细节之惟妙惟肖,余坚信成功之作当兼具两美,否则余之头像首日即已毕事矣。然余深知,真人中自有细节,为总体描画所不能表现者,余费时费力为之,良所值也。光影所成之效果至善,然光影之变化甚为微妙,种种色调,细致且难以察觉,此

闲话集 | 103

则余用武之地也。次则明暗间之过渡亦为一要务,大块光色宜实,而交接之处须虚,盖自然所见即如此也。其困难处,在一一表现于画面也。余屡试屡败,屡败屡试,终获意想之成功。伦氏所画之皱纹非僵硬之线条,余观真人亦如此,因冥思苦索,不甘其后。使余费时半晨,得画成此皱纹,时断时续一如所见,则一日不虚度矣。老人之皮肤,枯黄皱缩,而皮下时现赤痕条条,映衬其脸,血色隐隐可见,凡此种种,余均竭力转写,且时时比较所见与所作,务尽判断能力与绘事能力之所穷,以臻成功。难尽数矣余所作之修改也!难尽述矣余之努力以再现日前观察之所得也!难计时日矣余令老妇原姿端坐,以俟原样之光线也!老妇之唇,颇有皱折;帽檐下之双目,略呈内陷——视此,则知老人之虚弱且多疑也。余尝试多次,且不乏与之口角,终如所愿,彼此皆觉满意。而此画终未完成!时至今日,余或仍可继踵其事!每日工作之暇,余置此画于地,泪眼之中,新愿复萌,而新见亦遽增也。

——此作画所以能令人以不同目光观察自然也。前此余之视物尚似镜中窥花,终觉有隔,而今则对面相视矣。作画者非假机械之工具,而藉官能之不断实践、亲近之、欣赏之,终得理解自然之魂与自然之韵,且得窥自然之生命。自然之真意在作画者鲜有丧失者,盖彼以自然之目光视自然,非以虚荣、兴趣或世俗之目光视之。纵世上有所谓无美且无用之物——姑妄言其有之——而其中必定有真,仅此已足以满足好奇之心与种种思虑活动矣。作画之人,少为人注目,实为真正之学者,且为最优之学者,盖彼乃崇尚自然者也。以余自身言之,倘真求心之旷、神之怡,余宁为一斯藤[1]或一道[2],而不愿做有史以来最伟大之辩士或文学家也。神学家之视物常似隔云雾,画师则否,彼之视物,常以同一真理标准,而出之于冷静之求知精神。彼日常作画时如此,平居视他物时亦复如此也。彼察物也细,每于同中别其异;彼以直觉读书,亦以直觉阅人。彼身兼批评家与鉴赏家。其结论则清晰而令人折服,盖其得之于亲身之实践也。彼不狂热,亦不轻信,更不人云亦云,盖其惯于自我观察,亦惯于自我判断也。余所知人中,就其类而言,头脑最清醒者非画家莫属,其对世上活动之观察最为明锐,其对头脑活动之思考也最为细密。就总体而言,其职业使画家较之作家更易于与自然融为一体。画家倘缺乏必要之知识积累,则常诉之于自身之洞察能力。此可举奥派[3]、富塞利[4]、诺斯柯特[5]诸人为证,此数人皆以出色之描绘能力与熟知人性之细微特征而著称。

---

[1] 斯藤(Jan Steen,1626—1679):荷兰画家。
[2] 道(Gerard Dow,1613—1675):荷兰画家。
[3] 奥派(John Opie,1761—1807):英国肖像画家。
[4] 富塞利(John Henry Fuseli,1741—1825):生于瑞士的英国画家。
[5] 诺斯柯特(James Northcote,1746—1831):英国画家。

于通常社会中,或于默默无闻时,社会视画家若不见,而画家则极易自视过高,此则社会之过或大于画家也。甚或画家常缺乏应有之教育,亦当作如是观。理查森①向视画家甚重,曾言及米开朗琪罗一佚事:米氏自觉不见重于教皇尤利乌斯二世而与之争执,后一主教引米氏见教皇。主教亟思有以惩之,乃曰教皇不值与米氏辈计较,盖此等以画为业之人往往无知,因而难以理喻。教皇闻之大怒,以杖击主教曰,子之脑袋系木制者乎?米氏,予不欲得罪之人,而子竟敢开罪乎?乃逐主教出厅,对米氏祝福有加,且赏赐甚厚。此主教之误,世俗之误也,其遭谴责,亦咎由自取也。

作画之事,非但有益于心智,且有益于体格,盖其既为自由之艺术,又为机械之操练也。掘洞、种菜、击球、织布,乃至设计花样,质言之,凡种种行为,欲求其成,其中必有可言,足以使能力得以发挥,而精神活动得以运行不息。怠惰者,貌似轻松,实则痛苦,盖人之快乐,非做事无以得之也。人之健康发展,行动与思考不可或缺,而绘画则常糅二者以为一:目所视确否,则验之以手;而目视之所得,则需手之技巧应之也。笔笔均似有意,可验证一新理;而每一新见付诸实践,则使又一新愿得以实现。每画一笔,于既定之目标更近一步;而每走

---

① 理查森(Jonathan Richardson,1665—1745):英国肖像画家。

一步，所需成就者则更见多。鲁本斯①及范戴克②，技巧娴熟，优雅动人，色彩轻盈，余至为赞赏，然余不羡其能；余所羡者，柯勒乔③、达·芬奇，及安德利亚④之画技也。其作画也，于缓慢中见耐心，费时费力，而笔笔似知其职司所在，笔笔知追逐真实、与夫艺术家苦心孤诣之目标，人云画能思想，其此三人之谓乎？

试以上两种画论之，其一则色彩融入画布，如幻似奇，瞬间之杰作也；其二则色彩融入画作，可见画师积年不懈之努力，此长期追求完美之功也。对此杰作，谁不欲近之、居之、复归之，而终联姻之邪？花哨轻捷之鲁本斯曾叹曰，自予学得此技，几窘迫欲死；而舒缓渐达之达·芬奇，其享寿何其高也！

作画异于作文，非伏案即可成就。作画须有肌肉之劳作，纵非极其强壮，亦需坚实耐久。用力之精确与巧妙，可补其激情之不足，恰似走钢丝者，须时时留神，以保持身体之平衡也。作半日之画，使人胃口大开，一似老塔克⑤驰骋于唐斯丘陵所期也。人云雷诺兹爵士舍作画以外无任何运动，其所指盖画家须时时进退以观所作之效果也；然余谓作画自身，其运笔，

---

① 鲁本斯(Peter Paul Rubens, 1577—1640)：佛兰德斯画家。
② 范戴克(Sir Anthony Vandyke, 1599—1641)：佛兰德斯画家。
③ 柯勒乔(Antonio Allegri Correggio, 1489—1534)：意大利文艺复兴时期画家。
④ 安德利亚(Andrea del Sarto, 1486—1530)：意大利画家。
⑤ 塔克(Abraham Tucker, 1705—1774)：英国作家。

其布色,轻重浓淡,各得其所,于体力操练尤为有益,与之相较,其屡进屡退之动作,直休闲与放松耳。无怪乎画家如雷氏,醉心于艺术如斯,一旦视力衰退而不克作画(如其临终前一两年),嗒丧不已,曰:"此余三十年从不间断之快乐源泉也。"以余思之,恐唯有从不思索之人,及习惯于作抽象思维之人,方不自觉厌倦也。

再举一例,余即结束此文。余初期所绘画中,有一乃为先父之肖像。其时先父已趋老境,而精神矍铄,不减少年时,面容刚毅,杂以天花瘢痕。余以强光投于其脸部,且使之埋首戴镜作读书状。所读之书为沙夫茨伯里伯爵①之《特点》,其书装帧古雅,并饰有格里贝林②之蚀刻画。设其时有他书在侧,先父亦必欣然读之。在彼,作读书状已足矣,盖此乃"无须纳税之财富"也。草图甚善,余决意不吝时间与精力,竭力成之。先父颇愿长坐,久暂则随余定之。盖人性皆乐于端坐被画,时时为人注目,以使己容重现也。舍此亦外,先父亦甚为余自豪,即令其意,实欲余成一牧师,而不欲余成画师,如伦勃朗、拉斐尔之辈也。冬日漫漫,时近傍午,斜阳透窗而入,庭园鸟鸣啾啾,昼淡人闲,而余之日课正趋尾声,——此数日,实余生

---

① 沙夫茨伯里伯爵(Anthony Ashley Cooper, 1671—1713):英国作家,第三代沙夫茨伯里伯爵,《特点》(全名为 *Characteristics of Men, Manners, Opinions, and Times*)是其代表作。
② 格里贝林(Simon Gribelin, 1661—1733):法国雕刻家。

平最快乐之时分也。余心之所想,手即随之:布色敷彩,无一不妥;粗糙皮肤,一笔成之;皮下之青筋、红润之肤色,及他侧脸部阴影下流动之血管,无不如愿偿之——当其时也,余自思余之命运业已定矣,有朝一日余当一如柯勒乔,大呼:"余亦画家矣!"——今日视之,此诚小儿之自得,不切实际之空想也,然其时余实为之乐不可支。余每晚置画于椅,流连忘归,依依惜别,直至就眠。后余送此画入展室,心跳犹怦然不已,视其挂之于壁,毗邻斯基芬顿先生(现乔治爵士)[1]之某一作品。两画实无共同之处,而均为善士之画像,则相似也。此画(或其后另一画)完成之日,恰奥斯特利茨战役之消息传来,余义无反顾,辞家而去。待余重返故乡,则唯见寒星闪烁,屋庐悄然,万千思绪,那堪回首!呜呼!余苦恋绘画之岁月,其可得而再乎?其间纵需抛却千年,余亦乐为之也!——画像今已不存,而其桌犹在,其椅犹在,余凭之而读李维之窗犹在,先父祷告之小教堂亦犹在,而慈父已长逝矣,偕其高龄,偕其信仰,偕其希望,偕其善心,长逝而安息于天堂矣!

---

[1] 斯基芬顿(Lumley Skeffington,1771—1850):英国剧作家,纨绔子弟。

说韵味[①]

在艺术上,韵味一词是用来描述表达力或者情感的。在表达上这比较容易理解,我们会说某些作品只是描摹自然,只有色彩或形式,没有什么表达力。当然,从某种意义上说,完全没有表达力的作品是没有的,它总描摹了什么形象,或喜或悲。正是在给真实的形象赋予真实的感觉的过程中,不管程度是高是低(往往是高度),我们会使用"韵味"这个词。

提香的布色就很有韵味。不仅他画中的头脑似乎能思考,而且他画中的人体也像有感觉。他用的肉色就是意大利人叫做 morbidezza(柔嫩)的那种色彩。这种色彩仿佛自始至终透着一股灵气,不仅质地像人的肌肉,而且有肌肉的感觉。举例来说,他画中女子的四肢看上去特别柔嫩优雅,似乎意识到人们在观赏她们时享受到的乐趣。生活中的事物作用于感官,产生各种互不相同并且带有某种神圣意味的印象,为人们心中所有并由想象加以完成;在提香的画里,这些物体能产生同样的印象,而且一模一样,不多不少,传达出同样真实的感情、同样骄傲的目光和美丽的魅力。鲁本斯的肉色像花朵,阿尔巴诺②的肉色像象牙,而提香的肉色就像肌肉,不像别的任何东西。他跟别的画家的不同,就好像真实的皮肤与盖上了红的白的罗纱的皮肤的不同。血液的循环时而可见,蓝色的血管若隐若现,其余的都隐在身体里,只有靠敏锐的眼睛去感受。这就是韵味。范戴克的肉色尽管非常真实、非常纯净,但还缺少韵味,因为它缺少内在的品格、内在的活力。它只是一个光洁的平面,而不是一个温暖、活动的立体。在画的时候画家缺乏感情,无动于衷,关注的只是手本身。结果印象就从眼前溜走了,不像提香的笔所布下的色调在观赏者心里留下了一道深深的痕迹。可见画家的眼睛没有对所见事物的感受能力。总而言之,就绘画而言,韵味就是某人感官引起的印象在别人身上引起共鸣。

米开朗琪罗的人物画韵味七足,它们处处惹人注目,人物的四肢透露出肌肉的力量、道德的光辉,甚至还有一种智者的高贵气质;它们孔武有力、威风凛凛、粗犷壮健、凝重厚实,能够轻而易举地完成意志赋予的使命;人物的脸庞表现出的只

---

① 选自 Charles H. Gray 编选的《赫兹里特随笔选》(1926 年 Macmillan 公司出版)。
② 阿尔巴诺(Francesco Albano,1578—1660):意大利波伦亚派画家卡拉齐(Ludovico Carracci,1555—1619)的一个学生。

是刚毅的线条,意志的力量和行动的能力,看来他们想的只是该做什么,懂的只是能做什么。人说米氏的画风是雄健,充满阳刚之气,即是指此。这与柯勒乔的阴柔画风正好相反。也就是说,米开朗琪罗的韵味在于表达意志力而非细腻的情感,柯勒乔的韵味在于表达细腻的情感而非意志力。在柯勒乔画的肖像乃至人物上,我们既看不到肌肉也看不到骨骼,但那是何等的甜美与高雅!如此纯洁,如此可爱,如此柔婉,一个个像天使!柯勒乔画的一只手,其情感就丰富得足以为之建立一所专门研究历史画家的学校。无论是谁,看到柯勒乔或者拉菲尔画的女人的手,就禁不住想去触摸。

同样,提香的风景画,不论是用色还是构图,都有一种妙不可言的韵味。我们永远忘不了多少年前在奥尔良艺术馆看到的那幅描绘阿克丁狩猎的图画。画中的气氛是金色成熟的秋天。天空是石青色,簌簌抖动的树枝间微风在低吟,透过枝桠盘错的密林我们甚至还听得见弓弦的回响。这幅风景画的主人现在是威斯特先生[①],我说得对不对可请他佐证。《殉道者圣彼得》这幅风景画的背景部分是另一个著名的例子,显示提香具有非凡的能力,能赋予所绘物体以神奇的情趣和恰如其分的品性,画中每一个细节都加强了整个画面的效果——

---

① 威斯特(Benjamin West,1738—1820):英国历史画家,1792年继雷诺兹之后任英国皇家画院院长。

树林中粗壮的树干,地面上蔓延的植物,远处修道院高高耸立的塔尖,背后金黄色的天空和蔚蓝的群山,等等。

鲁本斯画的半人半羊的牧神,以及诸如此类描绘动态的画颇有韵味,除此之外就没有什么了。伦勃朗画什么都有韵味,他画中的一切都有质地感。要是他在市长太太的耳朵上画上一粒钻石,那一定是最耀眼的;从他画的裘皮和毛料服装上,看得出那是在俄国的冬天。拉斐尔的韵味只在人物表情上,除了人物,别的任何事物的品性他都一无所知。他画的人物以外的东西,其表现力之干枯与贫乏可说是绘画艺术上一个独特的现象。他画的树简直就像贴在植物标本簿上的幼嫩的草茎。莫非拉斐尔从来没时间走出过罗马的围墙?还是他老是待在街上,在教堂里,或是在浴室里?他看来不属于田园学派[①]。

克劳德的风景画尽管完美,但缺少韵味。这话颇不易说清楚。说它完美,是指其完美无缺地画出了可见的事物,真实地表现了我们看到的自然。它们就像镜子或者显微镜,就视觉而言,他的画比任何已有和将有的风景画都要完美;如果单凭一种感官,它提供的甚至比自然本身还要多。问题是它在

[①] 拉斐尔不仅画不了风景画,他也画不了风景里的人物。他根本画不出殉道者彼得的头像、人像,甚至衣饰。他的人物画总给人一种处在室内的感觉,固定、呆板、做作,像在演戏,缺少随着自然界的律动、大千世界的变化而造成的丰富多彩的人物表情。他的身上全无浪漫的气质。——原注

所见的印象中花的气力过于平均。它无法用一种感觉来说明另一种感觉,它区分不出一种事物的品质与其他事物有何不同,就像我们所知道的,这种不同的效果是由于作用于不同的感官引起的。由此看来,他的眼光缺乏想象力,不能与他其他方面的能力同步。他看得到气氛,但感受不到。他在画面前景中画的一棵树或一块石头,跟画在别处同样光滑,同样粗糙,或者同样的其他诸如此类的感觉。他画的树美丽得无可挑剔,但毫不动人,仿佛被人施过了魔法。总之,他的风景画是对大自然的不对等的模仿,他把景物从种种气候背景中游离出来,仿佛所有景物都置身于可爱的仙境里,经过眼光的提炼和美化,而排除了其他的感官。

古希腊的雕像有一种独特的韵味。人们只想到无比的完美,头脑中几乎容不下别的任何感觉。看来这些雕像无需动作,也无需思想,只要存在在那里就足够了。这些雕像达到了理想的、精神的境界。它们的美本身就是力量。美使它们超越了悲痛或其他种种情感,美使它们超凡脱俗,变得不可企及。

莎士比亚在戏剧上无穷无尽的创造力来自他的韵味。他最擅长的本领不是刻意经营而是看似漫不经心。除了双关,他从不在什么地方故意着墨。弥尔顿的诗也极富韵味。他的力量是双重的:既善于抓住主题,又善于穷尽主题。他的想象力对于其对象来说也有双重风味：既紧扣所描写的事物，又紧扣描写用的语言。

"……那里中国人驾着轻盈的藤车，挂着风帆驭风而行。"①

"……倾泻数不尽的甜蜜祝福，毫无节制，既不讲规则，也不讲技巧。"②

蒲柏的馈赠诗、德莱顿的讽刺诗和普赖尔③的故事诗也各有其韵味。在散文作家中，薄伽丘与拉伯雷的韵味最足。我们再举一个富有韵味的例子，那就是《乞丐的歌剧》④。要是这部作品还算不上有韵味的话，那么我们在这个微妙的话题上的见解就全然错了。

---

① 出自弥尔顿《失乐园》第三部 488—489 行。西方有一种传说，认为中国土地广袤而又平坦，因而中国人坐的车可以利用风帆来驾驶，就好像用马驾车一样普遍。而车是用藤条编的，因而非常轻盈。此说最早见于 Heylin 的 Cosmography 一书，弥尔顿受其启发。
② 出自弥尔顿《失乐园》第五部 297 行，上一行后半句与之相连，是…… pouring forth more sweet，译文把两行一起译出了。
③ 普赖尔（Matthew Prior, 1664—1721）：英国诗人。
④ 《乞丐的歌剧》(The Beggar's Opera)：英国戏剧家盖伊（John Gay）的代表作，发表于 1728 年。

为什么艺术不会进化[①]？

一

常有人抱怨，也有人不解，为什么英国艺术到了近代，无法与社会文明其他方面的发展保持同步；有人觉得这是因为人们忽视了时代和环境提供的有利条件，建议要充分加以利用，还要认真学习经典名作，要成立艺术院，要多多颁奖等。

据我的看法，首先，这个抱怨本身，即艺术没有达到人们所期望的那么完美，这假设是不对的，因为其前提，即艺术会正常地由低向高发展以臻完美是不成立的，这只适合于科学，而不是艺术。其次，它所提出的补救方法，即依靠外部因素来克服这一弊端，其效果恰好相反。与艺术直接联系的是自然，这是它的唯一源泉。当原动力已荡然无存，当艺术灵感已飘然而去，想再把它唤回，犹如想靠电击术来起死回生。可以说,艺术就像与赫拉克勒斯作战的安泰②那样,一离开地面就会被掐死,而只要一接触大地母亲,力量就完全恢复。

有人认为只要持续不断地努力,便能使美化艺术如绘画、诗歌等达到比较完美的境界,也有人认为一件事偶尔做好了一次,便能使总体水平有所提高,其实大谬而不然。机械的事情,可以简化成规则的事情,或者能够论证的事情,是可以不断进步的;非机械的事情、不确定而有赖天才、情趣和感觉的事情,很快会停滞不前乃至退化,通过传输的办法,其实失去的比得到的还要多。很多人持相反的观点,是因为用了错误的方法类推,把一种事物类推到与之大相径庭的另一种事物上去,既不考虑二者不同的性质,也不关心二者不同的结果。很多人看到一些只需探索与实验、或者单纯论证的事情,诸如《圣经》评论、化学、力学、几何学、天文学等等都取得了巨大的进展,便急急忙忙下结论说,人类智力的发展有个普遍趋势,就是通过不断重复的努力,只需待以时日,其他艺术门类也能同样达到完美与成熟。回顾前人在神学理论及自然哲学上的发现,我们确实会发出同情的微笑;科学及与之相关的一些技艺,都有其婴儿期、青年期和成年期,它不受任何原则限制,

---

① 分别发表于1814年1月11日和15日的《晨报》。
② 安泰:希腊神话中的大力神,只要立于地面就百战百胜,无人可敌。后被赫拉克勒斯识破,将他举离地面,遂将他掐死。

也不会衰退。于是未经深入的探究,我们就在自我庆贺和自我陶醉中推导出,人类创造出的任何事物都有这样的发展过程。

但事情明明不是如此,只要举出一些最小的事实,就足以推翻这一乐观的想法。世上最伟大的诗人、演说家、画家和雕刻家都产生在这些艺术门类诞生后不久,而且所生活的社会从其他方面看还处在相当原始的阶段。这些艺术靠的是个人的天才及不可言传的能力,常常是一下子从婴儿期跳到了成人期,从刚刚发明时的草莽之初一下子跳到了最高点,发出最耀眼的光辉,然后一般来说就从此一蹶不振。科学与艺术的最大差别和各自的优势就在这里,科学永远到达不了至高至完美的地步,而艺术几乎一下子就达到了。荷马、乔叟、斯宾塞、莎士比亚、但丁、阿里奥斯托(稍后只有一个弥尔顿不比他们差)、拉斐尔、提香、米开朗琪罗、柯勒乔、塞万提斯和薄伽丘,都生活在距各自艺术形成不久的时期,甚至可说是他们创造了这些艺术。这些天才的巨子确实是站在地上,但他们可以傲视其同侪,因为跟在他们后面的长长一串后来者始终无法挡住他们的身影,也丝毫掩盖不了他们的光辉。他们的力量与身材无与伦比,他们的优雅与风姿至今无人可及。而到后来艺术越来越"高雅",伟人们隔三差五地出现,时而要间隔好一阵子,但总的来说,这些人训练有素、却矫揉造作,其中最好的也比前人要差,如诗人中之塔索及蒲柏,画家中之克劳德与范戴克,而在这些艺术的起始阶段,当最初的一些技术上的困难被克服、该门艺术的"语言"被掌握以后,群星荟萃的情况就没有再出现过。

二

科学与机械性的技艺靠的不是大脑的天赋才能,也不是思索问题的能力(两者其实是一回事),而是靠已经发现的事实的数量,这些事实一个接一个被同一个人或不同的人发现,正式地记录在书本上或记忆里,各自有着自己确切的位置,允许作无限的修改和补充。能使人理解的事物,其数量是无穷无尽的,因而其结果,只要是切实可知的,便可以记下来,逐一添加上去,需要时则随时可以拿出来使用而不会造成混乱,这样各种有用的知识就可以永久性地积累起来。任何知识一旦获得便不会忘掉,而且可以逐日增加,这是因为这类知识的增加并不靠增强心智的能力,而是靠把同样的能力运用到不同的方面。而这些方面在性质上都是确定的、可演示的,而且迹象表明是外在于心智的,它们与其说是能力不如说是真实世界的不同形式,其获得之难主要在于第一步的发明,而不在于后继者的代代传递。与此类似,绘画中的机械技艺部分例如色彩的调配,透视法则等等,也可以通过规则和方法来传授,这样,一旦有人掌握了其中原理,人人都有可能获得。艺术中的这些次要和工具性的部分需要有统一性的高标准,尽管由于种种原因没能做到。但艺术本身,其中的比较高深精要的核心部分,就不是这样。"一切都不容含糊","我们甚至还不得不为我们的过错提供证据"①。这里没有办法分工,来积累那些学来的长处;没有人为的阶梯,可以一步步登上天堂。原因是,艺术上的上乘之作靠的不是从许多对象中抽象出来的相关知识的数量,而是靠独创能力、对同一既定对象的关注程度、天然的感觉与形象思维能力。用区别技术哲学②的话来说,科学靠的是推理,或者说思维能力的"外延";而艺术靠的是直觉,或者说是思维能力的"内涵"。化学或数学上的发现可以一个个加起来,因为其理解与保存所需的能力,在程度和种类上都是相同的。但没有人会本能地把鲁本斯的用色技巧加到拉斐尔的表现手法上去,除非他本人既能像鲁本斯一样对待色彩,又能像拉斐尔一样处理表现,也就是说,兼有其中一位的深刻,又有另一位的出色。而达到这一步,没有什么法则可以传授,也没有什么文字可以转达,只有靠头脑自己去领会,或者以某种方式亲身参与实践,否则就只能终身是门外汉。提香和柯勒乔是唯一做到将两者比较完美地结合起来的

---

① 见《哈姆莱特》第三幕第三场。
② 技术哲学:指1662年出版的《波尔·罗瓦雅尔(或王港)逻辑》,内中特别重视外延与内涵的区别。

画家,一位在肖像画,另一位在历史画,两人都达到了几乎尽善尽美的程度。但这两种不同品质的结合,他们是得之于大自然而不是得之于什么法则。实际上,评价科学时看的是其产生的结果的数量,而评价艺术时看的是其创造结果的能力。一种是知识,一种是能力。

诗画艺术一方面与人们的思维世界相通,另一方面与人们的感觉世界即所知、所见、所感的东西相通。它们自胸中的神龛流出,由自然的长明之灯点燃。三千年以前与今天相比,情感的搏动与现在一样快,对人心的理解与现在一样深刻;自然的外观与人类的神圣面貌也同样光彩。正是真正的天才身上焕发的光辉照亮了艺术,指明了前程,在缪斯们的脚下投下了荣耀之光,就像《仙后》里的那道光,勾勒了巫那轮廓分明的脸庞,在黑暗中闪烁①。

自然是艺术之魂。艺术想象的力量完全蕴藏在大自然之中,是没有别的任何东西可以提供的。古代的诗人画家中有一种生命之力,能够控制思想,把握对象,建立自信,他们有坚定的信念、高尚的品格、理想的境界,与其深沉的感情、不断增强的原动力相结合,感动所有接触他们作品的人,打动他们的心,燃起他们的热望。这些作品看上去已不像他们作的,而是

---

① 见斯宾塞《仙后》第一部第三章。

自然借他们的手创造的。正是靠了自然的力量，绘画王子们[1]才创制出了他们的杰作，内中表达就是一切，整幅作品弥漫的只是一种精神，一种追求真实的精神，这种精神将天堂带到了人间，把红衣主教、教皇与天使、信徒交织在一起，而又依靠自然界拥有的辉煌美丽，用真实的笔触与强烈的感情将画面调配起来，达到和谐。同样出于对自然的信任，乔叟写出了格丽赛尔达难忍的痛苦，以及《花与叶》中那深居闺房的年轻美人儿在一年之晨聆听夜莺歌唱时的欢乐[2]，鸟儿越唱越欢快，她的兴致也越来越高；每当鸟儿鸣叫暂停时，她的热情便喷发出来，满载着欢快之情，不断反复，不断加强，不断延续，永不衰退。也就是这样，薄伽丘在《鹰的故事》[3]中写出了一个弗雷德里哥·阿尔巴利奇，如何一边凝视着他心爱的苍鹰，高兴地看到它既肥又美，一边心想当他的情人纡尊降贵，到他的低矮的小屋来看他时，这只鸟一定可以做成一顿美味佳肴[4]。同样，伊莎贝拉为她的巴齐尔壶而伤心，发誓除此之外什么她都不想要[5]。同样，李尔王呼叫那可怜的傻瓜，求助于上天，因为他

---

[1] 指拉斐尔或提香。
[2] 格丽赛尔达的痛苦：见《坎特伯雷故事》中《书记员的故事》。《花与叶》是英国中古时一首名诗，现在通常认为不是乔叟的作品。
[3] 《鹰的故事》见《十日谈》第五天，第九个故事。
[4] 见薄伽丘《十日谈》第五天，第十个故事。
[5] 见薄伽丘《十日谈》第四天，第五个故事。

们同他一样的苍老①。同样,提香画出了罗浮宫里那个年轻的那不勒斯贵族的面容,使人一见难以忘怀②。同样,普桑绘出了几个牧羊人在一个春天的早晨流浪来到了一座墓前,墓碑上写着:"我也是阿卡狄亚人。"③

有过以上这些辉煌作品,我们现在还有什么可以自慰的呢?嘿,我们有罗杰斯先生的《记忆之乐》④和坎贝尔先生的《希望之乐》⑤,有韦斯托尔先生⑥和威斯特先生的画;有伯尼小姐⑦新出的小说(这确是一种安慰)、埃奇沃思小姐的《时髦生活的故事》⑧,还有德斯坦尔夫人的即将出版的下一部不知什么著作及《爱丁堡评论》上对之的赞扬,还有麦金托什爵士⑨的《英国史》。

---

① 见莎士比亚《李尔王》第二幕第四场。
② 这里写的是提香的画《戴一只手套的人》。现藏罗浮宫。
③ 普桑(Nicolas Poussin,1594—1665):法国画家,法国古典主义绘画奠基人。这里写的是他的画《阿卡狄亚牧人》,现藏罗浮宫。阿卡狄亚:古希腊一山区,以其居民过着田园牧歌式淳朴生活而著称。
④ 罗杰斯(Samuel Rogers,1763—1855):英国诗人。其《记忆之乐》发表于1792年。
⑤ 坎贝尔(Thomas Campbell,1777—1844):英国诗人。其《希望之乐》发表于1799年。
⑥ 韦斯托尔(Richard Westall,1765—1836):英国画家。
⑦ 伯尼(Fanny Burney,1752—1840):英国小说家。代表作是《卡米拉》。
⑧ 埃奇沃思(Maria Edgeworth,1768—1849):英国女作家。其《时髦生活的故事》发表于1812年。
⑨ 麦金托什爵士(Sir James Mackintosh,1765—1832):英国哲学家、历史学家。

诗人初晤记[①]

我父亲是什罗普都韦姆镇的非国教派牧师。1798年(这几个数字现在对我就像冥王的名号那么可怕),柯勒律治先生来到什罗普郡首府什鲁斯伯里,接替罗先生担任唯一论教派的圣职。他姗姗来迟,已经到了星期六下午,布道即将开始了,还未见他的身影。罗先生焦急万分,亲自到马车边去等候,却没见有什么牧师模样的人,只见一人喋喋不休地与同行旅客在交谈。此人长着圆圆的脸,穿着极不合身的黑色短外套。罗先生满心失望,转身想回来跟教友们作解释,不料他前脚刚进,此人便后脚跟了进来。他一开口,众人疑虑顿消,原来他便是新任牧师。柯勒律治先生一开始布道,便口若悬河,滔滔不绝,从我初见他这一天起,似乎从未见他停止过。他在什鲁斯伯里待了三个星期,就像老鹰飞进了鸽笼,把那些自视甚高的什罗普人撩得心神不宁,胃口吊足。环顾四周,威尔士群山风雪迷漫,想必也同意,自"高贵的霍尔与温柔的卢埃林"②之后,还从没听到过如此美妙的声音。

在从什鲁斯伯里回韦姆的路上,两边是坚实的栎树,我透过它那稀疏的枝桠和簌簌的红叶,望着起伏的青山,耳边始终轰响着一个声音,它就像那迷人女妖塞壬的歌声,把我从沉睡中唤醒,听得我如痴如醉。我完全可以用缤纷的想象或巧妙的暗示来向别人诉说我对他的倾慕,但却没有来得及想到,直到他天才的灵光照亮了我的心,就像阳光在路边水坑里闪亮。我那时只是瞠目结舌,手足无措,浑似路边一条被踩扁的蚯蚓,淌着血一动不动。直到今天,我的思想才从"九道冥河环绕"③般的紧密桎梏中解脱出来,驾着插上双翼的语词,腾空而起,在展翅高飞中,寻回了当年的那道金光。我的灵魂一如既往,拘禁在黑暗与迷茫之中,上下求索而一无所得;我的那颗关在臭皮囊中的心也迄今、也许永远也找不到另一颗可以倾诉的心;只是我的理智却不再那样沉默,那样蠢笨,它找到了表达自己的语言。这一点我受惠于柯勒律治。但这不是我写本文的目的。

我父亲的住处距什鲁斯伯里十英里,依非国教派牧师的习惯,与罗先生及九英里外惠特彻奇的詹金斯先生时有往来,

---

① 本文最初发表于 *The Liberal*,1823 年,后收入《文学遗墨》。
② 霍尔、卢埃林:威尔士古代著名行吟诗人。
③ 出自英国诗人蒲柏的《圣塞西莉亚日颂》一诗。原句也是形容音乐的魅力。

由此建立了一条情感交流之线,世俗与宗教自由之火得以据此而存,暗燃而不熄,恰似埃斯库罗斯《阿迦门农》中之火,传递在各烽火台之间,潜燃十年,而终以冲天烈焰宣告了特洛伊城的覆灭。根据乡间礼仪,有可能继任罗先生的柯勒律治也答应来看我父亲。但在此之前,在他到达后的那个星期天,我赶去听他的布道。如今世风日下,一位诗人而兼哲学家会登上唯一神派的教坛宣讲福音,实在颇具浪漫之意,真可谓基督教原始精神之重现,没有人能抵挡得住这一诱惑。

那是 1798 年 1 月的一个清晨,我天不亮就起床,踩着泥泞赶到十英里外去听这位精英布道。天气寒冷,这一路的跋涉简直是活受罪,要是我能再活一世,我也不想再尝一遍那天的滋味了。"时光流逝,境况易变,旧痕难消亡;人生百年,青春不再,直待空相忆。"①我抵达时,风琴正奏着赞美诗第 100 首。一曲终了,柯勒律治先生起立诵读经文:"他进入深山祷告,独自,一个人。"他诵读的嗓音犹如一道浓郁的芳香溪流,他读到"独自,一个人"时,声音特别洪亮、特别深沉、特别清晰,当时我正年轻,听在耳里,真觉得与心房在一起共鸣,而那祷告者也似乎在那庄严的静穆中升华到宇宙的深处去了。圣约翰的形象油然而生:"他在旷野里呼喊,腰带紧勒着,吃的是

---

① 这段话原文是法语,引自卢梭的《新爱洛漪丝》。

蝗虫和野蜂的蜜。"接着,布道人就像搏击长空的苍鹰,进入了他的正题。他谈论战争与和平,谈论教会与国家间分裂而非联合的关系,谈论世俗与基督教精神间相反而非一致的关系。他谈到有些人,"把基督的十字架印在浸透人血的旗帜上"。他忽而岔开题目,说了一些牧歌式富有诗意的题外话,只是为了以鲜明的对比,浓墨重彩地渲染战争造成的浩劫:一个天真无邪的牧童,赶着羊群来到野外,坐在山楂树下,对着羊群吹起短笛,"似乎他永远也不会变老";但正是他,这个可怜的乡村孩子后来被人拐骗入城,在一家小酒店灌得烂醉,结果成了一名可厌的小鼓手,头上搽着发油,敷着香粉,致使头发根根直立,背上拖着长长的辫子,穿着令人作呕的精美服装,成了从事战争这血腥职业的一员:

曲调依旧,可我们曾爱过的诗人何在?[1]

我听着他的布道,真比听了钧天之乐还要受用。就在宗教的眼前,在宗教的准许下,诗思与哲理、真理与天才互相拥抱了。今日之行的收获真超出了我的期望,我心满意足地踏上归程。浓雾遮蔽了苍白的太阳,但它仍在天空执着地行进,

---

[1] 引自蒲柏《致牛津罗伯特伯爵书》。

这也许就是正义事业的象征罢。清冷的露滴悬挂在蓟草的茸毛上,散发出一股清新宜人的气息。大自然的一切都充满朝气,充满希望,一切看来都那么美好。此时此刻,大自然的脸上还没打上"神权"的印记,就像

> 鲜红的花朵上还没刻上忧愁①。

接下去的那个星期二,这位半通神灵的布道人到我家来访,父亲叫我下楼去见他,我含着希望,惴惴不安地进入他的房间。他亲切地接待了我,很长时间我只是静听,半天不敢说一句话。好在他并没把我的沉默看作受罪。"那两个小时,"他后来愉快地回忆说,"我一直在跟赫兹里特的脑门儿说话。"他的外貌,与我前次见到他后所设想的不同。在教堂里,由于隔得远,光线又暗,我总觉得他的神态中有一种古怪的野性和黝黑的朦胧感,我还以为他脸上有麻子。这次我见到他脸上很洁净,甚至容光焕发,

> 就如那蔚蓝天光下的儿童。②

他的前额又宽又高,白净得犹如象牙雕成;眉毛粗阔而前耸,双目炯炯有神,有似深蓝色的大海。脸上罩着一种淡淡的

---

① 此比喻引自弥尔顿《莱西达斯》。
② 引自汤姆逊《慵懒的城堡》。

红润，微呈紫色，就像我们在西班牙肖像画家穆立罗和瓦拉斯盖茨①所作的那些面容苍白而带沉思状的作品中看到的那样。他的嘴唇肥厚而充满肉感，看得出很能说话；他的下颏和善圆润；只是他的鼻子，这个脸部的主体与意志的象征，却小而无力，简直微不足道，就像他取得的成就那样。看来造物主在高处打量了他一下以后，把他，连同他充裕的才能和巨大抱负，一起抛到了不知思考与想象为何物的世界，没有人支持他，也没有人为他指明方向，这就好比哥伦布在既无船桨，又无罗盘的情况下，戴上扇贝形软帽，就贸然登上了探索新世界的航程。事后，我至少可以对他作这样的评价：柯勒律治身量高于常人，略趋肥胖，像哈姆莱特殿下那样有点气急。他的头发现在已经花白，当时却乌鸦羽毛似的乌黑发亮，平整地覆在额上。这种披垂的长发是热诚的信徒、特别是心向天国的人所特有的发式，通常画像上的基督也是这种发式，只是颜色不同而已。这种发式理当属于宣讲基督受难的人，而柯勒律治当时正是其中一员！

将他与我父亲作个比较实在很有意思。父亲是个老牧师，岁月将他的意志消磨殆尽。他出身于爱尔兰贫困家庭，父母含辛茹苦将他养大，送到格拉斯哥去上大学，以谋求将来的

---

① 瓦拉斯盖茨（Diego Velazquez，1599—1660）：西班牙画家。

发展,他曾听过亚当·斯密的课,但他母亲的最大愿望只是希望他成为一个非国教派牧师。因此,如果我们尽力往回看,可以看到世世代代人们的心中都躁动着同样的憧憬与畏惧,同样的希望,而结果是同样的失望;如果我们往前看,可以看到这些希望在人们心中浮现,而又像气泡似的消失。由于教派的内部论战及有关美国独立战争的无休止争吵,他被人从一个教区抛到另一个教区,最后贬谪到了一个默默无闻的小村,在那里度过了三十年余生,被迫远离他唯一感兴趣的论题,那些关于《圣经》文本的讨论,以及世俗自由与宗教自由的论争等等。他日复一日地在这儿生活,牢骚满腹,却又乐天知命,只好靠研读《圣经》及种种诠释本打发日子,这些诠释本都是对开本的大部头著作,艰深难读,读一本就够他消耗一个冬天。除了到田野里散散步,或者到园子里转一转,满怀喜悦和自豪地采摘一些他自己种的四季豆外,他从早到晚都把心扑在这些书上。这是为什么呢?书里并没有什么出众的人物,也没有什么奇思异想,没有诗歌,没有哲学,没有什么东西值得赞叹,也没有什么会引起当代人的好奇,但在他那昏花的老眼中看来,这些浩繁的卷帙的字里行间,却有着用希伯来文字母大写的耶和华的神圣名字;他殚精竭虑,读得筋疲力尽,才看出其中闪烁着三千年前祖辈们的光辉见解,他们赶着一队队骆驼四处飘荡,棕榈树在天边摇曳。这里有摩西及燃烧着的荆棘,有十二部族,有种种预兆暗示、对法律与先知的注释,有关玛土撒拉年龄的无谓争论,还有对诺亚方舟的尺寸和所罗门王财富的计算和揣测,对创世年代和世界末日的疑问,等等。随着厚厚的书本一页页地翻动,人世间的沧海桑田变化又一一在他眼前闪现。这些书像天书一样难读,在它背后,人确可以麻醉自己,但麻醉的代价是磨平了锐利的感觉,一切才智、幻想和理性都化为乌有。与柯勒律治相比,父亲的一生不过是一场梦,但这是一场关于无限、永恒、死亡、复活和末日审判的大梦。

再没有什么人比这对宾主的差别更大了,对父亲来说,诗人作为牧师简直是不可思议,但只要能替唯一神教派争光,他谁都欢迎。见到柯勒律治他惊喜交加,想来见到身披双翼的天使,也不过如此。而柯勒律治的思想确实像长有翅膀。他圆润的嗓音在装着护墙板的小客厅里回荡,鹤发童颜的父亲将眼镜往额上一推,愉快的笑容洋溢在他慈祥而布满皱纹的脸上,他必定以为宗教的真理在富于幻想的诗人身上找到了一个新的同盟军[1]。此外,柯勒律治对我也颇为注意,这就使我够高兴了。他海阔天空,无所不谈,而且涉猎广泛,讨人

---

[1] 说到底,我父亲是误解柯氏才能的人之一。我欣赏他的文才,而不爱他的布道,父亲对此总老大不高兴。其实他的讲道是做作的、干巴巴的,他的文学创作才是内心真实感情的流露。一则笔墨酣畅,词藻淋漓,一则没精打采,矫揉造作,两者绝难相提并论。——原注

喜欢。

晚餐时他谈锋更健。他极富启发性地大谈玛丽·沃斯藤克拉夫特[1]和麦金托什。父亲说起麦氏的《为法国人一辩》堪称一部杰作,他说他只是聪明会写而已,就像个"文字仓库的管理员",库里的东西不是他的,但他了如指掌,随手可得;无论风格还是内容,他都比不上伯克。伯克是哲学家,而麦氏只是逻辑学家;伯克是雄辩家甚至诗人,由于长于观察自然因而能用形象思维,而麦氏只是一个修辞学家,只看到眼前那些日常东西。这时,我大胆插了一句嘴,说我一向对伯克评价甚高,对他的出言不逊只能证明其本人的庸俗。这是我在柯勒律治面前发表的第一个见解,他说这看法正确而有新意。我记得那天餐桌上的威尔士羊腿和芜菁甘蓝做得特别可口。柯勒律治补充说,麦金托什和他颇为欣赏的汤姆·韦奇伍德[2]对他朋友华兹华斯的评价大相径庭,对此他告诉他们:"华兹华斯看起来很渺小,只是因为他走在你们前面太远了。"还有一次,戈德温向他吹牛,说一次就某个问题跟麦金托什辩了三个小时才辩赢,而柯勒律治回答他说,"要真是天才,五分钟便该解决问题了。"他问我是否见到过玛丽·沃斯藤克拉夫特,我

---

[1] 玛丽·沃斯藤克拉夫特(Mary Wollstonecraft,1759—1797):妇女运动的先驱,哲学家、小说家戈德温(William Godwin)的妻子。
[2] 汤姆·韦奇伍德(Thomas Wedgwood,1771—1805):与其弟乔赛亚(Josiah Wedgwood)均是柯勒律治的经济资助人。

说见到过几分钟,她开玩笑似的三言两语就化解了戈德温反对她的不同主张。柯勒律治说,"有想象力的人比只有智力的人要强,这就是一个例子。"不知是心血来潮还是抱有偏见,他对戈德温的评价并不高①,但他对沃斯藤克拉夫特夫人的交际能力大为推崇,对她的写作才能却只字未提。我们还谈了一会儿霍尔克罗夫特②,我问他是否被霍氏"深深打动",他回答说他怕会被霍氏"深深打痛"③。我抱怨说霍氏简直不让人说话,哪怕是最普通的字眼,他都会要人给出一个精确定义,他会对着人大叫:"先生,您说的'感觉'指什么?您说的'想法'又指什么?"对此,柯勒律治回答说,这是在通向真理的道路上设置关卡,我们每前进一步都得付出关税。

那天我们谈了很久,许多话我已记不起来了。时间在愉快的交谈中过去了。第二天,柯勒律治要动身回什鲁斯伯里。下楼吃早餐时,我见他正在读一封信,是他朋友汤姆·韦奇伍德来的,信中说,要是柯勒律治肯放弃现职,专心从事诗歌和哲学研究,他愿意提供每年一百五十英镑的资助。柯勒律治

---

① 他特别不满意戈德温认为人的未来是不朽的这一假设,他说戈氏根本不懂何谓"生",何谓"死"。而他自己说这两个字时的语调似乎充分表现了二者的意蕴。——原注
② 霍尔克罗夫特(Thomas Holcroft, 1745—1809):当时颇有影响的剧作家和小说家。
③ 原文是一句俏皮话:He had been asked if he was much struck *with* him, and he said, he thought himself in more danger of being struck *by* him.

一边系鞋带,一边似乎决定接受这一建议。这件事为他的离别更增添了惆怅,它将使这位不安心的信徒远离我们,进入通往梵天的幽谷或古老传说的海滩;他将不再住在十英里外的什鲁斯伯里,担任唯一教派的牧师;而将从此住在帕纳塞斯山①上,成为这座名山上的一名牧羊人。哎,那时我对这条道路一无所知,对韦奇伍德先生的好意也毫不领情。但柯勒律治先生很快使我摆脱困境,他向我要了笔墨,走到桌边,在一张卡片上写了几行字,款款地走到我面前,把这一珍贵文件递给我,说这就是他的地址:萨默塞特郡,内瑟·斯多伊镇,希望我过几个星期去看他,他会到半路来接我。《卡桑德拉》②上说,一个牧羊童看到一个霹雳落在他的脚边,惊得目瞪口呆,我想我当时的吃惊程度大约也不亚于他。我努力稳住神,结结巴巴地表达了我的谢意,并接受了这一邀请。与这一邀请相比,韦奇伍德先生的年俸已完全不值一提。办完这件大事后,这位诗人兼牧师上路了,我陪他走了六英里。

这是一个隆冬的早晨,天气晴朗,柯勒律治谈了一路。乔叟说他笔下那位学者,一路上只听到他一个人的声音,柯勒律治也是如此。他时而高谈阔论,时而东拉西扯,从一个话题跳

---

① 帕纳塞斯山(Hill of Parnassus):希腊神话中太阳神及文艺女神们的灵地。
② 《卡桑德拉》(Cassandra):法国小说家拉·卡尔布朗耐(Gautier de Costes, Seigneur de la Calprenede,1614—1663)所作长篇英雄传奇。

到另一个话题,如天马行空,如冰上舞蹈。他秘密地告诉我,到什鲁斯伯里就职前,他本该再作两次布道,一次关于婴儿洗礼,一次关于基督的晚餐,但看来两次都作不成了,因为这与他目前的追求不合拍。我注意到他有个怪动作,走路时老在我面前穿来穿去。当时我并没在意,后来才发现,这个动作与他目标不稳定及原则多变有关,他看来不懂得沿着直线前进。

他谈到休谟,言辞之下颇为不敬,他说休谟写的《奇迹论》是从索思①某次布道时所反对的一个论点中剽窃来的。这使我有点不高兴,因为其时我正在啃休谟的《人性论》,这是颗哲学中最难以下咽的涩果,但我读得津津有味,这本书哲理深奥,论证严密,与之相比,《奇迹论》等等充其量不过是精美的小玩意儿,供人夏日作轻松的消遣而已。柯勒律治甚至不同意休谟总体文风的优美,我看这至少说明他既缺乏鉴赏力又不够公允。不过,他对贝克莱②的态度使我对他的看法有所修正。他特别强调说贝氏的《论想象》是分析推理的杰作,确是如此。约翰生博士不同意贝克莱主教关于物质与精神的理论,用脚去猛踢石头,说,"我就这样驳斥他。"对此柯勒律治尤

---

① 索思(Robert South, 1633—1716):英国神学家。
② 贝克莱(Bishop George Berkeley, 1685—1753):英国大哲学家,著有《论想象》《人类知识原理》等。

其感到怒不可遏。不知为什么柯勒律治还将贝克莱主教与汤姆·潘恩①作了比较,说这两人最明显的区别在于一是观察精细的典型,一是观察明锐的典型,一人具有商店伙计的品质,一人具有哲学家的特征。他说巴特勒主教②是真正的哲学家、深刻而自觉的思想家,真正理解自然和自身的人。但他没提到巴氏的《类比录》,却提到了《罗尔斯教堂布道集》,后者我闻所未闻。在著名与无名之间,柯勒律治总偏向后者,但这次他对了。《类比录》无非是诡辩论的一脉,是繁琐的神学辩辞,而《布道集》及其序言却具有深刻成熟的思想,坦诚布公地吁请我们观察人性,这些布道既不是学究式的说教,也没有偏执之言。

我告诉柯勒律治我也写了些东西,有时甚至傻乎乎地认为自己在人性问题上也有所发现③,我努力向他解释我的观点,他也认真地在听,但看来我没说清楚。他走后不久我又第二十次坐下来,拿出纸和笔,决心把我的观点写清楚,但我只像演算数学题目那样写了干巴巴的几行,第二页只写了一半就写不下去了,我搜尽枯肠,想从我为这题目准备了四五年的

---

① 即托马斯·潘恩(Thomas Paine,1737—1809):美国政论家,著有《常识》《人权》《理性时代》等。
② 巴特勒主教(Bishop Joseph Butler,1692—1750):英国最伟大的神学家之一,著有《布道集》《宗教类比录》等。
③ 指赫兹里特的哲学论文,1805年发表,题为《论人类行为准则》。

积累里找出点观点、材料、思想、形象或语词,但都无济于事,只能对着白纸空流泪。现在我写东西可快多了。是我比以前聪明了吗?非也!发现真理而涩于言辞,比动辄下笔千言要强得多。我宁肯回到当日的情景下去。人们可以故地重游,为什么不能旧时重度呢?要是菲利普·锡德尼爵士[①]的缪斯神肯帮助我,我一定要写一首十四行诗,题目就叫《从韦姆到什鲁斯伯里途中》,用奇异诡丽的辞句,使这段路的每一步都变得不朽。我敢赌咒,道路上的每块界石,哈默山上的每株松树,在诗人经过时,都在倾听他的声音!

我还记得柯勒律治在路上说的另一件事。他提到了帕雷[②],称赞他风格自然清新,但情调不高,只会人云亦云,把他关于道德和政治的论著选作大学教科书实在有损于国民品格。在六英里界石处我俩分了手,我转身回家,心情愉快,而怅然若有所失。我相信他对我有成见,但却对我青眼相加,实为我所始料不及。他对我亲切和蔼,当使我永远铭怀。他是我所见到的第一个诗人,他实在当之无愧;对他的健谈,我也早有耳闻,果然名不虚传。事实上,在见到他之前和之后,我还没见到过什么人能胜过他。人们传说,一两晚之前他曾吸

[①] 菲利普·锡德尼爵士(Philip Sidney,1554—1586):英国诗人、评论家,《为诗歌辩护》一文作者。
[②] 帕雷(William Paley,1743—1805):英国神学家,著有《自然神学》等。

引了一大群绅士淑女听他讲贝克莱学说,他讲得天花乱坠,似乎物质世界都不见了,只剩下一串串美妙的言辞。对此我深信不疑。还有一件事,可能是他自己讲的,说有一次他应邀去伯明翰参加一次聚会,晚宴后抽了会烟,躺在沙发上竟然睡着了,人们找到他非常吃惊;而更使他们惊讶不已的是他突然醒来后,揉揉眼睛望望四周,竟然绘声绘色地讲起他梦中见到的三重天上的景致,他一口气讲了三个小时,所讲的内容与骚塞①在《末日审判记》诗中描写的迥然不同,与另一首为布里奇大街帮头目默里所珍藏的《末日审判记》诗中所写的也不相同。

归程中我耳旁总响着一个声音,那是幻想之声;我眼前总闪着一道光亮,那是诗歌之光。时至今日,幻想之声仍在回响;诗歌之光也总不离我左右。柯勒律治遇到我确实是在我通向哲学的半路上,要不他那些富于想象的教义怎会把我吸引过去呢?我热切地等待着去拜访他的日子,心情既兴奋又不安。那几个月里,冬天迎接我的是凛冽的寒气,和煦的春风则予我以慰藉。金色的落日和银色的晚星,照亮着我的道路,把我引向新的希望与前程。"春天我要去看柯勒律治了。"这个念头始终在我脑海里回旋,占据了我的全部感情。

---

① 骚塞(Robert Southey,1774—1843):英国桂冠诗人,《末日审判记》一诗的作者。拜伦也写有同名的一首诗。两者均发表于1821年。

到了约定的时间我给他写了封信,他回信建议这访问推迟一两个星期,但非常希望我履约。这一推迟不但没使我扫兴,反而使我更急着想去见他了。同时我还去了兰戈伦谷地,让自己开始接触神奇的自然美景,而这美景也确实使我着迷。在此之前,我一直在读柯勒律治《往岁之歌》一诗中对英格兰的描写,此刻便将之与眼前的事物一一对应。从某种角度看,兰戈伦谷地是我新生活的开始,在蜿蜒的河谷里,我的灵魂受到了赫利孔圣泉[①]的洗礼。

回家后没过多久,我就踏上了旅程,心情愉快,步履轻松。一路我穿过了沃赛斯特和格洛赛斯特,在经过厄普顿的时候,我想起了汤姆·琼斯及那个袖筒的故事[②]。记得有一天我浑身淋得湿透,住进一家小旅店(大约在图克斯伯里),读《保罗与弗吉妮亚》[③]读了一个通宵。青春年少的身体被大雨浇透,这是何等的惬意;为心爱的书一掬同情之泪,又是何等的甜美!我想起了柯勒律治对这本书的一个评语。书的结尾有这样一个场景:航船即将沉没,船上一个人自告奋勇去救女主人公。为了游起来方便,他脱掉了身上的衣服,但正因为此,

---

① 赫利孔圣泉·赫利孔山是希腊神话中太阳神与文艺女神的住地,山两边有两道圣泉,传说诗人的灵感即出于此。
② 见亨利·菲尔丁的小说《汤姆·琼斯》第九、第十卷。袖筒是汤姆的女友索菲亚送去的,以此责备他的负心。
③ 伯纳丁·德·圣-皮埃尔(Bernardin de Saint-Pierre,1737—1814)所作的传奇诗。

女主人公竟转身不予理睬。柯勒律治说,再也没有什么比这个行为更能说明法国人处事的愚蠢和完全不懂权变了,此时此刻还是考虑那种繁文缛节的时候么!有一次在格拉斯密尔湖上泛舟,我向华兹华斯说起,我觉得他的《地名命名组诗》中,有的地方可能受了《保罗》这首诗中某些题铭的启发,他连声否认,坚持说这是他的独创,但他举出的几处所谓"差异",在我看来其实毫无区别。在他看来,任何小小的更动,增添或对原作稍加变化,就足以显示他的情感精髓,与原作媲美。

因为怕路上耽误而提早动身,因而我比约定的时间早到了两天,于是我就在布里奇沃特呆了两天。我在浑浊的河边漫步,逛倦了,就回到客栈来读《卡米拉》①。我就是这样,读书,赏画,看戏;听听,想想,写写,怡然自得地打发日子。只要有其中一件就足以使我快乐,而一件都没有就会使我丢魂失魄!

我到了柯勒律治家里,受到热情款待。内瑟·斯多伊一带靠近海边,冈峦起伏,景色如画。不过是前几天,在相隔二十年之后,我还在汤顿附近的小山上眺望过它。乡间的景色在我脚下展开,我的人生旅途也历历在目,这是何等地使人感慨!下午柯勒律治带我去了华兹华斯所住的奥福克斯顿,这

---

① 弗朗西丝·伯尼(亦称达勃雷夫人,Madame D'Arblay)所写的小说。

是位于圣奥宾斯的一所浪漫主义风格的古老宅第,当时还属于诗人的一个朋友,不过诗人已可自由处置。看来,那年头(其时法国大革命刚过去)还不是"有所予必有所求"的时代,一旦两心相印,在维护自身利益的鳞甲下,还可见到人情的温流。华兹华斯本人出门去了,他的妹妹替他管家,并设了便宴招待我们。她让我们随意翻阅她哥哥的诗作《抒情歌谣》,当时还只是手稿,就像《西比林诗草》那样,我怀着初学者的崇敬拜读了其中几章,感到心满意足。当晚我就睡在一间老屋里,四周是蓝色的帷帐,挂着乔治一世、二世时期家族的肖像,一个个都是圆圆的脸蛋。清晨起来,推窗一望,窗外是一个公园,斜坡上是密密的树林,还可以

听得见呦呦的鹿鸣[①]。

在人生之初(当时我的感觉尤其强烈),想象力是实实在在的,半睡半醒之中,人所见的景象光怪陆离,若有若无,一个胜似一个。就像充沛的血液会使梦境变得如幻似真一样,青春的朝气会包裹、滋润着青年人的思想,使他们自在地呼吸,沉浸在幸福之中,不知忧虑为何物。他们的心脏跳动强劲而

---

① 引自本·琼生(Ben Jonson)的诗《树林》第三章。

有力,承担得起未来岁月的重压,他们对真、善有坚定的信仰。随着年龄增长,欢乐和希望销蚀殆尽,他们身上不再裹着小羊羔的茸毛,也不再有人哼着催眠曲把他们送入乐郊。在品尝生活的乐趣时,生命的精华蒸发了,感觉变腻了,时光流逝,剩下的只是毫无生气的虚幻!

那天早饭过后,我们便漫步走进公园,在一株横倒在地的老白蜡树树干上坐下,柯勒律治以他那动听的嗓音洪亮地朗诵起《贝蒂·福伊》这首歌谣[①]。对这首诗我并不过分挑剔或怀疑,其中不乏真实自然之处,但其余部分不过如此。但在《蕨藜》《疯母》《印度贫妇怨》这几首诗里,

尽管骄傲,尽管背离理性[②],

我却感到了一种深沉的力量和悲怆,这便是后来人们称道的这位诗人的特点。我还感受到一股新的诗风、新的诗意,犹如刚刚翻垦过的土地上扑鼻而来的芳香,又如"新的一年还步履蹒跚时"[③]迎面吹来的第一丝春风。

那晚我和柯勒律治一起步行走回斯多伊。路上他高谈阔

[①] 华兹华斯所作《痴童》,《抒情歌谣集》中的一首。下文提到的几首也出自同一诗集。
[②] 引自蒲柏的诗《论人》。
[③] 引自汤姆逊(James Thompson)的诗《四季·春》。

论,大谈

> 上帝、先知、意志和命运,命运是前定的,意志是自由的,而先知是绝对的[1]。

两旁的丛林发出了回声,溪流和瀑布则在夏日的月光下烨烨生辉。他惋惜华兹华斯头脑冬烘,不肯相信这一带的迷信传说,因而他的诗作中总有一种太直太实的味道,总是拘泥于可触摸到的细节。华兹华斯的天才不是自天而降的精灵,而是地上冒出的一支鲜花,或是枝头绽出的嫩芽,上面还有一只金翅雀在歌唱。不过,如果我没记错的话,他说这一不足只存在于华氏的描述性作品里,他的哲理诗自有一种伟大深刻的精神,他的灵魂矗立在宇宙中犹如一座宫殿,他是凭直觉而不是靠推理来发现真理的。

翌日华兹华斯从布里斯托尔来到了柯勒律治的住所。当时情景恍在目前。他的长相一如他朋友所描绘的,只是更瘦削,更像一个堂吉诃德而已。在那个穿着不拘的年代,他的穿着很怪,上身是一件粗纹布棕色上装,下面是一条条纹马裤。他走路左右摇摆,懒懒散散,活像他自己笔下的彼得·贝尔。

---

[1] 引自弥尔顿《失乐园》第二章。

他的两鬓凹陷，显出长期思虑过度；他的双目炯炯有神，似乎能穿透物体的表面。他的额头又高又窄，轮廓鲜明；他的鼻子是罗马式的，双颊布满皱纹，显得刚毅果断。他的嘴角边似乎有一种掩饰不住的笑意，与他其他部位严肃方正的表情不大协调。钱特雷①为他作的胸像缺少这些显著的特征，不过这是人家故意要他装得这样规矩呆板的；海登在《基督来到耶路撒冷》中所作的他的头像，与他低头沉思时的表情极为相似。

华兹华斯坐了下来，他说话自然而大方，嗓音清晰而激扬，带着一种浑厚的喉音和浓重的北方人惯有的"呼呼"声，听起来就像酒中的沉渣。他一把抓过桌上的半块柴郡干酪大嚼起来，一边还洋洋得意地说，在认识当世生活的乐趣方面，他与经验的联姻可不像骚塞先生那样硕果累累。在布里斯托尔，他去看了刘易斯修士②的《古堡幽灵》，对之评价甚高，说"这出戏可真对观众胃口，就像手套适合于手一样"。不过，这种迎合观众的观点可大不对现在新派理论家的胃口，按照他们的原则，对公众的看法不该迎合，还应该反其道而行之。华兹华斯向低低的格子窗外望去，说："看太阳往金黄色的河边

---

① 钱特雷（Sir Francis Chantrey, 1781—1841）：英国著名雕塑家。
② 刘易斯修士（Matthew Gregory Lewis, 1775—1818）：英国剧作家，因写《修士》一剧而著名，故绰号"修士"。

下沉,那景象有多美!"我心中不由想道:"这些诗人们观察大自然的眼光真与常人不同!"此后,每当我见到夕阳的流光洒满在物体上,我就会感到发现了什么,或者说,会感谢华兹华斯帮我发现了什么。

次日我们又去了奥福克斯顿,华兹华斯在野外为我们朗诵了《彼得·贝尔》的故事。他的表情和语调告诉我们,他对此诗的评价与后来的批评家们大不相同。别人怎么理解这首诗且不管他,他的脸本身就是一本书,人们可以从中读到许多新鲜东西。他宣告他的主人公的命运时的语调就像一个预言家。华兹华斯和柯勒律治读起诗来都像在唱歌,对听众似乎有一种魔法,能使他们失去判断力。说不定他们自己也习惯于用这种似有若无的音响效果来自我蒙骗。比较起来,柯勒律治的语态更充实、更有生气,也更富有变化;而华兹华斯的语态更平和、更持久,也更内向。前者可说更富戏剧效果,而后者则更富有抒情效果。柯勒律治也告诉过我,他喜欢在不平的道路上走路时,或者在穿过纵横交叉的灌木林时构思创作,而华兹华斯总喜欢在笔直的沙石路上来回踯躅,要是可能的话,就边走边写;或者在他的诗思不会被人打断的什么地方。当晚回来以后,我跟华兹华斯因为一个哲学上的问题争论了起来,而柯勒律治则在向他的妹妹解释夜莺唱歌时的不同音调,结果谁也没能把自己的意思表述清楚。

闲话集

就这样,我在内瑟·斯多伊及其邻近地区呆了三个星期,下午通常是在诗人的朋友汤姆·普尔用树皮搭建的一座凉亭里度过的。我们坐在两棵枝叶茂密的榆树下,一边聆听着蜜蜂的嗡嗡声,一边大口大口地喝着啤酒,快活地聊着天。我有一项提议被大家接受了,这就是沿着布里斯托尔海峡去远足,一直到林顿。我们三个人徒步上了路,我,柯勒律治,还有约翰·切斯特。这个切斯特是内瑟·斯多伊本地人,是被柯勒律治的精彩演说吸引来的,就好像苍蝇追逐蜂蜜、离巢的蜂群听到铜盘的敲击声一般。他紧随不舍,像追踪猎物的猎犬,而不只是猎猎乱吠的群犬而已。他上穿一件棕色布外套,脚蹬高筒靴,下身是一条厚棉布裤子,矮个子,罗圈腿,走路慢腾腾,像个牲口贩子,提着一根榛树枝在柯勒律治身边跑来跑去,像一个官用马车旁的马夫,唯恐漏掉柯勒律治所说的只言片语。他告诉我,他私下认为柯勒律治是个了不起的人物。一路上他很少说话,更不要说发表什么高见。但要我在旅途的三人中选一个角色的话,我倒宁可当切斯特。他后来随着柯勒律治去了德国,那里的康德派哲学家们不知将他归到哪一类为好。与他崇拜的偶像共同进餐,切斯特觉得荣耀无以复加,司各特爵士或布莱克伍德先生①得与国王共同进餐,其感受想也不过如此。途中我

---

① 布莱克伍德(William Blackwood,1776—1834):英国著名出版商。《布莱克伍德》杂志的创办人,始终对赫兹里特等人持敌对态度。

们经过了邓斯特,它位于我们左侧,是介于山崖和大海之间的一座小镇。我至今仍记得,我们对它端详了许久,在四周山林的衬托下,它显得那样清澈,那样纯净,那样令人神往,就像我见到过的普桑或多梅尼契诺①的风景画那样。

我们踏着柯勒律治说话的节奏走了一整天,穿过迈因黑德,顺着蓝锚,直到午夜时分才抵达林顿,好不容易才找到地方过夜。我们敲门把主人从床上叫起来,他为我们准备了可口的火腿煎蛋,多少补偿了我们旅途的疲乏和担惊受怕。沿途风景真是美不胜收。我们在海峡边暗褐色的山崖上里复一里地行走,对岸是起伏的威尔士群山,时而翻下山崖,来到几乎赤裸的海边峡谷,嶙峋的山石就像苦着脸的走私犯;时而又登上圆锥形的小山,沿着一条蜿蜒曲折的小径,穿过小树林,来到寸草不生的山顶,光光的就像刚刚剃过的僧侣头顶。在一座这样的山顶上,我指给柯勒律治看,在水天交接处有一只小船,光秃秃的桅杆,映衬着火红的一轮残阳,就像他《古舟子行》中的那艘怪船。到了林顿,海岸线变得更加崎岖,棱角鲜明,有一处地名"岩谷",也许只是其雅号,就夹在两片悬崖之间,俯视着大海,岩下是一个大洞,海浪激荡,海鸥尖叫着低飞盘旋。崖顶上巨石纵横错列,好像是某次地震把它们扔在了那

---

① 多梅尼契诺(Domenichino,1581—1641):意大利风景画家。

儿；巨石背后壁立着一块格子状的岩礁，有点像爱尔兰海边的"巨人之堤"。正当我们借宿在客栈时，一场大雷雨来临了，柯勒律治帽子也不戴便冲进雨里，说要去领略一下"岩谷"中大自然的暴戾，不过看来大自然故意不肯满足他，云层中只滚动了几声沉闷的雷声，也只飘下了几点清新的雨滴。柯勒律治告诉我，他跟华兹华斯原打算写一篇散文故事，就以这地方为背景，手法有点像《埃布尔之死》[①]，不过意境要高得多，但最终却没有写成。

第二天早晨，我们在一间古色古香的客厅里享用了一顿丰盛的早餐：茶、烤面包、鸡蛋和蜂蜜。蜂蜜取自我们眼望可及的一只只蜂箱，而面前的大花园里满是百里香和其他不知名的野花，蜂蜜就是用它们酿成的。此时此刻，柯勒律治谈起了维吉尔的《农事诗集》，但未见高明。我想他对古典高雅的东西感受并不甚深[②]。就在这个房间里，在一个窗座上，我们找到了《四季》的一个破旧小抄本。柯勒律治高兴地叫起来："这才是真正的名作！"他说汤姆逊不但是个好诗人，而且是个大诗人。他的风格艳丽而诗意清新自然。说到库柏，他认为是当代最出色的诗人。他说他跟华兹华斯将要写的《抒情歌

---

① 瑞士作家所罗门·格斯纳（Solomon Gesner）所作的散文诗。
② 他对绘画、对克劳德或拉斐尔一无所知，其时我也与他彼此彼此。现在他有时会大谈布法马尔可等人在比萨的画稿，特别是其中的一幅，死神在空中挥舞着大刀，人间不可一世的豪杰在死神来临时簌簌发抖，而乞丐与可怜虫则在死神面前长跪，哀求超生。对这样一种广泛而用心良苦的说教，他自然是在任何时候都能理解的。——原注

谣集》是一个尝试,看看公众的欣赏趣味能在多大程度上接受一种更为自然朴实的风格,完全抛弃那些陈词滥调,只用亨利二世以来日常用语中最普通的字眼。他把莎士比亚与弥尔顿作了一些比较,说"真不知道喜欢谁好。莎士比亚在艺术上还是个大小孩,尽管他跟弥尔顿一样身高体壮,而且更富活力,但看来他从未进入过成人的天地,即使他进入了,也不像个成人,倒像个怪物"。他对格雷嗤之以鼻,对蒲柏尤其难以容忍,他讨厌蒲柏的诗体,说这些爱写对句的诗人,耳朵恐怕都有健忘之症,不懂得保持通篇的和谐。他认为朱尼厄斯作为作家完全不值一提。他也不喜欢约翰生博士。他对伯克评价颇高,说作为演说家和政治家,他比福克斯或皮特[1]要高明;但与早年一些散文作家尤其是泰勒[2]比起来,他的风格单调,想象也不够丰富。他喜欢理查逊而不喜欢菲尔丁,我也无法使他赞赏《凯莱布·威廉》[3]的精彩之处。总而言之,他对喜欢的作家理解相当深刻,评论也不失公允;而对不喜欢的作家则褒贬无常,也往往失之偏颇。

整个上午,我们就这样闲谈着,在布满波痕的海滩上打发着日子。我记得我们还遇到过一种怪里怪气的海草,切斯特

---

[1] 福克斯(Charles James Fox,1749—1806):英国政治家、演说家;皮特(William Pitt,1759—1806):英国政治家。
[2] 泰勒(Jeremy Taylor,1613—1667):英国主教、作家。
[3] 威廉·戈德温所写的小说。

说出了它的俗名！一个渔夫告诉柯勒律治,就在前一天,一个男孩在海里淹死了,渔民们曾冒着生命危险去救过他。他也说不上来他们为什么会那样奋不顾身,但是他说,"我们之间有着一种天性"。柯勒律治转身对我说,这句话就是对我和巴特勒所主张的"无私"论的最好注脚。我又提出一个观点,说相似性并不仅仅指概念间的联想。我举例说沙滩上的印痕使我们联想起人的脚,并非因为它与我们大脑中人脚的印象一致,而是因为它的形状像人的脚。他说这一区别很有道理。切斯特在一旁听着,并非因为对这个题目感兴趣,而是惊讶我居然也能提出些柯勒律治原先不知道的东西。第三天上午我们踏上了归程,柯勒律治指着山谷中袅袅升起的炊烟说,这就是几天前一个晚上我们看到黑暗中闪着光亮的地方。

回到斯多伊一两天之后,我们又出发了,我回家去,他则去德国。那是一个星期天早晨,他还要去汤顿代替图尔明博士布道。我问他是否已准备好了,他说他还没开始想呢,不过我们分手后他会马上着手。我没有去听他布道,这是一个过错,不过晚上我们在布里奇沃特又见面了。第二天我们走了整整一天直到布里斯托尔,我记得是在路旁泉水边坐下喝水歇脚时,柯勒律治又向我背诵了他的悲剧《悔恨》[①]中的一些描

---

① 柯勒律治的悲剧于1813年在德鲁里街剧院上演,剧中唐·阿尔瓦一角由著名演员埃利斯顿(Robert William Elliston,1774—1831)出演。

写性句子：

> 啊，记忆啊，保护我别受世上纷争的干扰，
> 给那些情景以永恒的生命吧！

我必须承认，他背得无比精彩，而那场景也比几年后德鲁里街剧院和埃利斯顿先生的表演更为动人。

此后一两年我再没见过他，他那时正在德国哈茨森林漫游，后来他流星似的突然回来了。他回来后很久我才认识了他的朋友兰姆和骚塞，骚塞的腋下总像我第一次见到他那样，夹着一本摘记簿；而兰姆的口中总是念叨着什么名言。认识兰姆是在戈德温家里，在场的还有霍尔克罗夫特和柯勒律治，他们正在起劲地争论一个问题：哪一种人更好，一如既往的人，还是总有所愿的人？兰姆说："要我说的话，我认为总无所愿的人更好。"①正是这句话，成了我俩友谊的开始，而且我相信这友谊还在继续。不过关于这一点目前先打住吧——

> 且把新韵换旧诗，
> 待将故事说从头②。

---

① Man as he was(一如既往之人)，Man as he is be(总有所愿之人)，Man as he is not to be(总无所愿之人)。
② 引自华兹华斯《鹿跃泉》一诗最后几行。

论莎士比亚[①]

翻开英国诗史,四位最伟大的诗人几乎就是一开始遇到的四个:乔叟、斯宾塞、莎士比亚和弥尔顿,没有什么人可以跟他们相提并论。四人中,后两位公众已有定评,名声显赫;而前两位,尽管"错在他们的命相,而非因屈居人下"[②],却从不曾有过非常辉煌的时刻,或者说,过于快地被流逝的时光所冲淡。约翰生博士的《诗人列传》屏除了前三位(莎士比亚之所以也被排除主要是因为他采用的戏剧形式),而第四位弥尔顿也只是勉强入选而已。

将这四人作横向比较,可以说作为诗人,乔叟的长处在其写实,斯宾塞的长处在其浪漫,莎士比亚的长处在其自然(最广义的),而弥尔顿的长处在其说教。乔叟叙事是实是如此,斯宾塞叙事是但愿如此、莎士比亚叙事是也许如此,而弥尔顿叙事是理当如此。作为诗人,尤其是大诗人,他们都不乏想象力,即依据事物性质进行虚构的能力,但想象力之用,四人也各不相同。乔叟出于习惯,或曰成见;斯宾塞追求新奇,猎取怪异;莎士比亚更重情感,为情而造境;而弥尔顿只崇尚最高的理想。就风格特征而言,乔叟得之力,斯宾塞得之远,弥尔顿得之高,而莎士比亚则无所不包。——有的评论家说,莎士比亚高于他同时代剧作家的仅在于他的机智,除此之外的特点别人也都有,某人感觉同他一样灵敏,某人想象同他一样丰富,某人知人与他同样深刻,某人写情与他同样真挚,某人运用语言与他同样自如,等等。这一见解我不敢苟同;即使他说的全是事实,其推理也是错。这位仁兄大概没有想到,就从他所描述的看来,莎士比亚的伟大之处,正在于他综合了他那个时代的众家之长,而不仅仅是某家的某一特点。而且往往能用得恰到好处,丝丝入扣。

莎士比亚思想的最惊人之处在其普遍性,因而能自如地与各种思想交流,这使他在自身的思想中包含了世间各种思想各种感情,没有特别的偏向,也没有显得某种思想特别优越。他不像什么人,但又像任何人。他是最彻底的非自我中心主义者,他没有自身独特的特点,但别人已有的他都有,别人可能有的他也有。他不仅拥有各种才能和感情,而且能驾

---

① 选自《讲演集:论英国诗人》,初版于1818年。
② 见莎士比亚《朱利厄斯·恺撒》第一幕第二场。Cassius 对 Brutus 说他们名望之所以比不上恺撒,不是因为命相不好,只是因为他们是恺撒的部下。这里赫兹里特是反用其意。

驭自如，直觉地意识到随着命运的变化、情感的交锋或者思想的发展，它们会造成什么变化。他的思想前追古人，后摹当今，凡是人类曾经有过的感情他都能描摹如生。他对人一视同仁，他天才的光辉普照众生：好人和坏人，聪明人和笨蛋，王公贵族和乞丐。世间诸人，王侯将相，贵妇贱仆，甚至墓中的鬼魂，都难以逃脱他搜寻的目光。他就像人类的精灵，爱变作谁就变作谁，随心所欲地摆布其命运；他把地球玩得滴溜溜地转，观察着一代又一代、一个又一个人从他面前走过，各怀不同的心思与情感，有的愚蠢，有的聪明，有的恶毒，有的善良，各行其是，各怀鬼胎——有的自己心知肚明，有的连他们自己也不知晓。少年的梦幻、绝望者的呓语，在他犹如想象的玩物。狂妄的家伙对他唯命是从，招之即来；善良的仙女对他频频眷顾，敬礼有加；夜空的女巫随着他的指挥，驾风而至。仙人的世界，就像凡人的世界一样，对他完全开放，而他描述仙界，也如同凡界一样鲜灵活现，要是他所写的那些超常生命真能存在的话，它们定会如他所要求的那样说话、感觉和行动。他想到什么，就能写出什么，附带该有的一切背景；在他构思什么角色时，不论是真实的还是虚拟的，他不仅深入其一切思想感情，而且似乎触发了什么秘密的弹簧，立即被类似的事物所包围，"共享同一片蓝天"，发生着事实上会发生的种种当地的、外在的和意想不到的事件。这样，我们面前站着的不仅是说着他独特语言、有着独特行事风格的卡利班①,还有他住的那座中了魔法的小岛、岛上的情境和景色,那个地方的习俗、怪异的声音以及隐蔽的密室。他频频出没的地方及其古老的周邻地区,被赋予一种神奇而又自然的真实,在我们古老的记忆中那么似曾相识。时间、地点、环境,一切都如此相似。

读莎士比亚,你不只是听到他笔下那些人物在说些什么,你实在是见到了那些人;凭他们说出的话和你的理解,你可以毫不困难地解释出他何以有这样的相貌。一颦一笑,都足以传神;一举一动,都心领神会。一个词、一个称呼,而情境毕现,顿时把我们带回到多年以前,联想起这个角色所代表的人物。因而,正如有人②聪明地指出的,当普罗斯匹罗描述他和女儿被单独留在小船里的时候,他对他女儿用了一个称呼,"我和哭泣着的你"③,顿时把我们的想象从一个长大了的女人飞回到一个当她还是一个无助的女婴的时候,于是,剧本所描述的不幸的最早最难堪的一幕便顿时展现在我们眼前,同时可以使我们想象在这段长长的时间里父女俩可能经受的苦难。在《麦克白》里,当玛尔康劝告马克特夫说:"什么,朋友!不要把你的帽子拉下来遮住你的眉毛!"这句台词把马克特夫

---

① 莎士比亚剧本《暴风雨》中人物,是一个丑陋而凶残的奴仆。
② 指柯勒律治,见他1811到1812年作的系列讲座之一《莎士比亚与弥尔顿》。
③ 故事情节见《暴风雨》。

无言的悲痛表现得何等淋漓尽致！同样，在哈姆莱特与罗森克兰茨、吉尔登斯坦在一起的一场戏里，他似乎突然结束了关于人生的一段精彩独白，说："人类不能使我发生兴趣，不不，女人也不能使我发生兴趣，尽管从你的微笑里，我看出你想说什么。"而他们的回答是："殿下，我们可没那样想，不过我们微笑是因为在想，要是人类不能使您发生兴趣，我们来时在路上碰到的那班戏子不知会从您这儿得到什么赏赐呢！"好像哈姆莱特在演说时，他从威登堡来的两位老同学真的站在旁边，而他好像真的看到了他俩因为想到了戏子的事在窃笑。这种写法，不仅仅是文字组织的技巧，或是什么演说辞的套路，或是什么事先安排的人物刻画的理论，而是因为所有有关的人物都在作者的想象中出现，好像在进行某种形式的彩排。人物在当时当地可能想到的，以及可能被人家观察到的，作者也都想到了，并一一告诉了读者。我还可以加上说，当剧中人物在莎士比亚脑海中一一过目时，他总给他们穿上最好的服装，配上最好的马车。可以举一个例子，奥菲莉娅对哈姆莱特有如下一段描述，由于奥菲莉娅见过哈姆莱特，她的话应该比当代所有的专家更有权威：

奥菲利娅： 父亲，我在房里缝纫的时候，哈姆莱特王子走了进来，他衣衫不整，帽子没戴，袜子上沾着泥，松松垮垮直拖到脚踝上,脸色就像他身上的衣衫一样苍白,两只膝盖互相磕碰着,神情凄惨,仿佛刚从地狱里逃出来,要向人叙说里面的恐怖景象似的。

普罗尼厄斯: 是因为爱你而发疯了吧?

奥菲利娅: 我不知道,父亲。但我真的害怕死了。

普罗尼厄斯: 他说什么了吗?

奥菲利娅: 他握着我的手腕紧紧不放,然后倒退着把手臂拉直了,另一只手就这样搭在额头。他盯着我的脸,眼睛一眨不眨,仿佛要替我画像似的。就这样,过了好久,他才轻轻摇了摇我的手,头就这么上上下下点了三次,然后长叹了一声,如此凄婉,如此沉重,好像要把胸腔迸裂,就此结束生命。叹完气,他松开了我,转过身,但头仍望着我这边。他似乎不用眼睛也能找到路,因为一直到出门他的眼睛没离开过我,眼光始终在我身上[①]。

有了这样一段悬想的描写,知道了哈姆莱特这一破碎的风度和迷惘的忧郁之后,似乎人人都能表演哈姆莱特,我们也见到了人们在演,个个跨着大步,瞪着大眼,动作生硬机械,但到底该演到何种程度,却仍很难说,除非根据提词员的暗示,

---

① 见《哈姆莱特》第二幕第一场。

研究奥菲利娅角色的表演。关于奥菲利娅之死,莎士比亚是这样开始的:

> 在小溪之旁,斜生着一株杨柳,
> 它的毵毵的枝叶倒映在明镜般的水流之中。——①

完全跟生活一样,存在着一种不可知的力量,这是又一个例子。杨柳的枝叶从下面看来是白色的,因而从溪水中的倒影看来是"毛毵毵的"。同样敏锐的感知力,同样的把生活中的事物,不管在与不在,一一呈现在心灵眼前的能力,也可在克莉奥帕特拉的台词中见到。当时她正在揣想不在场的安东尼在做些什么——"他现在在说话了,也许只是在悄声细语:'我那尼罗河畔的小花蛇这会儿在哪儿呢?'"②这段话同时表明克莉奥帕特拉意识到自己的性格,而安东尼之爱上她也正为此,这是何等巧妙。在阿克铁姆战役之后,当安东尼决心进行另一场战争之时,克莉奥帕特拉说:"今天是我的生日;我本来预备让它在无声无息中度过,可是既然我的主仍旧是原来的安东尼,那么我也还是原来的克莉奥帕特拉。"③有什么别的

---

① 见《哈姆莱特》第四幕第七场。
② 见《安东尼与克莉奥帕特拉》第一幕第五场。
③ 见《安东尼与克莉奥帕特拉》第三幕第十三场。

诗人会想到运用这样信手拈来的想象，或者敢于这样来使用吗？这样的事发生在戏剧里，也发生在生活中。

莎士比亚戏剧与他人作品的最大区别也许正在于这种妙不可言的真实加上个性化的观念。他刻画的每一个人物都是其自身，既与别人绝不雷同，也与作者本人不同，似乎他们本来就是活生生的真人，而不是虚构的形象。我们可以说诗人是在尽力表现他想表现的人物，从一个到另一个，就像用同一个灵魂激活不同的躯体。但他用一种近似于口技艺人的技巧，使想象超越了他自身，这样每一句话看来就像是从他所创造的人口里自己说出来的。他的戏剧是情感的真切流露，而不仅仅是情感的描写。他的人物是有血有肉的真人，说的是普通人的话，而不是作家的话。人们甚至会想莎士比亚那时就站在他们身边，听到了所发生的一切。就像在梦里我们自己对自己说话，或高谈阔论，或交换信息，但不论说的什么，听的什么，事先毫不知情；莎士比亚剧中人的对话也是如此，我们不知道下面会说什么，也看不出什么精心策划或事先准备的迹象。情感来来去去就像风中传来的音乐声那么自然，没有什么东西的产生是经过逻辑的推理，层层推进或者映衬对照，一切都来自，或似乎来自生活的真实。事物和情境存在在他头脑中，就像存在在现实里，每一条思路或感情的发展都有条不紊，既不显得用力，也不会彼此相混。在莎士比亚的想象世界里,每一件事物都有它自己的生命,自己的位置,和自己的本性!

乔叟的人物彼此区别明显,但他们总体太缺少变化,太概念化。他们前后一贯,但一成不变,自始至终我们看不到他们身上有什么新东西。他们不是处在不同的背景下,因而也没有什么新情景导致的新特点。他们就像画像或面相研究,对外貌描写的真实与精确令人难以置信,但就是有一种一成不变的味道。莎士比亚笔下都是历史人物,与乔叟同样逼真,但由于他把他们放入了行动中,因而每一根神经、每一条肌肉都在与别人的冲突中得到充分展示,通过碰撞与彼此映衬,表现出各种光与影的层次。乔叟的人物是叙事性的,莎士比亚是戏剧性的,而弥尔顿的则是史诗性的。这就是说,乔叟只是随心所欲地为某种目的编织故事,人物的性格是他自己决定的;而莎士比亚把他们推上了舞台,因而有义务回答各式各样的问题,而且必须自己作出解答。乔叟的人物性格是固定不变的,而莎士比亚人物的性格却不断形成又不断变化,其中每一要素在与其他原则接触过程中或者亲和或者对抗,影响了整体性格的变化,不到一部戏看完,我们不知道其结果,不知道人物在新背景中性格会起什么变化。弥尔顿则只给人物性格一些简单的原则,然而把它拔到至高无上的地步,提炼得纯而又纯。他的想象几乎只在天堂范围内,只在那个高度寻找同类,并将之同样拔高。他似乎只是远远地坐在自己的领地,玩弄着智慧;而莎士比亚却是与人群混在一起,扮演主人家的角色,热忱地欢迎整个社会。

莎士比亚对感情的描写与对人物的刻画一样,它不是什么自生自长的习惯性感情或情绪,然后遇到什么事都来上一气;它是感情孕育的感情,是某个人在与他人交往时彼此自然产生的感情,而且会因为任性或发生变故而起变化,这就要求理解力和意志力得到充分表现,在阻挠面前或是被激怒或是默默忍受,小不如意也许会导致狂怒发泄:时而沉浸在希望之中,时而被激得发狂,时而绝望沦落,时而飘飘欲仙,时而又变得暴跳如雷。人类灵魂成了好运的游戏、歹运的捕获品,无休无止地、无法克制地随着命运的车轮滚滚向前,情感似箭在弦上,不得不发。几年几十年的时光被浓缩在片刻,每一瞬间对命运来说都至关紧要。我们既知道结果又看到了过程。因而,在伊阿戈正为向奥赛罗出的恶毒的主意暗自得意,说"这玩意儿只要在血液里稍稍发作,马上就会像硫矿一样轰然爆发"之后,又加上——

> 瞧,他又来了!罂粟也好,曼陀罗也好,
> 世上一切能使人昏迷的药草也好,
> 都再也不能使你得到

昨晚那样的安睡。——①

而此时，奥赛罗就走了过来，像一条戴有顶饰的蛇，满脑袋是对妻子的误解和想要报复的狂怒。整个情景取决于念头的一转。一个词，一个眼色，就点燃了嫉妒的火花，而其爆发之迅猛却犹如火山。同样的对话在《李尔王》、在《麦克白》、在《朱利厄斯·恺撒》，在莎士比亚几乎所有的剧作中都能找到，凡是故事发展到了紧要关头，都可见到这种情绪的戏剧性变化。乔叟的作品跟这完全不同。乔叟就像一条河，渐宽渐广，越来越满；莎士比亚就像大海，此起彼伏，时时激起腾天的巨浪，而在怒涛汹涌的间歇，我们所感受到的只是绝望的呼喊和沉默的死亡；弥尔顿又是另一种情况，他着力之处在情感的想象的部分，那是在事情已经过去，一切都已结束之后残存的部分，从最遥远最高尚之处来重新审查这些情景时的情感，然后从行动世界升华到思考的世界。戏剧性的诗歌靠煽情来影响人，因为它贴近生活，能使人震惊，甚至迫使人行动，所谓"人疯我也疯"；史诗性的诗歌靠想象来影响人，靠其气势之雄伟、历史之久远，以及普遍性与永恒性。一则使人恐惧或怜悯，一则使人崇敬与愉快。确实有一些事物会触发人们的想象，一

---

① 见《奥赛罗》第三幕第三场。

提起就充满敬畏之情,而与戏剧性毫不相干,这就是与变化无常的人生相关的那些事物。举例来说,埃及的金字塔、哥特的废墟、古罗马的营垒,想起这些我们就不由会产生一种情感,内心充满一种力量与崇高的感觉。我们走到哪里,这些高悬在我们头顶的神圣形象便跟到哪里,即使我们化为灰尘,这些纯洁的精神仍在照耀,使我们忘却所有的忧虑。因而,撒旦对太阳说的话①就具有一种史诗而非戏剧的意味,因为尽管在对话中后者并没有作答,也漠不关心,但那无所不在的光芒,就像上天的目光,在注视着他,似乎理解他所说的一切。当然,臻于完美的戏剧与史诗是互相接近、互相强化的,戏剧从史诗借来人物的庄重,而史诗的英雄从戏剧借来普通人的感情,但从理论上来说两者是泾渭分明的。当理查二世请人去拿镜子来,要看看他在失去君主的威仪后还有一张什么样的脸,并失声哀叹"啊,我是一个可笑的雪人国王,在波林勃洛克的阳光之前全身化水而溶解"②时,我们感受到了人类情感与帝王的荣耀与权力丧失相结合的巨大力量。当弥尔顿说到撒旦时,

他身上并没失去昔日的光辉,天使遭谴威仪犹存,

---

① 见弥尔顿《失乐园》第四部 32-113 行。
② 见《理查二世的悲剧》第四幕第一场。

当初的荣耀也未褪尽;……①。

那种由难以挽回的损失、回天乏力的憾恨带来的交织着美丽、庄重、悲怆的情感,实在是惊心动魄。

现代派诗歌的最大缺陷在于,它们所试验的,只是将诗歌降为自然情绪的宣泄,等而下之的,更是剥夺了诗歌雄伟的想象与真实的感情,只是围着一些最无聊的事物无病呻吟,而且吞噬了作者自己的思想。弥尔顿与莎士比亚可不是这样理解诗歌的。他们对自然、对艺术的见解更为自由,他们不会为了其中之一拼命去摆脱另一个,不会用什么"我的种种心情"②去填补那无聊的空间。他们认为,他们的思想能力比一般人要强,因为他们比一般人更懂得自然界中什么东西最壮美,或什么东西对人生事件影响最大。但我说到的那些人,却既无趣又缺少英雄感,他们只是自己而已。对他们来说,诸神的堕落与大人物的垮台是一回事。他们无法进入这些英雄人物的感情世界,也不懂得其中的关系。他们甚至理解不了在伟人失势时落井下石聊以自慰的可卑心理,因为他们怀着骚动的不

---

① 见弥尔顿《失乐园》第一部 591-594 行。
② 华兹华斯于 1807 年出版的两卷本诗集中曾把一些诗归在"我的种种心情"(Moods of their own Minds)这一类里。华氏显然是"现代派诗歌""吞噬自我"的代表。

安与难以自禁的嫌恶,不愿相信曾经有过,或别人认为有过,有什么比他们要优越。世人关注和欣赏的一切,他们视若不见;而世人对他们的冷漠居然报之以嘲笑,使他们大感不解。这就是所谓"一报还一报,铢两悉称"。

莎士比亚的想象力如同他的人物塑造和感情抒发一样奔放。"上穷碧落下黄泉",他的想象力驰骋于天地之间,迅若闪电,曲若柔丝。它能将最不相干的事联系起来,正如帕克所自吹自擂的,能在四十分钟里给地球围上腰带[①]。他似乎总急着要离开他的对象,尽管他正在描写他们,而他的笔触也恰似闪电,又快又准。他选题的范围最广,而在最广的范围内,他又最能量才录用,作出最多样的选择。他能找来两个最相似的形象,然后将他们放在最不相似的环境里。让相隔遥远的两个人相会,然后迅速让他们彼此接触,这样最不相容的两个人也会亲近。两个人的思想隔得越远,分开的时间越久,他们团聚后的情感也越是亲密,力量越强,就越是快乐。他们的想象由于感到新奇而愈益耀眼。几乎在同一时刻,惊讶莫名,而又马上为对方所吸引。这里我想举一两个很生动而人们一般不甚熟悉的例子。那是在《特罗埃勒斯与克莱雪达》里,伊尼阿斯对阿迦门农说:

[①] 见《仲夏夜之梦》第二幕第一场。

我这样问是想作好恭敬的准备,

并使我的脸颊飞红:

就好像朝霞一样谦卑,

冷眼偷看菲勃斯的美貌面容。

尤利西斯在激阿基利斯出战时说:

一个人不论赋有何种才能,

倘不为人所知,等于一无所有。

如果听不到别人的赞美,

他也永远不知道自己的价值。

就像声音发出,要从拱门听到回响;

又像一扇铁门,能反射太阳的形象和热量!

巴特罗克勒斯也同样地规劝这位勇士:

振作起来! 那柔弱轻佻的丘比特

就会放松对你颈上的多情的拥抱,

你就可以像狮子抖掉鬃毛上的露珠一样,

把他抖落到空气之中。[①]

[①] 以上三段均引自《特罗埃勒斯与克莱雪达》,分别见第一幕第三场及第三幕第三场。

莎士比亚的语言和诗化的本领正如在别处一样出色。对于语词,他似乎有一种魔力:只要他一声召唤,便会如飞而至,而又能各就其位。语词之来似乎是兴之所至,情之所需,而其贴切与生动却是与生俱来。他妙语如珠,信手拈来,却能适时适景自我生发。莎士比亚的语言就像象形文字,能将思想直接变成形象。在他急转和跳跃式的表达中尤为突出。他的多种精彩的比喻就是这么来的,而这些比喻不过是极为精辟的语词而已,它没有对语言的传统造成什么痛苦,因为它们很快就变成了成语格言。对思想来说,它不是羁绊,而是发展。我们拿过一段完整的片断,可以一口气地理解和吸收,而无须费力把词语一一拼出,就好像我们不会去一一拼读音节一样。在背诵别的作家时,有时我们会背错,想到另一个词,与原文不相上下;但是背莎士比亚时,除了原来的那个,别的肯定都是不对的。比方说,要是有人想不起下面一段话,他肯定会变得不知所措,因为他想不出还有什么话能表达同样的意思:

夜色变浓了,
乌鸦投林了[①]。

---

① 见《麦克白》第三幕第二场。

当然，上面这番话，严格来说只适用于莎士比亚那些情真意切的精彩段落，那完全是炽情的流露、想象力的独创，完全是他自己的语言。至于那些散文式的对话及普通行文中的语言，有时仍有些干巴巴，同时受到时尚的影响。例如我们可以拿奥赛罗对元老院关于他"恋爱全过程"的坦白[1]，与剧本开头关于塞浦路斯的公务相比较。就可以看出，"国家事务冒犯了他"[2]。然而在他采用诗的形式的时候，他却写得同样有力，同样甜美，同样多姿多态。不管是写沉闷复杂的事情，还是流畅高尚的情感，是轻松随便的日常交谈，还是大抒其情，他时不时会冒出一两句妙不可言的精彩之句。

> ……犹如一位美貌的女王，
> 在夏日的园亭里弹丝弄弦，
> 唱着抑扬婉转的动人曲调。[3]

除了弥尔顿外，莎士比亚是唯一用英语写出素体诗，而本身极具可读性的人。它不像弥尔顿的诗那样庄重、那样通篇厚实，而是轻巧多变，随着剧情的需要被打断，沿着磕磕绊绊

---

[1] 见《奥赛罗》第一幕第三场。这是一段很精彩的台词。
[2] 这是《奥赛罗》剧中伊阿高劝慰苔丝德蒙娜的话，见第四幕第二场。赫兹里特戏引此言，是说在谈国家正事时影响了莎士比亚语言才能的发挥。
[3] 引自《亨利四世（上）》第三幕第一场。

的小径，

> 经过了许多曲折的路程，
> 才到达无边无际的海洋。①

最后要说一说莎士比亚的不足之处。从莎氏的作品中看来，这些不足之处既不多也不严重，其产生是由于以下一些原因：他的才华覆盖面太广，对单部作品来说恐怕不见得有利；他作品的来源太杂，有时不易达到最有效的目标。可以说，他的头脑是埃斯库罗斯和阿里斯托芬，或者但丁和拉伯雷两人的总和。要是他只有他自己的一半，也许他看起来还会更伟大些。他天性随和、不拘小节，有时显得不够谨慎。关键时刻他往往过于轻松随便；真正自始至终认真对待的只有《雅典的泰门》《麦克白》《李尔王》这几部。此外，他的前面没有什么公认的出色榜样可以刺激他努力，而且看来他也没有追名逐利的愿望。他只是为他那个时代的大大小小的世俗人们写作，并不想追求身后的荣耀。要是他写得最蹩脚的笑话能引得伊丽莎白女王及宫廷贵妇们开怀大笑，而他最得意的段落能使得楼座的嘘声停歇的话，他就会心满意足地回家，美美地睡上

---

① 引自《维洛那两绅士》第二幕第七场。

一晚。伏尔泰对他的批评他不会在乎①。他在许多方面都会乐意利用当时人们的无知,只要别人喜欢他的作品,他就绝不会跟他们争吵。他才思敏捷,无暇对自己设置很多标准,更不会去细辨自己的作品孰好孰坏。他在历史年代和地理上的错误不会超过五六处,这些也只是史地错误而已,并不是诗歌上的。至于统体风格的一致性,他根本不予考虑,我认为是对的。他更喜欢说说俏皮话而不想做什么伟人。他的粗野属于他那个时代,而他的天才属于他自己。让他随波逐流、与世俗爱好共沉浮他不会反对,但他一定会浮上来,一靠自己的本事,二靠不管他自己还是别人都无法左右的一种原动力,而他确实好像海豚一样在碧波中畅游。

莎士比亚写作喜剧和悲剧有同样的才能,但悲剧写得更出色,这是因为悲剧本来要优于喜剧。他所创造的女角,有人说她们淡而无味,其实是世界上最出色的。最后,我要指出,莎士比亚最不像个花花公子,而最像个正人君子。

---

① 伏尔泰曾著文说全英国写得好的悲剧只有一部,就是艾迪生的《卡多》。

治学　休闲

论平实之体[①]

平实之体不易为也。或以为平实之体即俚俗之体,直抒胸臆即信笔涂抹,此言非也。其实反之,较之他种文体,平实之体要求尤严,用词尤求精当。浮华之语固非所宜,陈词滥调、生拉硬扯亦在摒弃之列。非偶拈一辞即用之,而须于常语中选最切之词也;非率意组词即成文,而须依语言之特性而为之也。英文平实体之高者,一如与饱学擅文之士对坐接谈,平易服人而又晓畅如话,绝无炫才露学之意也。换言之,言语自然者诵读方自然,对谈自如者作文必自如也。虽然,倘以为但亦步亦趋日常之琐谈,即可获字正腔圆之效,斯又不然矣。何则?故作庄重如朗诵于舞台或布道于教堂者固非,哓哓不休、信口开河,乃至南腔北调、油嘴滑舌者亦非正道也。所当为者,其介于两者之间乎?言谈需讲分寸,盖音义关系乃约定俗成,非深知作者心者不能达其意;作文亦须得体,非凝神精思者不能文从字顺而铢两悉称。以舞台演剧之腔朗声说话,或以故作高深之态捉笔为文,此事人人皆能为之;而所说所写均简洁得宜,却非人人克臻也。是故,效艳丽之文,用夸饰之语者,易为也;选至当不易之语者,难及也。今有十语于此,其为人熟知也相若,其设譬智巧也相若,甚或其适用于文也相若,十语中唯取其一,其非细辨其精微、通晓其优劣者能为乎?此固难及,然至为紧要之事也。

余之不喜约翰生博士之文体,盖为此也。约氏为文,不知辨义,不识选词,不解用变。其用辞,均采自朱红文告,大而无当,音缀冗长,或拉丁词而缀以英文语尾。矫揉造作若此而谓之高雅,则高雅之文吾知矣:滥增其音缀,易本国之字为艰涩之异国之字者是也[2]。此虽易为,惜"高"而不平易,"雅"而不及义。由是可知,一味求"高"避"低",求"雅"弃"俗",乃机械之作文法也。

弃普通之词不用,自远俚俗之词,此理至浅显也。虽然,作文之三昧,在恒用普通之词,而力戒俚俗不雅与夫专门之术语也。成功之随笔,其文如行云流水,绝无怪僻庸俗之病,故能流布四方,人所共爱。怪僻庸俗之病,每生于怪僻粗俗或囿于一隅之辞,所谓"切口"或"俚语"者。试证之以实例:To cut

---

[1] 选自《闲话集》。
[2] 听说有这么一位作家,写诗未见其妙,而绝不肯用一单音缀词。然马洛诗句之妙能传神,几乎全赖其好用单音缀词。——原注。

with a knife(以刀切之)与 To cut a piece of wood(削木片),非俚俗之醉也,盖其至为普通;而 To cut an acquaintance(断交)则颇可疑,盖其不甚普通,而仍未脱尽俚语范围也。故余用此语时必书之以斜体,示其为破例,需特加斟酌也。

方言土语亦当仿此而摒去勿用,盖此等字系作者取自家人或身边小圈,甚或向壁虚造,以备偶然之需。夫词语者,犹货币也,流通其所求也,而其流通乃至具公认之价值,仍有赖习俗之印戳也。余于此等字之取舍标准尤严,甚焉者,余宁伪造国币而不敢伪造国语者也。余向不敢自铸新词,亦不敢擅增新义于旧词。其例外者唯 impersonal 一词,盖于细究深奥之形而上哲学之时,其理过微而势有不得不然者。余以此词用于感情,以表非人力所为之义。人有责余好为俚俗不堪之英文者,对此余不欲置言,然余坦承,余之所好者,人所共知之习语,与夫通行之简略句式也。夫责余者,其果能区别斯二者乎?果知摇笔掉文与肆笔妄言之间,尚容他法可作文乎?余,鬻文者也,余之好用通行之语词句式,犹如鬻货者必用通行之度量衡具也。

语词之力,不在其自身而在其用。今有词于此,其为音也悦于耳,其为形也长于常,其为义也深邃而不乏新奇,堂皇哉此词!而施于不相干之上下文,瞠乎不知所云,则何益乎哉。由是观之,用词贵达意,而不在其耀目宏伟;用材贵合榫,而不在其光洁尺寸。楔子木钉,其为用也不亚于长梁大椽,尤胜于浮华之饰。余平生所最不欲见者,占地多而不切用之物也。满载空纸箱,招摇以过市,余所不欲见者也;满篇荒唐言,而实无所指,余所尤不欲见者也。

不以重罗叠彩掩所思,而于日常用语搜其辞,则凡欲言,必有其词,数或过二十,无一不差近之;其所患者,不在无辞而在无所定其辞也。科贝特先生①有言,辞之先思得者必佳。吾恐未必如此也。先思得者诚佳,然继思得者、反复思得者容或犹佳。然其思需切题,需新鲜而生动;其辞需自然,需得之于不经意之时。罗列众词一一尝试之,而能得其最佳者,未之有也。此犹忘人之名姓,空自冥思苦索,而冀忽然得之也。思人歧途,愈刻意求之则愈不得;路接正轨,则其辞每于极不留意处陡然而生也。

华丽之词藻、罕见之语汇,人见而珍藏之,且郑重展示之,一如古董商之于古代勋章钱币然。而以余观之,此等古董,把玩之可也,用于流通之时则非也。丝罗之裳,偶缀以饰物无伤大雅,若通体琳琅满目,则"与其衣之,不如藏之"矣。昔时流行之词,非不可用,然须有公认之大家为我导夫先路。语词也,时装也,背时而袭之则贻笑大方也。

---

① 科贝特(William Cobbett,1763—1835):英国政论家。

能拟古体而使人赏心悦目者,其惟兰姆先生乎?兰姆心与古人相通,令人读之不觉其为拟。兰姆之思,激情内溢而筋力外露;兰姆之言,切题精深而天然浑成。能如是矣,则体虽古而不觉其古,服虽异而不觉其异。衣人之服,行己之事,此之谓也。兰姆之思,旷古绝代,彼意或欲以此高古之体稍敛其锐气乎?倘易之以时世之妆,恐天下更将为之侧目矣。古时伯顿①、富勒②、科里亚特③、布朗④诸人风格亦甚怪异,然犹不及兰姆。读兰姆之时,知有此数人,则见怪不怪矣。吾之言,不知兰姆以为然否,亦不知兰姆肯降尊纡贵,写作吾等之文字否?兰姆以"伊利亚"笔名所作皇皇之文,余实不敢品其甲乙,然余坦承,余之所最喜者为《巴特尔太太论牌戏》一文,其文无典故之丰,辞藻之丽,真乃"纯净英语之清泉一泓"⑤也。兰姆之怪异既有所本,则读兰姆犹读古人。熟稔此数子,再读其天才之《伊利亚随笔》,犹熟稔古典之专家,再读伊拉斯谟之《对话集》或近世拉丁妙文,其神驰目摇、兴高味浓,直相似耳。吾未见借人之笔抒己之意,出色与成功有如兰姆者也!

花哨空洞之文最易为,作此等文,犹胡抹五彩于色板之

---

① 伯顿(Robert Bourton,1577—1640):英国作家,著有《忧郁的解剖》(*Anatomy of Melancholy*)。
② 富勒(Thomas Fuller,1608—1661):英国作家。
③ 科里亚特(Thomas Coryate,1577?—1617):英国旅行家、作家。
④ 布朗(Sir Thomas Browne,1605—1682):英国作家。
⑤ 语见斯宾塞长诗《仙后》,原为赞美乔叟之语。

上，唯见光怪陆离，不见所绘之物。"君所读者何？""词也。""其义何在？""无也。"①其与平实之体相距不可以道里计。平实之体率直明了，以载义为事；而花哨之体专以灿烂之色彩炫人耳目，以掩其思想之不足也。一旦舍词语外无可言者，则欲使之华丽何等容易。取字典检索之，可采得 florilegium 一词，正与 tulippomania 匹配；rouge② 词何等高雅，姑施之美人，体论其本来肤色如何。如此，则常人不知，共赞其惊世绝俗之美；庸人骛新，亦乐其欺世盗名之辞。声韵铿锵，而空洞无物；词语叮当，而一切已矣。言犹不言，徒剩文辞之肿胀；而一验之以思辨之有无，则如卵击石，分崩离析矣。

此等作家徒以舞文为能事，其所有者舍文辞而无他。孱弱之思想插以飞龙之翼，金碧兮辉煌，邀游乎空中，下视芸芸众生之文辞，鄙夷之而不屑一顾。纵其日常言谈，亦极其夸张铺陈之能，看似花团锦簇，气度不凡，实则虚无缥渺，不知所云，不过叮当作响之一堆陈言滥调而已。吾辈中人，识见"卑

---

① 这段对话是套用《哈姆莱特》一剧第二幕第二场中的一段台词。原文是：
  Polonius: "What do you read, my lord?"
  Hamlet: "Words, words, words."
  Polonius: "What is the matter, my lord?"
  Hamlet: "Between who?"
  Polonius: "I mean the matter that you read, my lord."
  Hamlet: "Slanders, sir . . ."
② florilegium：拉丁文，意为采集群花；tulippomania：拉丁文，意为郁金香采集狂。rouge：法语词，红色。

下",时于屋角檐下,搜寻无人注意之琐事;而彼等法眼,绝不入此。彼目中所见,手中所写者,唯璀灿夺目而光华已尽之明日黄花、自命诗人者代代相传之碎金片玉而已。

今使彼等试评剧艺,则彼所见者,满台之翠羽珠饰,流光溢彩,灯影如潮,人声似海而已,直令之目迷神摇,思为之凝;彼所能言者,一似莎翁笔下之皮斯托尔而已,经典满口,而言不及义。读斯文也,不见伶人演技之短长,唯见无聊之绰号乱飞,不惭之大言奋扬。"堪怜伶人辛苦满场",在彼犹如提线木偶,视而不见;彼所竭思殚虑者,崇高抽象之语词,种属分明之概念,大起大落之文辞,势绕地球之长句,与夫牵强附会之头韵,语惊四座之排偶而已。真乃:

浮华笔头踞,搔首自弄姿。

再令彼等试写皇室,则东方之豪华场面差可比拟,而西方诸王室之加冕礼无与焉。其反复呈现者,四事而已。曰帷幔,曰御座,曰权杖,曰足凳。盖彼所拟想之高贵场景,不出此四事也;彼搏尽全力描述者,亦仅此四事而已。

君亦见彼等所作之画评乎?自然之妙手,绘出如许光影色彩,何等细腻,何等精巧,彼却一概视而不见。千言万语,不外珍珠宝石,鎏金镶玉,一派人工装饰而已。

闲话集 | 179

此类作家日浸淫于语词之中,头脑所见,无非事物之影,金光闪闪而空洞无用;腹中所贮,无非拟人之体,大写之字,阳光之海,荣耀之象;以及闪光之题辞,贵人之风姿,持盾而立者国之守护,倚锚而眺者民之希望①。如彼等直可谥以"象形文字作家"之名,盖其脑中之形象均孤立自足,绝无感觉为之作底,其想象亦无需前后关联。词之为彼所喜,均关乎声,无关乎义;而一见倾心,不计后果。目视之即为色,耳闻之即为声,其他一切,可置不问。宇宙之构造与人心之组织,彼均懵然不晓,盖无法使与之共鸣也。彼所能者,以胡思乱想掩其真情而已。情非缘境,词不关物。意象华丽,徒自转也;词语花哨,空生灭也。思想若此,是谓狂妄无知。狂妄其外表,盖其于语词外不惜舍弃一切也;无知其本质,盖其于词物之理均漠然也。彼自谓高居众人之上,于平易自然且不一顾;实则厕身奴隶之位,有恶俗之装腔与无聊之浮夸。彼不屑摹写现实,而无力创出一丝新意;彼诚非"抄袭"自然,而唯剽窃词语,是乃剽窃中之至低下者。题材也,典故也,无不取自遥远,代价高昂,而作伪之态堪厌;风格也,手法也,无不机械拘泥,陈陈相因,而装腔之势可恨。其例证也,不着边际,模棱两可,徒扰读者之思;其比喻也,迂回重复,单调乏味,空震读者之耳。如彼者,诗文

---

① 守护:指英国守护神 Britannia;希望:指希望之神 Hope。

之模拟派也;其语则言过其实,其意则情不胜辞。读其书者,受其撩拨之苦,而无益智之享,动情之奉。彼之声名,望似巍巍圣殿,实乃空中楼阁,笨伯之所建也。又似俄后之冰宫,柯珀[1]所谓"纵光彩耀目,而一无可取",盖灿然之背后,无奈其心如冰耳[2]!

---

[1] 柯珀(William Cowper,1731—1800):英国诗人,引诗见其《任务》(The Task)第五章。
[2] 1987年11月15日《新民晚报》有一段文章介绍这座冰宫,可以参看:"世界上第一座冰宫,出现在1793年冬季。这座冰宫长80英尺,宽23英尺,高33英尺,以冰块为建筑材料,以清水为黏合剂。宫外有冰雕的树、鸟、海豚及大炮;宫内设务俱全,都是冰雕。冰宫在涅瓦河上,俄国女皇安娜·伊凡诺夫娜命令一对新人在冰宫里度过新婚之夜。新郎原是女皇弄臣,因得罪女皇而被迫娶一奇丑无比的女仆为妻。婚礼后,这对新人就……被送入冰宫,剥去皮裘,赤身裸体地睡在冰床上。他们只得不断奔跑并彼此相搊,方未冻死。"

论读旧书[①]

我最不喜欢读新书,所读的,无非二三十本旧书而已,尽管已一读再读,但至今不忍释手。《房东逸事》[②],我是隔了很久才坐下来读的,但现在,这位作家的作品已为我不多的藏书增添了不小的份额。人们告诉我摩根夫人[③]的作品不错,也有人劝我去读《阿纳斯塔修斯》[④],但我一直未敢去读。某日一位女士听说其朋友在读《达尔芬》[⑤],不由大表惊讶,问这部书出版是否已有些日子了。女士们衡量书,就像衡量时装或化妆品那样,越新潮越好,但我不是这样。我不是那种老去麻烦流通图书馆,或缠着书商邮寄新出杂志的人。我不敢说我对"黑花体字的书"[⑥]情有独钟,但我可以说我对上世纪中叶安德鲁·米勒[⑦]的那些精装书了如指掌,对用俄罗斯皮革精装的瑟洛[⑧]的《国务文件集》,或者书前插有奈勒爵士[⑨]风格肖像画的坦普尔爵士[⑩]的文集也不陌生。我想一本书要是能使其作者大名留传一两代不是什么坏事，我更信得过已故者，而非在世者。在世作家无非只有两种，非敌即友。对朋友的书总是尽量地往好里想，对敌人的书则总是尽量地往坏里想，以致无法从读书中得到真正的乐趣，也难以真正评价其得失。有位朋友，爱好文学，笔头不错，看来颇有天分，可惜一张脸蛋傻乎乎的，于是印象马上打了折扣；还有一位，才能和气质都不错，但写的东西却不甚理想。这些诸如此类的矛盾和细节会使人无法心平气和地进行思考。而要是有人对某位已故的作家感兴趣，想深入对其进行了解，那只消读他们的书就行了。当代文学中的那些灰尘烟雾、吵吵嚷嚷与传世作品中的那种纯净平和的气氛实在不可

---

① 选自《坦言集》。
② 《房东逸事》，这是司各特一系列小说的总题目。尽管已是公开的秘密，但作者的名字直到1827年才正式公布。（赫兹里特此文最初发表于1821年，其时尚未公布。）
③ 摩根夫人（Lady Morgan，1780—1859）：原名悉尼·欧文森，后嫁给 T. C. 摩根爵士。写过小说、诗歌、回忆录和游记。
④ 《阿纳斯塔修斯》：汤姆斯·霍普（Thomas Hope，1774—1831）作于1819年，当时备受欢迎。
⑤ 《达尔芬》（Delphine）：法国作家斯塔尔夫人（Madame de Stael）写的小说，发表于1802年。
⑥ "黑花体字的书"（black-letter）：十五世纪和十六世纪初叶印刷的书，以爱用哥特体（或黑花体）而著称。
⑦ 安德鲁·米勒（Andrew Millar）：十八世纪著名出版商兼书商，曾出版过约翰生的《英文字典》等。
⑧ 瑟洛（John Thurloe，1616—1668）：克伦威尔摄政时期的国务秘书，曾出版过七大卷《国务文件集》。
⑨ 奈勒爵士（Sir Godfrey Kneller，1646—1723）：德国画家，后在英国担任宫廷画家。斯图亚特王朝后期的一些肖像画都出自其手。
⑩ 威廉·坦普尔爵士（Sir William Temple，1628—1699）：政治家、大使。斯威夫特曾任其书记。

闲话集 | 183

同日而语。

拿起一本读过的旧书(读过的遍数越多越好),我知道可以期待什么,并不因为对内容已有所知而影响阅读时的满足;而读一本全新的书时,我的感觉就好像在品尝一种从未吃过的菜肴,翻过来倒过去,这里挑一点,那里拣一点,对其配置不知说什么好,想多尝一点,既没有信心也不太放心。用同样的比方,最新流行的书就像拼盘一样,无非是东拼西凑、改头换面的大杂烩,而更完整、更自然的菜肴以前早就有过了。不但此也,在读熟悉作家的作品时,我不仅有把握时间不会白费、胃口不会败坏,而且好像在握手晤对一位相交多时、知心知肺的老友,互谈心得,打发掉一个又一个小时。真的,我们已与这些贵客结成了亲密的友谊,比最接近的朋友还要亲密、还要持久。读一本最喜欢的旧书,例如我读过的第一部小说,其乐趣不仅在于遐想及品味,还在于诸多愉快的回忆。它使我想起第一次阅读时的感觉和引起的联想,那是以后再也没有过的。这些著作就像一个一个环节,把我们生命的各个阶段连成了一片;它又像一个一个里程碑,记录着我们生命的航程。它们就像木栓铜环,可以供我们随意地挂上或者取下精神生活中的衣物:理想的品德、残余的热情以及最幸福的时刻等等。它们生来就是"为了思想和追忆"! 它们就像福图内特斯的希望帽①,给了我们最大的财富——想象,当然它们载着我们飞过的不是半个地球,而是只要提起一个词,就能载着我们飞过半个人生!

我那项狄老爹②自己买了本福音书寻求慰藉,顺便给我也买了一本书,记不起来是《流浪者皮克尔》③还是《汤姆·琼斯》。反正这两本书,不管翻到哪里——韦恩夫人的回忆录也好,贝拉斯通夫人在假面舞会上的惊险故事也好,思韦克姆与斯夸尔的争论也好,莫利·西格利姆的潜逃也好,索菲娅与她袖筒的故事也好,或者她姑妈喋喋不休的教诲也好④——都能使人找到生动有趣的场景,而我也总像初次阅读时那样感到兴奋。非但如此,有时仅仅是在书店里看到这些英国古典作家的书,或者在图书馆的书架上看到他们的名字,都会使我浑身来劲,似乎"木偶也会调情"⑤。我好像一下子年轻二十

---

① 福图内特斯的希望帽:这是个古老的传说,后来英国戏剧家托马斯·德克尔把它写成了剧本,叫《老福图内特斯》。故事梗概是这样的:福图内特斯遇到了幸运女神,她答应他可在六种愿望中挑选一种:智慧、力量、健康、美丽、长寿或财富。他挑选了财富。于是女神给了他一个随时可以取出十个金币的钱袋。他后来到了塞浦路斯,骗取了土耳其苏丹的宝贝——希望帽。戴上这顶帽子,就能随时飞到世界各地。这类故事一般都带有说教意义,最后钱袋和希望帽给福图内特斯父子带来了灾难和死亡。
② 项狄老爹:项狄是斯特恩的小说《项狄传》中的主人公。赫兹里特的父亲跟小说中项狄的父亲一样,是个单纯善良、书呆子气十足而又不谙世事的人。
③ 《流浪者皮克尔》:英国小说家斯末莱特(Tobias Smollet,1721—1771)的著名小说。
④ 以上除韦恩夫人是《流浪者皮克尔》中的人物外,其余都是《汤姆·琼斯》中的人物或情节。
⑤ 这是借用莎士比亚《哈姆莱特》第三幕第二场中的句子,意谓那些小说中的人物都会活动起来。

岁,重又成了一个孩子。有个算不上睿智的哲人说过,要是他有现在这样的生活经验,能再年轻一次就好了。这位聪明人看来没有意识到,他这番话的更重要价值,在于指出了年轻的最大好处就是没有经验,尽管他很乐意使青年拥有经验,但没有一定岁月的积累,经验却是不会有的。唉!能够卸下肩上基督徒似的重负,借助于那些带着一点霉酸味的十二开本的书籍,悠然回到"无知即福"的年代,那时我们正借着小说,像看西洋镜似的偷窥人生,就好像看那关在笼子里的野兽,或者博物馆里准看不准摸的展品,那是何等的快乐!对于我来说,重现脑际的不仅是书内那些生动的见解,更有当日那些熟人的音容笑貌,乃至当日读书时的情景、得到书的前前后后,甚至天空和地面的景色,周围的气氛——都伴着我的感觉,一一重回眼前。在重温旧书时所联想起的那些时刻,那些场合,那些人物,那些感觉,是阅读巴兰坦公司①最新出版的那些油墨未干的书所不会有的,更不用说利登厅大街密涅瓦书店②出的书了。

读旧书的感觉一似旧景重现。它使我想起了与父亲住在一起的岁月,那时我还是个不懂事的小孩,无忧无虑,人生之

---

① 巴兰坦公司:詹姆斯·巴兰坦和约翰·巴兰坦两兄弟开的出版公司,出版过一些司各特的书,司氏后来也成了公司的合伙人。
② 密涅瓦书店:当时一家书店,以出版通俗剧而著名。

路似乎涂满了奶油和蜜,无比甜美,每天只要背完功课就可以玩个痛快。记忆中,《汤姆·琼斯》是第一部打破我这种生活的小说。它是库克的袖珍本①中的一种,装饰着插图,每隔两个礼拜才送来一卷。在那之前我只读过学校的课本以及一本枯燥无味的教会史(拉德克利夫太太的《森林奇遇》②除外),但这本书的味道完全不同——"甜于口",但未必"苦于心"③。它使我看到了我活着而且将继续活着的这个世界,向我展示了各种各样的"快活的生物"④,不是由"天地诸元素合成",而是在地球上产生的,不是"生活在云雾中",而是跟我在同一条路上走着的,——只是有人已经在我前面,有人很快就要赶上我而已。要是我的心曾为寄宿学校的舞会、仲夏夜或圣诞夜的狂欢而颤动不已过的话,这些英国小说家的袖珍本就是伴随我终身的舞蹈和永远的狂欢。

《汤姆·琼斯》每卷六便士,总是在话说了一半、故事到了紧要关头戛然而止,例如在汤姆·琼斯发现斯夸尔躲在毯子后面时,或者帕森·亚当斯被命运摆弄,很意外地爬上了滑泼太太的床笫时。——顺便提醒一下读者,在读《约瑟夫·安德

---

① 指库克的《英国小说文库》,《汤姆·琼斯》是其中的一至四卷。
② 拉德克利夫太太(Anne Radcliffe,1764—1823):当时最著名的惊险小说家,著有《森林奇遇》《尤多福奇案》《意大利人》等。
③ 这是引用《新约·启示录》第十章第九节而反用其意。
④ 这里一段话是反用弥尔顿的假面剧《科摩斯》中的一段话:"……这些是天地诸元素合成的快活生物,住在五彩缤纷的彩虹里,在云雾中游戏……"

鲁斯》时就不可有这种印象,因为那里有一张女主人公范妮的画像,读者要是对之过于关注,以后就没法遇到比之更美的人了:她太像某女郎了![1] ——正由于作者造成的悬念,因此我总是焦急地期盼着下一卷,而一旦来了便急不可耐地打开。啊!只怕我今后再也不会有那种炽热的情致,来注视书中的人物,并预测他们以后的遭遇了,就像我当初看待巴斯少校[2]、特鲁宁舰长[3]、特林与托比叔叔,堂吉诃德、桑丘和达帕尔,吉尔·布拉斯与洛伦莎·赛福拉夫人,劳拉以及那位纤唇开合犹如玫瑰的漂亮的柳克丽霞[4]那样。当初阅读时,他(她)们曾引起了我多少遐想,给我带来了多少欢乐!让我再唤回他们吧,也许他们会替我注入新鲜的生命,让我重享当日那种情绪和快乐!要说什么是理想,这就是实实在在的理想,是在人生的清泉飞溅的泡沫上映射出来的美丽之极的幻想。

啊,记忆!把我从世俗的争斗中解救出来.
给往日那些情景以永恒的生命吧!

---

[1] 可能指萨拉·沃克,赫兹里特房东的女儿。其时他正被她迷住。
[2] 巴斯少校:菲尔丁小说《阿米莉亚》中的人物。
[3] 特鲁宁舰长:斯莫利特小说《流浪者皮克尔》中的人物。
[4] 吉尔·布拉斯、洛伦莎·赛福拉夫人、劳拉、柳克丽霞;都是法国小说家勒萨日《吉尔·布拉斯》中的人物。

我在本文开头时所提出的那种奇谈怪论,现在恐怕已不那么惊世骇俗,读者诸君也该知道我内心的秘密了吧。

与读《汤姆·琼斯》几乎同时,也许更早一点,我还开始津津有味地读查布的布道小册子①。我现在也很想把这些书再找来读读。这些书的神学论战味很浓,想象中,仿佛听到索尔兹伯里一群鞋匠,用只有工人才有的那种豪爽、善辩和执拗,在起劲地争论着《圣保罗行传》中的什么问题。不久以后我自己也狂热地投入了哲学研究,简直像是苦中作乐。我纠缠在一些概念的细微分别中,诸如"命运,自由的意志,绝对的先知"之类②,尽管我可以不加上"歧路四分,出路难寻"这句话,因为我毕竟得出了几个令人满意的结论。这些就不多说了。此外,不管题目多么无趣,我也不想走得太远,跟马洛的浮士德③一样宣称"但愿我从来没有读过书",亦

---

① 查布(Thomas Chubb, 1679—1747):神学家,写过一些神学的小册子,对宗教表达了一些较自由的观点。他生于索尔兹伯里附近,从小受教育不多,因此下文有"鞋匠社"之说。
② 引自弥尔顿《失乐园》第二部。
③ 《浮士德博士》是马洛代表作之一,其中的一段独白最为著名:"Faustus' offence can ne'er be pardened. The serpent that tempted Eve may be saved, but not Faustus. Gentlemen hear me with patience and tremble not at my speeches! Though my heart pants and quivers to remember that I have been a student here these thirty years, oh, would I had ne'er seen Wittenberg, never read book!"(浮士德的过错难以宽恕。引诱夏娃的蛇可以得救,但浮士德不行。请耐心地听我说,听了后也不要发抖。尽管我做了三十年学者,可我但愿我从来没有读过书!)

即从来没读过哈特利[①]、休谟、贝克莱等的书。我读洛克的《人类理解论》,从来没得到过什么快乐,也没得到过任何教益;而霍布斯的书尽管峻刻有力,我却很久以后才读到。

我也读过一些诗,但没引起我多大兴趣——读者诸君要知道,我这个人的想象能力是不足的。但我很早就迷上了法国的浪漫小说和哲学著作,如饥似渴地啃读它们。一次又一次,我津津有味地咀嚼着《新爱洛漪丝》:对吻的描写,水上之旅,圣普罗追忆初恋之信,朱丽娅之死……这些章节我都读了不止一遍,每读一次,都感到一种莫可名状的快乐与惊喜。不料过了些年,我又见到这本书,发现除了个别章节之外,当初所欣赏的那些部分已荡然无存。对自己兴趣转移如此之快,我感到甚是沮丧,认为其原因是因为我买的是个小开本,边上镀着金,还散发着玫瑰花瓣的香味。《社会契约论》和卢梭的别的一些作品我是在一家店里买到的,封面是粗糙的皮革,当我把这些书带回家去读时,内心真有一种说不出的庄重严肃。关于《忏悔录》我在别的地方提起过,这里不妨重复一下:"甜蜜的追思,芳香的回忆"。文章之美不是"散布在地面上的零零落落的赠品",而是密密地植在书页上,丰富而珍奇。

[①] 哈特利(David Hartley, 1705—1757):英国哲学家,著有《人类之观察》等。

我但愿从未读过《爱弥儿》①,至少不该那么真诚地去相信。我生来讨厌种种假惺惺或矫揉造作,但没法故意去夸大这种厌恶,要我那样做,还不如按照福帕林·弗勒特爵士②的模式去自我塑造的好。有一种人的美德和最耀眼的品质是淹没在谦虚和自我克制中的,并非自吹,不才区区就是其中一个③。正是这些人会对爱弥儿趋之若鹜,其实他们的倒霉也就因为此。因为公正地说,这种呆滞迟钝而又懒洋洋的性格不该去克服,而该去肯定、去发展,因为在书中他是仿效的对象,是纯朴和宽宏大量的榜样,而人们反复推荐这本书,说得如何如何新奇,如何如何比世俗的偏见要优越,原因也在此;这种品质更让人膜拜,供人亲近,令人目眩眼花,真是一场骗局!书中反复讲的就是要有坚实的信仰,要追求朴实的真理而不是花里胡哨的东西,好像往脖子上套一块大磨石,足以"拉沉一支海军"④,它遏制了人的想象,妨碍了人的进步,阻塞了人生的所有希望。人要上进,要成功,要出人头地,要受众人喝

---

① Emile,一名《论教育》,是卢梭写的半论文体的教育小说,出版于1762年。其中涉及关于教育的几乎所有问题。书中一个基本观点是认为教育不光涉及人,还与整个自然有关。仅仅只有书本知识不但无益,而且有害。
② 福帕林·弗勒特爵士(Sir Fopling Flutter),英国喜剧家埃思里奇(Sir George Etherege,1634—1691)的代表作《凡人》中的人物。其意即为凡人,普通人。
③ 还有一位朋友(指兰姆。——译者按)也有同感,他极有天赋,思想机警,文笔简洁,有一次曾说:"过于谦虚者绝对不会成功。"——原注。
④ 莎士比亚语,见《亨利八世》第三幕第二场。

彩，就不该退而求诸内心的意识，而应该处处关注其外表的环境，他该把自己包裹在神秘的光环里，他该用舆论来装备自己，他后面该跟着一长串自吹自擂的家伙，他不该把自己剥得赤条条的，使自己的品质在众人面前暴露无遗，而该在周围拉起一道偏见的屏障，就像天体外的黄道带一样，他谁都可以像，就是不要像他自己，这样他爱把自己装成什么人，别人也就会把他当作什么人了。这个世道喜欢的就是空空洞洞的表白，甘心受讨人喜欢的外表的蒙骗，沉醉于幻觉之中，什么都能容忍，就是不能容忍坦诚、率直、单纯、老实的事实，就像爱弥儿的形象给我们描绘的。——好了，话扯得太远了，就此打住吧。

对我来说，书如今已失去了大部分魅力，我再也提不起从前那样的劲头了。我现在在判断一件事好不好凭的是理解，而不是感觉。不错，"《马西安·科伦纳》何等优美"[1]，而读济慈的《圣安妮丝之夜》[2]更使我感慨青春不再。诗中塑造的形象，美丽而温柔，"来是无影去无踪"[3]，他用富丽的辞藻装饰起来的"灯蛾之翼"从我脑海中掠过；他描绘再三的小窗，在灿烂的晚霞中，也无端"与帝后们的鲜血一起"，映红了我的脸。读这

---

[1] 《马西安·科伦纳》，意大利作家巴利·康沃尔写的诗体小说。这句话来自兰姆的一首十四行诗《致以巴利·康沃尔名义写诗的作家》。
[2] 英国诗人济慈的名诗之一。"灯蛾""帝后"等均是诗中的形象。
[3] 这是莎士比亚《麦克白》一剧中的台词，见该剧第四幕第一场。

种书,我知道什么时候我曾产生过什么感觉,这就够了。当日那种美妙的感受、那种浓郁的芳香已一去不复返,剩下的只是文学中的秕糠。要是有人问我现在在读什么,我大约只能用剧中哈姆莱特殿下的话来回答——"只有一些词。"——"内容呢?"——"什么也没有!"①——因为实在有意义的东西不多。但以前不总是这样的。在我记忆中,以前有个时候,似乎每个单词都是一束花或一串珍珠,都像神话故事中乡下小姑娘口中吐出来的话,或者像苏格兰教堂大讲道师②那精彩绝伦的演讲!我如饥似渴地从中吸收知识,就好像从生命之河中自由吮吸养料。聆听"小公鹿在泉边欢跳"③,那在情绪上是何等的一种满足;而沉浸在歌德的《维特之烦恼》与席勒的《强盗》里,再洒上自己的同情之泪,"以己之滔滔,益彼之滔滔"④,那又是何等的一种陶醉!我读着,并且十分赞同柯勒律治那首精彩的十四行诗,它开头是这样的:

席勒!那一刻我真想死去
要是在那令人战栗的不眠之夜
我曾从那阴暗潮湿的地牢

---

① 见莎士比亚《哈姆莱特》第二幕第二场。
② 指爱德华·欧文(1792—1834),哈登花园苏格兰教堂讲道师,以口才好著名。
③ 见《旧约·诗篇》第四十二篇。
④ 莎士比亚《皆大欢喜》一剧中的句子。

传出那饿极了的父亲的惨怖的叫喊![①]

我相信,我之懂得诗歌的神奇是从结识《抒情歌谣》[②]的作者们开始的,至少是懂得了什么是好诗——我指的不是我对哥德斯密、蒲柏等人的偏爱,也不是说因为他们我才喜欢上了那些喜剧作家及其中的人物如瓦伦丁、塔特尔、普鲁小姐[③]等等。要是那样的话,我从他们那里得到的是他们原本自己都没有的东西。对于诸如如何使用诗性语言或组成概念之类,我可能一无所知,非得人家教会我不可,但至于评论一篇与日常生活有关的文章,我想我大概无需拾人牙慧。"该打时我自会动手,无须别人提醒"[④]我也能"彻里彻外"地谈谈这些学问,我也会赞叹那些随笔和描写的文学性,知道哪些高尚主张令人肃然起敬,哪些却大可不必在意。

我想我懂得莎士比亚作品中的那些有特色的部分,而他作品中的一切其实都富有特色,包括那些废话和诗歌。相信这是大名鼎鼎的汉弗莱·戴维爵士常说的,莎士比亚与其说

---

① 柯勒律治《致〈强盗〉的作者》。"地牢""饿极了的父亲"云云都是《强盗》中的情节。
② 《抒情歌谣》,华兹华斯与柯勒律治合作的诗集,1798年出版。
③ 瓦伦丁、塔特尔、普鲁小姐:英国剧作家康格里夫的风俗喜剧《以爱还爱》中的人物。瓦伦丁是剧中主角,为了作弄其小气的父亲故意装疯;塔特尔是个自以为是,其实很蠢的花花公子;普鲁小姐是个傻乎乎的乡下姑娘。
④ 见《奥赛罗》第一幕第二场。

是诗人毋宁说是玄学家。不论怎么说这话没错。要是我早点了解与莎士比亚同时的剧作家们就好了,因为去年在读他们的书时,我几乎又复活了当日读书的那份激情,找回了那份情趣,尽管一切似乎都已重新开始了。

我很早就读杂志上的随笔,特别喜欢读《观察家》,但最吸引我的却是《闲话》。后来我也读别的,诸如《漫步者》《冒险家》《世界杂志》《鉴赏家》等①。这些文章我读完后没有什么遗憾,但也不想认真再读一遍。

我觉得我最熟悉的作家是理查森②,我特别喜欢他写得最长的那部小说,读来毫无冗长之感。对我来说,最大的赏心乐事无过于住到什么古老的乡村邸宅里,从头至尾读这部小说,高兴时就拿起,看累了就放下,直到与聪明的克拉丽莎、非凡的克莱门蒂娜、美丽的帕梅拉有关的每个词、每个音节,连同她们"每一根可爱的线条与特征",都又一次深深地"刻在我的心版上"③。我暗地里还爱读麦肯齐④的《鲁比尼的朱丽

---

① 这些都是十八世纪刊有小品文的著名杂志。《观察家》(1709—1711)与《闲话》(1711—1712)的主要撰稿人为斯梯尔与艾迪生;《漫步者》(1749—1752)的主要作者是约翰生;《冒险家》(1752—1753)大部是约翰·霍克斯沃思写的,也有约翰生写的;《世界杂志》(1753—1756)和《鉴赏家》(1754—1756)没有什么著名撰稿人。
② 理查森主要作品有《帕梅拉》《克拉丽莎》《格兰迪逊爵士》等。后面提到的几个女子分别是这三部小说中的女主人公。
③ 莎士比亚《皆大欢喜》一剧中的句子。
④ 麦肯齐(Henry Mackenzie,1745—1831);一度流行的感伤小说作家,主要作品为《有情之人》《世人》《鲁比尼的朱丽亚》等。

亚》，不为别的，就为了那座废邸，以及攀缘在花园断垣残壁边的那些紫罗兰；我尤其爱读他的《有情之人》，并不因为写得更好，甚至还算不上好，只是因为在读这本书前后，书中的女主人公沃尔登小姐总让我联想起××小姐[①]，这一纽带结得如此之紧，难以割断！我喜爱并且读得近乎痴迷的一位诗人是斯宾塞；而更难以释手的是乔叟。意大利作家中我唯一有所知的是薄伽丘，我简直难以描述对他的敬仰，他的《鹰的故事》，我可以日复一日地读，日复一日地想，就像我面对提香的画那样！

记得还是在1798年，我到邻近的一座城镇，就是法夸尔[②]作为他《募兵官》背景的什鲁斯伯里，一下子买回来一本弥尔顿的《失乐园》和一本伯克的《法国革命印象记》。这两本书我现在还留着，当日见到这两本书，将它们如获至宝捧回时欣喜若狂的情景还历历在目。有一度我简直志得意满，那段狂喜时刻虽然已经不再，但我仍然非常珍惜这段回忆，将芳香铭记于心。

说到《失乐园》，德国人一直批评其中撒旦的形象，说它既不像一个讨厌的怪物，也不像一个幡然改悔的恶人，其实只要指出一点就够了：弥尔顿在诗中创造的既非抽象的"恶"的形

[①] 可能是雷尔登小姐，委托赫兹里特在罗浮宫临摹油画的人的女儿。
[②] 法夸尔（George Farquhar, 1678—1707）：喜剧作家，著有《募兵官》等。

象,也不是魔鬼的化身,而是一个遭谴的天使。《圣经》上其实就是这么说的,诗人只是按着写而已。我们可以举出下面这些著名的篇章——

> 他身上并没失去
> 昔日的光辉,
> 天使遭谴,
> 威仪犹存,
> 当初的
> 荣耀亦未褪尽。①

来支持这一理论,反驳对方的批评。不过我们暂且别去埋会这些修道士们的陈词滥调,及那些盲目追随者们一心想找回魔鬼形象的狂喊了吧!

至于另一部书,伯克的《印象记》,我特别为之骄傲和高兴,其后几个月里我自己读,还读给别人听。我特别钟情这位作者事出有因。了解对手值得赞许,能称赞对手就更是如此。而我两者兼备,至少做到了其中之一。从第一次我注意到伯克写的东西起(那是1796年他登载在一家双日报《圣詹姆斯

---

① 引自弥尔顿《失乐园》第一部591-594行。

闲话集 | 197

周报》上致某贵族的一封信①的摘要),我就对自己说,这是一位辩才,能将自己的思想滔滔不绝形之笔墨的大师。除了他的文章,别人的文风在我看来都是故意卖弄学问、不着边际的。约翰生博士似乎是在踩高跷,甚至我一度很爱读的朱尼厄斯的文章,尽管异常简洁,也无非是讲究对偶、行文整齐而已,只有伯克的文章,如闪电般变幻多姿,如魔鬼般深不可测。在一般情况下,他娓娓而谈,一如常人;但一旦奋起,就不知他将飞向何处,行向何方。譬如就在上面提到的那封信里,他就如"鸽棚里的鹰那样,将科列奥利城里的伏尔斯人(贝德福德公爵与劳德戴尔伯爵)扫得落花流水"②。对他的观点我不感兴趣,不管是在那时还是现在,我都不受它感染;但我崇拜那位作者,人们也认为我是反对他的人中很不坚定的一个,尽管我本人认为,抽象的观点是一回事,如何完美、精彩地表达出来是另一回事。同时我想他可能是基本观点错了,因而提出五十条真实的证据却得到了错误的结论。我对诗歌与政治既崇敬又怀疑,柯勒律治是我的引路人,他曾确切地告诉我,华兹华斯曾经写过一篇关于婚姻问题的论文③,就其中充满的男

---

① 伯克曾被授予一笔政治津贴,但此举遭贝德福德公爵与劳德戴尔伯爵反对,因此伯克写了这封信,题为《致某贵族》。
② 引自莎士比亚《科列奥拉纳斯》第五幕第四场。
③ 据查华兹华斯从未写过这样的文章,可能是赫兹里特或柯勒律治记错了。但华兹华斯的散文文风却恰如伯克,雄辩而奔放。

子汉气概及措辞的神经质而言,可谓无与伦比。由于当时我还没读过华兹华斯散文风格的样品,我提不出什么疑义。要是有什么人的散文写得比伯克还高明,那要就是我没读过,要就是我看不懂。像我这年纪,已不太可能转而接受新的关于天才的神话。壁龛已有主,供桌也已摆满。此人之才能虽用非其处,但至今令我佩服不已,想当年我自己年复一年,孜孜以求,努力想写出一篇,不,只是一页或者一句而已,那又是什么呢?当我像个可怜巴巴的哑巴孩子,满怀羡慕地注视着他犹如行云流水般的笔端,能够用言辞将我最细微的思想转达给别人,那于我简直是高不可攀!但我从不以己之短度人之长,只是有点觉得自己太无能,与他们之间有着不可逾越的深沟,因而对他们更是敬畏而已。

我就是这样完成了我早期的学习,读完了我当时最喜欢的那些作家,其中有些人我在以后总的来说没少批评过。我的这些想法能否传之久远,我不知道也不关心,但那些人见人爱的作品本身,那种自我能读书以来在我心中激起的情绪,谁也阻挡不了我时时怀着既感激又得意的心情来回味。能够受到这些著作的陶冶,能够熟知这些名字,真是不枉此生。

还有一些作者我从未读过,但由于有些事跟他们有关,因而一直很想读。其中之一是克拉伦顿勋爵的《英国大叛乱史》①,不少很有眼光的人向我提起它,其所涉及的事件我也很感兴趣,从别的渠道我还对其中的人物有所了解,甚至见过多数人的画像。我爱读精彩的人物描写,而据说克拉伦顿就长于此道。我还想读弗罗萨尔的《编年史》②,想读霍林雪德③,想读斯托④,想读富勒的《伟人传》⑤。只要有可能,我还想通读博蒙特和弗莱彻⑥。他们的剧作共有五十二部,而我只读过十三四部。人们告诉我《期月之妻》《西尔利》和《西奥多利》这几部写得不错,我相信。我还想读图西蒂特斯⑦的演说辞、圭基阿第尼的《佛罗伦萨史》⑧及原文的《堂吉诃德》。我一直想读同一作家写的《帕西里斯与西吉斯蒙达

---

① 克拉伦顿勋爵(Lord Clarendon),名爱德华·哈德(Edward Hyde,1608—1674)。《英国大叛乱史》是其著名作品。书中对诸如福克兰(Falkland)、汉普登(Hampden)等人的描写十分传神。
② 弗罗萨尔(Jean Froissart,1333—1419),写过1326年到1400年英法大战的《编年史》。1523年伯纳斯勋爵将之译成英语。
③ 霍林雪德(Raphael Holinshed,约卒于1580年):写过《英格兰、苏格兰、爱尔兰编年史》,因莎士比亚曾从中撷取很多历史题材而著名。
④ 斯托(John Stow,1525—1605):也写过编年史,但其最重要的作品是《伦敦与西敏寺纵览》。
⑤ 富勒(Thomas Fuller,1608—1661):多产作家,英国最早的传记作家之一。他的巨著《伟人传》是未完成的作品,是以雅洁的文字书写的传记宝库。
⑥ 博蒙特(Francis Beaumont,1581—1616),弗莱彻(John Fletcher,1579—1625):二人合作写了十五部剧本,还分别单独或跟别人合作了许多剧本。德莱顿对之评价甚高。
⑦ 图西蒂特斯(Thucydides,约生活于公元前400年前后):古希腊最伟大的历史学家,记载了著名的演说辞。
⑧ 圭基阿第尼(Francesco Guicciardini,1483—1540):意大利历史学家,写过一部1494年到1532年的意大利史,但没有专门写过佛罗伦萨史。赫兹里特这里指的可能是著名政治家和政治哲学家马基雅弗利的《佛罗伦萨史》。

之爱》以及《嘎拉蒂亚》①,可我总似乎将之当作"另一条亚罗河"②。可我最最想读到的是《韦弗利》作者的最新最近的作品,要是正好是他最好的一部,那我的狂喜将无人可及!

---

① 《帕西里斯与西吉斯蒙达之爱》以及《嘎拉蒂亚》,均是西班牙著名作家塞万提斯的作品,前者为其最后之作,后者为其处女作,相对来说可读性不若其他几部。
② 典出于华兹华斯的诗《梦中的亚罗河》。

文人之谈吐[①]

当了文人就得写作,好也罢,孬也罢,聪明也罢,愚蠢也罢,总之得写,因为这是他的职业;可是当了文人不见得非要能说会道,就好像跳舞,骑马,击剑,他不见得非要比别人高明一样。读书学习、静思默想,可不是教人变得饶舌的,丫环和酒保干这个才在行呢。对写作这一本职深知其中三昧,并能运用自如,这就够了;除此以外,别人还有什么权利期望或者要求他做得更多呢?比方说,要他进出房门时鞠躬的姿态特别优雅,要他向情人求爱时的声调特别迷人,或者要他必须发一笔大财?什么事都得有个分工。一位君王不会写含情脉脉的情书,不见得就没有人向他大献爱情;一位将军既不风趣也不诚实,也不会影响他建功立业。那么,可怜的文人要是不会高谈阔论,为什么就不能算个称职的文人呢?把他放到马车顶上,他也不会惹人注目,他只会一声不吭,而周围的俚语切口,和着噼啪的鞭声与嘚嘚的蹄声,灰尘似的满天飞舞;把他放进拳击圈里,他的样子更加可怜,"那姿态就像个柔顺的女郎"。要是把他介绍给衣帽女商们的茶话会呢,她们瞧着他的样子准会笑得上气不接下气:低头喝茶时,他表情呆板,像泥塑木雕;在休息室里,他说话失体,动作笨拙。总而言之,对于俗人他显得过于优雅,对于上流人他显得过于土气。"他行不来屈膝礼,喝不干什锦汤;骑马时老要刺伤马腹,致敬时不敢正对女人",不论在宫廷,在军营,在城市还是在乡村,他处处格格不入,惹人讪笑;有他不多,没他不少,只是个人们取笑的对象或摆摆样子的稻草人而已。爱情啊金钱啊什么的,你休想从他嘴里听到只言片语。他什么也不懂;他不知道什么叫乐趣,什么叫事业,对世上发生的事也一无所知。他不懂烹饪(除非他是神学家),不懂医学,不懂化学(除非他爱到处打探),不懂机械学,也不懂耕作(除非他像博特雷的那位哲学家一样,推崇塔尔的《耕作法》并从中大获其益[2])。他真的什么也不懂,不懂音乐,不懂绘画,不懂戏剧,不懂最一般意义上的美术。

"那么请问,他真正懂得,或知道的是什么呢?"

"只是书本罢了!"

---

[1] 选自《坦言集》。
[2] 博特雷的哲学家:指威廉·科贝特,他曾长期住在故乡汉普郡的博特雷,曾为塔尔的《耕作法》重版作序。塔尔(Jethro Tull,1674—1741):农学家,曾著《耕作法》。

闲话集 | 203

"什么书本?"

"'本'当然不是什么收据本或账本,'书'也不是什么药材书或兽医书,这些事都有人专司其职。他读的书只有些宽泛兴趣,或讲些一般知识。"

"'一般知识',那是什么?你不是说,'一般知识'其实不是对一般事物的'知',而是对各种具体事物的'无知'吗?'宽泛兴趣',又是什么?这些人不是对世上其他人追求的、拥有的才识都不屑一顾吗?而他所醉心的事,除了你跟像你一样吃饱饭没事干的几个人,没有其他人会感兴趣。那是不是批评家叫做'美文',或者'人性研究'的玩意儿?"

简单说吧,书本知识,就是靠书本传输的知识,之所以"宽泛"或者"一般",因为它完全是靠暗示与联想,才使人理解或感兴趣的,人们从书上读到一个浪漫故事,感动不已,那故事本身一定很吸引人;人们从书上读了寥寥数笔的勾勒,便很快在脑子里形成生动而完整的概念,那一定是因为这几笔勾勒出了事物的普通特点;人们第一眼见到并被它吸引住的东西,必定是能普遍作用于人类思想官能的东西。对社会也好,对不同事物的共同看法也好,总会有一些比较宽泛的方面,也多多少少能被所有的人认识:学者们所研究所关注的就是这种东西,这跟迂腐丝毫无关。沃尔顿①的《钓客清话》细致描写了钓具、钓饵及制作假蝇的技巧,大受钓鱼爱好者的欢迎;而书中体现的亲切人性,穿插其中的纯朴动人故事,以及农家风物,也使有不同欣赏口味与情调的读者同样喜爱。蒙田的《随笔》,迪尔沃思的《拼写读本》②,以及费恩的《论意外剩余财产》③等等,这些都是书本,但并非对各种读者都适用。后两本书除了小学校长和律师外谁也不感兴趣,但第一本书却值得向所有曾经思考或者想学会认真思考种种问题的人推荐。

人们的职业各不相同,有机械师、有店员、有医生、有画家等等,各项职业都需要丰富的知识和才能、需要本专业范围内的各种细节,这些书本,有关专业的人读起来津津有味,但隔行的人读起来犹如天书。可是在各自的专业和技术知识之外,各行各业的人也应该有一些共同的知识、共同的感情,这样他们彼此交谈起来才会有一些共同的题目,相处的时候也更愉快一些。通俗作家所致力于探讨的就是这种人类共同的想法,这些想法可说浮在社会的最表层,也可说扎根在社会的最核心;而他们的努力看来也没有白费,因为他们有读者。而

---

① 沃尔顿(Izaak Walton,1593—1683):英国作家。写过一些出色的传记,但他最著名的作品是《钓客清话》。该书以渔樵问答的形式谈了许多鱼和钓鱼的故事,同时描写了美丽的湖光山色。
② 十八世纪的一本著名拼写读本。
③ 1772 年出版的一本法律著作,是当时及其后相当长一段时间这方面的权威。

闲话集 | 205

成功的书表现的就是人类智慧与人性的这种微妙的精华,"太空元气之精"。书中包含了思想的语言。时代不同、各人能力不同,肯定会有一些人的观察更细致,反应更灵敏,感情更细腻,他们把这些用笔记下来,写成书,就成了流传后世的宝贵财富,而这些人就成了典型的作家。我们去祠庙游览,几分微醺之下,觉得身心俱净,飘然欲仙,凡夫俗子自然对我们的举动难以理解,但这是我们的过错么?不,这是他们的过错,是他们过于局限于自己领域的小天地及有限的概念,缺乏高雅的交际手段,也没本事讨论抽象的题目。我们不妨做个试验,把几个识字与不识字的人分别叫来,他们彼此都互不认识,然后看哪一群人之间容易相处。

真的,我们已得到了回报。我们作了选择,如果相信这是明智的,就没有理由后悔。但不幸的是,我们希望所有的好事都往我们这边来。我们牢骚满腹,想不通为什么没有学问的人也能到处赚钱。我们总觉得自己是学者,仿佛只有学者才有资格活着。我们不理解,没有经过我们这样学问的熏陶,怎么酒吧女侍们也能嘻嘻哈哈,夫人小姐们也能叽叽喳喳,绿林强人们可以持刀怒吼,傻瓜笨蛋们可以痴声高笑,而不法之徒还可大发其财!这种虚荣性实在荒唐可笑,因而也必然会自作自受。是的,书本自身组成了一个世界,但这不是唯一的世界。世界是一卷大书,比所有图书馆里所有的书加起来还要大。学问中储存了各个时代的经验,确实非常神圣,但它并没有把未来的经验也都放在书架上,更没有禁止普通人去使用他们的双手、舌头、眼睛、耳朵,以及他们自己的理解能力。少数得天独厚的人可能拥有高雅的情趣,而对那些不具备我们所谓的教养的人来说,要他们不像以前那样自得其乐,不开粗俗的玩笑,不去胡闹,不按他们的方式在世界上折腾,那就难了。世界上的大多数人真是幸福,他们没有我们,照样吃喝睡觉,照样干活谋生;他们无需像我们那样勾画涂写、吹毛求疵、言辞闪烁,尽管作了种种精细的区分,却仍不得不在那些奇谈怪论里驰骋,划出分界线。一似早晨在舞厅的地板上用粉笔划出记号,以便人们跳舞!写到这里,我见到窗前田野上,一个乡下姑娘正在捡石头,旁边一块地里,几个穷妇人正把谷子边的蓝色和红色的野花锄去;再远一点,是两个牧童在照看着一群羊。他们是否知道,或在乎我在写他们呢?将来又会不会呢?即使他们知道,又有什么用呢?而我们又有什么理由瞧不起

> 那可怜的奴隶,
> 像厮役一样,从清晨到黄昏
> 在阳光里挥汗,而整个夜里
> 在乐园里酣眠,第二天清晨

又匆匆起床,替太阳神备鞍;

如此这般,一年复一年

干这样的营生,直到进墓园[1]?

这样的生活不是同写作起居一样有意思么?我们只要把那些自得其乐的东西放在一边,它马上就会被忘却,剩下的就是无时不在、无处不在的大自然。我们不但常常低估了自然的力量,搞了太多人为的东西;而且常常过高地估计了自己的成就,以及从人为的东西中得来的好处。在可笑的无知者面前,或者在一群不那么自负(不管是真的还是假装的)的人面前,我们总觉得科学、文学和艺术的真正代表非我莫属。我们总有按捺不住的强烈欲望要表现自己,把我们读过的、而我们的听众从未听到过的伟人事迹称颂一番,就像贵族家的仆役,当主人不在时总喜欢在别人面前摆出一副优越感的样子一样。可是,就算我们读过康格里夫[2],一个马车夫可能说话比我们更有机智;就算我们把莎士比亚精彩的词句倒背如流,一个乡下老太婆就可以把我们骂得狗血淋头;就算我们读过马基雅弗利著作的意大利原文,一个小丑就可以轻易地把我们

---

[1] 引自莎士比亚《亨利五世》第四幕第一场。
[2] 康格里夫(William Congreve,1670—1729):英国王政复辟时期的风俗喜剧作家,擅长使用喜剧对话和讥讽手法,刻划并讽刺当时的英国上流社会。主要剧作有《老光棍》(*The Old Bachelor*)、《如此世道*》(*The Way of the World*)等。

说得哑口无言；就算我们读《新爱洛漪丝》时哭得死去活来，一个恐怕连名字都写不出的牧羊童却会在山谷中树林间娓娓地讲他的故事，证明他比你更会求爱。如此看来，我们掌握的不过是一种最蹩脚的手段，有什么了不起的？为什么我们读了康格里夫，读了莎士比亚，读了马基雅弗利，读了《新爱洛漪丝》，却没有学会其中的机智、天才、狡猾，或者感人的温顺？

如果追逐的是思辨能力，那么，一旦有了思辨能力，就应该知足；同样，通过读书，我们真正学会的是写作。要是我们有幸读到最完美、最典范的书籍，并能期望自己写的东西，不管如何微不足道，都有范本的那么一点意思，甚至像一个临摹本，那就应该认为自己相当富有了，不要指望读书能得到所有的好处，摆脱所有的愚蠢。

有人曾提出过一个问题，在日常生活中，是否可能有人比最优秀的作家更有才能、更有思维能力，比如说，是否会有一个利物浦商人，或者曼彻斯特制造商，比蒙田的感觉更敏锐，比圣奥尔本斯子爵[①]理解更深远？没有这种可能，除非这些了不起的无名氏曾经向世人表述过他们的伟大发现，但其时他们就是作家了！另一方面，不少批评家犯了相反的错误，提出

---

① 圣奥尔本斯子爵（The Viscount of St. Albans）：指弗朗西斯·培根。

除非能向全世界证明你的能力,否则这能力根本就属子虚乌有,他们把那些还没开始作家生涯的人看做是真正的木头石块,比笨蛋还笨。有一次我就想过说服这么一位仁兄①。我说有一位小姐,他也听说过的,是一位著名女作家的侄女,她谈吐非常机敏,跟她姑妈年轻时写出来的一模一样。他给我的回答只是不信任的一笑,然后说,要是她能够写得像谁谁和谁谁那么好,也许他会觉得她还聪明。我说,我的意思只是说她的才能似乎有家传,并且问,要是她姑妈还没成为小说家之前,如果不是个聪明的女孩子,以后会写小说吗?但我这些话都白说了,他坚持说跟她姑妈像她那么大时相比,侄女只是个小傻瓜;而要是他早点认识那姑妈的话,他连对她也是那么想。我的这位朋友属于这类有成见的人,他们认为是书造就作家,而不是作家造就书。对一位哲学家来说有这种观点真不可思议。他就这样顽固地对天才的胚胎和还未显山露水的努力视而不见,对这些作品傲慢地不予理睬,直至它们出版后放在他面前,成了公开发表的证据,他才承认事实。这证明他既不聪明,也不知道怎么变得聪明。他这样做,部分地出于学者的迂腐和偏见,部分地出于判断力差,又不够豁达大度。他不敢给人定性,也不敢给书定性,一定要等公众对之有了定

---

① 指作家戈德温。下文的著名女作家指范妮·伯尼。

评。要是你给他一本书让他提个意见,他一定先问:"这书是谁题签的?"他识别天才凭的是其影子,即名声;就好像识别金属凭的是其做成硬币后的面值。

我认识的另一位朋友①跟他正好相反:G非得等全世界的人认可以后才赞扬某个人,而C不轻易赞扬某个人,是因为他认为世上只有他才能明察秋毫。他要给人的印象是,即使看一块磨石,他也比别人看得远;他希望别人都能用他的眼睛来观察世界,信任地采纳他的意见,而不管自己的感觉如何。所谈到的优点越模糊、越不完整,越能显出他感觉敏锐、坦诚无私,因为是他第一个指出的。他口头上称某人为"天才",心底里却把他看作自己鼻孔里哼出的气息,或者制陶工手中的黏土。而要是一旦这团没有生气的泥土,经过当代普罗米修斯的精心培育,被注入了活力,能够自己看,自己说,自己行动,因而引起了其他人的注意的时候,我们这位潜在价值的保护人就会变得妒火满胸,他会把自己一手创制的物品扔在一边,并且冷嘲热讽、恨声连连,他会在自己的智力产儿能够自立的第一天就把它弃若敝屣。不过我们还是言归本传吧。

文人的言谈常不如想象的那么出色,但尽管如此,比其他

---

① 指诗人柯勒律治。下文的G、C分别指戈德温与柯勒律治二人。

人的还是要好，而且很少例外。证据是，一旦你习惯了以后，你就听不进别人的了。各色人等混坐在一起最难使人容忍。你无法在一个普通茶点会或牌局边坐到底，尤其是这些人还想装作很健谈的话。你不得不绝望地想把你的老朋友都请来，尽管他们对人们普遍感兴趣、而且争论得不可开交的议题不一定在行，也不一定有批评家的风味和情趣。要是一个多年未见的朋友碰到你，跟你大谈他的花边和饰带卖了多少钱一码，他什么时候又要迁入新居，他乡下的亲戚告诉他什么东西又涨了或跌了，什么人看上去越来越见老了……诸如此类，你肯定会难以忍受。在高谈阔论学问以后，很难接上这种街谈巷议的话题，尽管谈学问时也可能谈得很荒唐、很令人失望，甚至一片混乱、怨气冲天，但其中总有一种兴味，是日常新闻或家庭琐事所不能提供的。

我们称之为"绅士"和上流人的谈吐也很难跟文人的谈吐相比。他们谈的总显得平淡无奇、陈旧走味，尽管内容仿佛差不多。他们也谈绘画，谈诗歌，谈政治，谈戏剧，但谈得差多了，总像是二手货，干巴巴的。事实上，他们谈的内容是从报章杂志上来的，而那些东西正是我们写的。他们按照流行的习惯，装作很谦虚地谈论这些题目，其实他们根本感受不到我们的那种兴趣，而要真的摊底的话，他们也没有我们的那种真正的了解。除非为了喝酒或为了饭后的那道点心，一个头脑清醒的文人一般不会接受邀请,去参加一个盛装的宴会,——出于善良的本性,不愿因拒绝而得罪人,那又作别论。这些生活优裕的人说起话来几乎有一套不变的程式,有固定的问话方式,也有出于礼貌、可以预期的回答。囿于礼节、精心讲究的表达方式使机智和想象难以充分施展,害怕冒犯人往往使人言不由衷,而缺乏诚意的谈话就使社交变得索然无味,智力性的活动也难以无拘无束地进行。学问界几乎没有什么人认为爱跟大人物厮混在一起的人是适合聊天的。没有人愿意理他们,就像不愿理木偶人或应声虫那样。他们没有主见,只是看别人的眼色说话。如果有什么人,几分钟前还满口赞同你的意见,一转身就变了卦,你当然不想理他,跟这种人说话无非是浪费时间和口水。在有学问的人看来,这种人朝三暮四,实在不足为伍。

如果说上流人的谈话失之于虚伪客套,那么下层人的谈话则失之于粗鄙无理。他们跟你争辩,完全不需要理由;要是有,也是最坏的理由赌咒发誓,狂叫乱喊,一句话重复五十遍,呼爹骂娘,直到最后挥以老拳。你没法跟仆人或最下层的人交朋友,你可以跟他们谈正事,叫他们做这做那,比如主人叫他的拳手去博彩,乡绅叫他的马夫去赛马等,除了这些有限的内容外,你没法引导他们谈什么更一般性的问题,谈话很快变得味同嚼蜡,你要就回到原地,要就因缺少共同点而不得不中止。

文人间的交谈比任何其他职业的人的交谈都要精彩。比律师的要精彩,他们说来说去都是些模棱两可的话;比医生的要精彩,他们说的只是学院里什么人又要死了,或者哪位新开业医生要跟一个富孀结婚了;比牧师的要精彩,他们说的只是上回又在哪里吃了饭;比大学教师的要精彩,他们说着些过时的双关语,重复着伦敦报纸上的废话,或者装作不懂希腊语和数学;比演员的要精彩,他们说来说去只是剧场,或者模仿那些学者啊,俏皮话啊,绅士啊,好像在舞台上一样;比女士的要精彩,跟她们谈话,不管你说什么,她们在想的,和希望你想的,只是她们自己。在人群中跟女人说话可真不容易,跟她们看法不一,人们说你是粗鲁;要她们为所说的话提出理由,又说你是不公平。你不敢给她们施加过大的压力;而你不敢公开和无保留地表示不同意见的东西,你又不愿违心地表示赞成。在法国可不是这样。在那里,女人谈论一般的事,或者分析说理,比这里的男人都强。她们真是知识界的女霸主,她们各种论题无不擅长,她们知道如何对付各种各样的问题,在赞成或反对时该怎么说,而论说时又言辞生动,语含机锋。她们洞察入微,很快能把你"将"死。跟她们谈话,你更需要逻辑而不是骑士风度。对付这些现代的亚马孙人,你真得一边不失风度地向她们鞠躬,一边准备辩论。英国男人要面对这样两种女人,日子真不好过[①]!

文人交谈中的不足,总的来看,在于过于执拗。它一旦抓住一个题目,就缠住不放,争论起来,更像一场战斗,而不像一次交锋,结果把一件乐事变成了一件苦差。也许这样做是必要的,因为意识到即使游戏也需要一种高雅和能力,而对交谈过程中出现的每一个观点或转折,都需要稍加渲染和修饰;对于那些害怕失去名声的人更有一种出人头地的强烈欲望,要表现自己。一位聪明人说过,"要在交谈中取胜,不要光是拣好的说;要说一件好事,必须说许多不好的、或者与之无关的事。"这种才学不足但又想炫耀的人,常常使别人没法说话,"越害怕沉默,就越哑口无言"。

一位学者遇到一个复杂问题,习惯于用一种纵横交叉的目光去看,然后连同这问题的方方面面,慢慢予以解决。他往往缺少常人的那种直截了当和轻松自如的品格。一般人因为习惯于听到一大堆意见,他时而听这一个,时而听那一个,关心的不是某个问题是否讲得够深,而是怕时间被白白浪费。而学者研究过的是一个特别的点,他读过,钻研过,而且想过很多很多;他不愿把它像个普通问题那样随便跟人提起,也不

[①] 法国女性在社交时甚至讨论哲学问题,证明她们平日是如何经常地讨论这类题目,也证明攻击她们没有头脑、只懂生活琐事是如何地没有根据。与英国人比起来,法国人(不管男人还是女人)都更理智、反应更快,知道的东西也更多。——原注。

愿轻易作出某种暗示或表示反对。他要么闭口不言,坐立不安,而心中感到不满;要么就从头讲起,洋洋洒洒,直到结束。他觉得自己要对整个问题负责,他要别人懂得他对这个问题最有发言权,甚至要显示别人对此都是一窍不通。那些文章新手在开始其文章生涯时,确实会有三四点意见他认为可以启发所有听众,并且可以驳倒所有对手;这种堂吉诃德式的咄咄逼人姿态要等他深入世界以后,知道世上除了他之外还有别的意见、别的想法,与他的可以补充协调,才会得到改正。一旦这种狂妄态度得到纠正,学风变得逐渐成熟,这时,文人间的交谈就变得又有趣又有教益了。

世上的一般人没有什么固定的原则,他们的思想缺乏基础;纯粹的学者在一件东西、一种理论上考虑过多,往往扭曲了其他东西,甚至常识本身。通过多与社会接触,他们可以磨掉生硬的待人接物态度,改变那种不实际的、容易得罪人的孤傲,同时保持其深刻的理解力和思维的连贯性。这样,从他们身上可以学到的比从他们书上学到的还多。这话是卢梭说的,确实很有道理。

在私下亲密而无拘无束的交谈中,学者们会更坦率地表达他们的想法,从各个角度,甚至是对方的角度,来看待所讨论的问题,用随意而富有个性的语言,调动自己各方面的知识,简洁有力地谈到自身观点的局限性,如何避免误解,己方论点的不妥之处,及如何尽可能地补救。这一些,与通常希望学者的说话谨慎啊,甚至带点夸夸其谈啊,几乎没有共同之处。约翰生博士在生活中与鲍斯威尔的交谈比他发表的作品有意义得多。人们孜孜搜求著名人物的书信、逸事,以获得他们对有关问题看法的片言只语,认为其价值非凡,其原因也大半为此。举例说吧,在《格里姆回忆录》[①]里就蕴含有多丰富的思想啊!读了这些,我们就更能理解学者们精心撰写的著作的精神实质了,因为在这里既不需矫揉造作,也不像写作时那样拘泥形式。

交谈如果发展到争论,特别是含有敌意的争论,那就完了;但讨论却始终是有益和令人愉快的,你可以提出自己的观点,爱怎么辩解就怎么辩解,也可以同意反对你的观点中的合理部分,两不相讥。简而言之,在讨论中你不会装模作样地要宣布什么"最终结论",而只是想自由地发表意见,告诉别人你对某个问题确实知道些什么,或者什么观点使你受到新的启示,认为它有一定价值。对这种讨论的调子,约翰生博士曾有过很好的描述,那是在他提到他前一晚参加的某次聚会的时候:"我们谈得好极了!"

[①] 《格里姆回忆录》:德国人格里姆(Friedrich Melchior Grimm, 1723—1807)所写的回忆录,格氏以广泛接触法国著名人物而著称,他与卢梭、狄德罗等都有过交往。

一般来说,只有在朋友之间,或者对某个问题的主要观点一致的人们之间,讨论才是有价值的。在争辩中,各方都学不到什么东西。大家彼此反对,谁也不想让对方的观点前进一步,对究竟什么导致彼此的对立视而不见,不敢公正地面对争论的问题,因而不会利用你真正的长处,而只是拼命地加强你觉得可能是你薄弱环节的那些方面,结果越争到后来,越变得荒唐、固执乃至激烈。为取胜而辩论的结果是各方都不满意,《吉尔·布拉斯》①中就描述过不欢而散的一次。我以前也认识过一个非常聪明的人②,在一般闲聊或炉边随谈中,没有人比他更能逗乐,也更头脑清楚了,他可以引一段古人的名言,或在莎士比亚的《维纳斯和安东尼斯》中引一段妙文,作出新解,可以指出洛克著作中的哲学错误;也可以推导出从莎士比亚的《哈姆莱特》,到斯特恩的小说中,同一个法国人约里克的性格起了变化。③ 但是一旦出现了分歧意见,他就一切全完了。他那时的目标就变得只是要排斥常识,以作为证据,免受指责。他会在最可笑的问题,诸如有两种不同的原文等等上面争上几个小时,不,整日整夜。你简直没法相信这与前面那

---

① 《吉尔·布拉斯》(*Gil Blas*):法国作家、剧作家勒萨日(Alain-Rene, 1668—1747)的著名小说。这部小说与塞万提斯的《堂吉诃德》、拉伯雷的《巨人传》一起,可说是对十八世纪英国喜剧小说影响最大的三部外国作品。
② 指约翰·斯托达特爵士,赫兹里特的大舅子。
③ 约里克在《哈姆莱特》中是国王的弄臣,在《项狄传》中是个活泼机智的人,通常认为两者有渊源关系。斯特恩写《感伤旅行》时则以约里克作为笔名。

个能说会道的人是同一个人。他就像一匹脱缰的野马,咬住了什么之后,就变得桀骜不驯,难以控制。他死死认住一点,别人无论说赞成的话还是反对的话他都听不进。他前后判若两人,就像清醒的人和醉鬼、神智健全的人和疯子那样。一旦执笔为文,他也是这个样子。他曾花了长达十年的时间企图证明一个自相矛盾的观点,即波旁家族有权登上法国王位,就像不伦瑞克家族有权登上英国王位一样。不少人觉得他在这方面缺乏的是实事求是和理解能力。其实他一样都不缺。他就喜欢就一个论点硬撑到底,再荒谬绝伦,他也不会向任何人让步。

这种死顶牛的脾气已经够坏了,可是还有更坏的呢,这就是有人出席聚会,不是去争论什么问题,纯粹就是找岔子。在文明的社交场合,这种态度最不像样。这种人不是作好充分准备,来为自己的观点辩护,而是想方设法把水搅浑,往你所喜欢的观点上都泼上污水。要是他觉得屋里有人喜欢诗歌,他马上会跳出来说上一通诗歌的音韵是如何的无用;要是他觉得有人喜欢绘画,他不是跟你认真辩论,而是旁敲侧击,大谈一件平庸之作,把你搞得灰头土脸;要是你喜欢音乐,他就说耳朵边老是这么嗡嗡嗡的有什么好处;要是你赞扬一出喜剧,他会说油嘴滑舌的有什么好;要是你说去看了一场悲剧,他会大摇其头,说人间的悲苦何必再加以模仿呢,这种形式还不如禁止的好。如果他知道你对什么特别喜欢或引为自豪，他总有办法事先打听到，然后在你最脆弱的地方把你刺痛，伤害你的自尊心，让你自怨自艾，难受个好几天。与其要这种人来投你所好，还不如让他直接诽谤你最要好的朋友和近亲，向他们大泼污水为好。这种无礼的不速之客可恶之极，适足暴露其愚蠢与可怜的野心。

交谈的灵魂是人同此心。学者只应该同学者交谈，而且他们的话题应该是书。"两强相遇，必有一番苦战"。有学问的人装作没学问，没有比这更有学问的了。人不能超越他在生活中的追求，而要追求超越人本身，这又是不可能的。世上的事都心照不宣：只有说出来人家才能懂，而你要自己懂就做不到，除非有人秘密跟你说。因而争论就被用来代替了必要的交谈。上面说过，聪明人你不用跟他说，你要说的他都知道；傻瓜你不必跟他说，他根本不会理你。你越是真的深入你的题目，你的听众就越不理解你：你给出的证据越多，他们越觉得你的想法古怪不合时宜。C是唯一的例外。他可以对各种人讲各种题目，毫不顾忌他的听众是否听懂了一个字；他说话只是为了让人赞叹，为了有人听，因而，一次小小的打断，就会使他灰心丧气。我完全相信，如果他用同样的嗓音、同样的语态、同样颤动人心的滔滔说辞，把真正没有意义的废话重复一遍，他一半的听众会得到同样的印象。总之，机智存在于反应中。你必须紧紧抓住听众,随着他们的心情高低起伏。你必须注意不要让你的好东西,你熟悉的典故,像格言中的珍珠那样溜走。最令人难堪的是被人问一个傻乎乎的问题,或者发现最起码的一些原理人们都没理解。你会马上蹶倒,谈话也会马上中止,就好像乡村的舞蹈中插进了几个不懂节拍乱舞的人!但是当一批老手,一批先知先觉者,集中在一起讨论一个问题的时候,那实在很值得听听。他们也许会像狗一样狂吠乱咬,但他们说的都在点子上:他们经过了反复的咀嚼!

饱学者无知论[1]

一个人会的语言越多,
思想就越容易搁浅;
因为他在此花的工夫,
要在别处加倍偿还。
希伯来,加尔底亚,还有叙利亚,
就像其文字,把人的思维后扳;
他本想从左到右去理解,
却不料从右边歪到了左边。
这种人枉懂得多种语言,
却表达不出一点真情实感;
而人们却把这叫做博学,
比只精通母语的人胜出远远。

——巴特勒[2]《休迪布拉斯》

有一种人对世上他人都茫然无知,这就是只会写书和读书的人。要是除读写外一无所能,还不如干脆既不会读又不会写。手捧书本,无所事事,其实对世事一片无知,头脑也一片混沌。这种人的理智可说只装在口袋里,或放在书架上。他不敢进行任何推理,也不敢在读过的书之外提出任何见解。这种人懒于思考,因而多动脑筋便觉得头疼,宁可坐在那里,日复一日地读那些枯燥冗长的文字,用那些一知半解的概念来充填空虚的头脑,并且在那里互相打架。事情往往是,读书太多反而缺少常识,而且不利于获得真知。许多人不是把书本当作眼镜,透过它去观察自然;而是当作百叶窗,将强烈的光线和变幻的景致阻挡在微弱的视力和怠惰的本性之外。书呆子们把自己包裹在用最空泛的词语织就的文网之中,看到的只是他人思想中闪闪烁烁的影子。真实世界与他格格不入。真实的事物,剥去了词语和不着边际的伪装,对书呆子来说往往是一次次打击,使他站立不稳。它们的千姿万态,使他无所适从;它们的瞬息万变,使他穷于应付。他只好从熙熙攘攘、热热闹闹,使他晕头转向、目瞪口呆的周围世界中退出来,缩进死气沉沉、单调乏味的死语言里,这种语言既不会使他惊

---

① 选自《闲话集》。
② 巴特勒(Samuel Butler,1612—1680):英国诗人、讽刺作家。《休迪布拉斯》(*Hudibras*)为其代表作。

恐不安,其组成的字母又一个个清晰可辨。这对他来说才是得其所哉。"君但自行,容我安眠",对于嗜睡客和死人来说,这就是座右铭。要这种饱学的读书人放下书本,用自己的头脑思考,你还不如叫一个瘫痪病人自己从坐椅上跳起来,扔掉拐杖,在没有奇迹发生的情况下,"背起眠床,四处走动"。书呆子的智力全靠书本支撑,他害怕离开书本就好像惧怕真空。别人能在普通环境中生活,而他只能在读书的环境中生存。他的感觉借之于人,他没有自己的观点,所有想法都有赖于人。把外来材料当作自己观点的习惯会使思维的内在力量削弱,就好像把小口小口饮的烈酒当作一道菜,会败坏人的正常胃口。思维的官能如不加操练;或只局限于因循守旧及迷信权威,则会变得没精打采、有气无力,无法用来思考或行动。有人一生死读,寻字逐句,醉心于无人知晓的文字,而不是引起思考和兴趣的东西,直到在一片虚无之前两眼打盹,而书本从苍白无力的手指缝间掉落地上。怠惰和无知使他们变得兴味索然,乏善可陈,对此我们会感到奇怪吗?我宁可作一个伐木匠,或者最低贱的长工,日出而作,日入而息,也不愿像这样醉生梦死地消耗生命。饱学的读书人和饱学的写书人之间的区别只在一点,即一个是如此这般地抄写,一个是如此这般地阅读而已。所谓做学问,不过就是文抄公,要他们写点新鲜的东西,他们便会掉头他顾,不知今夕何夕了;而孜孜不倦的死读书朋友们,他们就像一味模仿绘画的人,要想自己动手做什么的话,就会恨自己的眼睛不够快,手脚不够稳,颜色不够丰富,追踪不上自然的种种生动形态。

要是什么人顺利地通过了古典经艺教育的逐级考试,而还没有被弄成一个白痴的话,那可真该说是大难不死了。说起来已经老掉牙了,学校里的佼佼者,长大了进入社会,不见得就是什么大人物。学校里要他学,而他也引以为荣的那些东西,其实并不需要动用头脑里的那些最高级或最有用的机能便可完成。记忆力,特别是最低级的那种,在文法课、语言课、地理课、算术课等需要死记硬背时最有用,因而,机械记忆能力最强的人,总是被看做最出色的学生,尽管在学校中还有许多更自然、更强烈地吸引儿童注意力的活动,而这种人从事那些活动时的能力往往最差。那套乌七八糟的东西诸如什么词类的定义啦,算数的规则啦,或者什么希腊动词的变位啦等等,对一个刚上学的十岁孩子根本就没有什么吸引力,除非别人硬要他当作任务去学,或者他自己想不出有什么更有趣的事情去做。体格虚弱、头脑也不那么活泼的孩子,总是叫啥做啥,既没有什么分辨能力,也没有什么本事去自找乐趣,却总是成为班里最好的学生。

与之相反,学校里的调皮鬼,总是身体健康、精力充沛、四肢灵活、头脑机敏,他们感觉得到自己血脉的运行和心脏的跳动,可以随时又哭又笑;他们宁可去踢球,去捉蝴蝶,去让风吹拂在脸上,去看看天空和田野,去走一条曲折的小路,或者起劲地去加入他的朋友和小伙伴们的争吵以及其他各种有趣的玩意儿,而不愿坐在一本旧得发霉的拼写书前昏昏欲睡,跟着老师背诵用古怪的语言写作的诗句,几小时几小时地束缚在书桌前,放弃了时间,放弃了欢乐,而其回报不过是在圣诞节和仲夏节时颁发的微不足道的奖章。确实,孩子们有聪明有愚笨,愚笨的孩子跟不上一般的课程,而且永远得不到那些学习上的种种奖赏。但是所谓愚笨,常常只是对学习缺少兴趣,也缺乏足够的动力去集中心思,强迫自己学好学校规定的那些枯燥无味的课程而已。干这种苦差使,聪明的学生有多聪明,愚笨的学生就有多愚笨。但我们最伟大的天才并不是在中学和大学里成绩最好的学生。

充满奇趣异想的人总爱逃学。

格雷和柯林斯①就是这样两个处事任性的例子。这种人并不看重成绩,也不会那么听话地遏制自己的想象力,去接受严格的学校课程的束缚。有一种智力,它可以轻而易举地熟

---

① 柯林斯(William Collins,1721—1759):英国诗人。

记单词,但无法透过它去把握事物。有的人智力平庸,行为拘谨,但这种人最可能在学校的作文比赛和希腊诗仿作中获奖。我们不该忘记,当代评价最低的政治家[1]正是当年伊顿公学的高材生。

所谓学问,就是别人一般不懂的知识,只能通过书本或其他途径间接得到。我们眼前的东西,周围的事物,尽管与我们的经历、感情、追求,与我们的胸怀和工作息息相关,但这些知识不叫做学问。学问是只有学问家才知道的东西。知道的东西离日常生活和实际看到的越远、越不实用、越不容易验证,就越有学问;学问一代代传授下来,经过了无数的中间阶段,变得最难以捉摸、最莫测高深,也最模棱两可。学问是用别人的眼睛去看,用别人的耳朵去听,在别人理解的基础上建立自己的信仰。饱学之士自豪的是关于人名和日期的知识,而不是关于人物和事件的知识。他对自己的邻居毫不关注,而对印度人、喀尔穆鞑靼人的部落和种姓了如指掌;他连离家最近的街道恐怕也找不到,但他却熟知君士坦丁堡和北京的精确规模;他说不出自己最要好的朋友是不是个恶棍或者笨蛋,却能随时作一个即兴演讲,大谈历史上的主要人物;他说不出一件东西是黑是白、是方是圆,但他却是声名在外的光学和透视

---

[1] 似指乔治·坎宁(George Canning,1770—1827),曾任英国首相。

学的专家。他对自己所说的一套东西的了解,与瞎子对各种色彩的了解差不多。他对最简单的问题永远给不出一个令人满意的回答,而当任何一件事实真的来临时,他给出的意见也十有八九是错的;他总是以不折不扣的权威自居,对一些问题作出判断,而这些问题当今不管他还是别的什么人除了猜测之外一无所知。他是所有死语言和大多活语言的专家,但他对自己的语言却既说不流利也写不通畅。有一位这样的学问大家,当时名列第二的希腊文权威①,他能指出弥尔顿用拉丁文写的作品中的好几处拼写错误,自己却写不通一句普通的英语句子。当日的某某博士就是这种人,如今的某某博士也是这种人,但波森②不是。波森是个例外,反证出这个规律更加正确。波森把他的知识才能与学问结合起来,使这两者的区别更加明显和强烈。

舍书之外一无所知的学问家其实连书也并不真懂。"书并不以其用处告人"。如果不懂得一部作品所谈的主题怎么可能读懂它呢?那些诗书满腹的书蠹们所滚瓜烂熟的是一本书里引了别的什么什么书,而别的什么什么书里又引了还有别的什么什么书,如此循环往复,以至无穷。他鹦鹉学舌般地搬弄别人也是鹦鹉学舌般地搬弄来的东西。他可以把一个单

---

① 似指托马斯·本特利(Thomas Bently,1693? —1742)。
② 波森(Richard Porson,1759—1808):英国研究希腊、拉丁文化的著名学者。

词译成十种语言,但不知道在各种语言里,这单词到底指的是什么。他的头脑里塞满了新老权威、古今名言,但自己的思想、自己的理解力、自己的心情却完全生锈上了锁。他对当代的行为准则和处世方式一窍不通,对个人的性格茫然无知。面临自然或艺术,他看不到美。五彩缤纷的声色世界对他来说是不存在的。而除了某个入口之外,真正的知识也在他的视野之外。越是无知,他越是狂妄:说不清、道不明的东西越多,他也越发自以为是。

他不懂绘画,无论是提香的色彩,拉斐尔的优雅,多曼尼切诺①的纯洁,柯勒乔的风格,普桑的博学,圭多②的矜持,卡拉齐③的韵味,还是米开朗琪罗的雄浑线条,这些意大利的辉煌和佛兰德斯④的奇迹,曾经使整个人类为之痴迷,成千上万的人为了学习和仿效耗费了他们的生命仍然难以企及,而他一概不知。对于他来说,这些巨匠和作品都不存在,他们只是一些死去的名词、某种代号。这并不奇怪,因为他从来没有看过,也不懂得这些作品的原作。他的书房墙上也许挂着一幅鲁本斯的《饮泉》或克劳德的《魔堡》的复制品,但几个月了,他从未感到过画的存在;而要是你指给他看,他还会把头扭过

---

① 多曼尼切诺(Domenichino,1581—1641):意大利画家。
② 圭多(Guido Reni,1575—1642):意大利画家。
③ 卡拉齐(Annibale Carracci,1560—1609):意大利画家。
④ 指十五世纪初至十七世纪初欧洲古国佛兰德斯的画派。

去。自然的语言,或者说艺术的语言,他是无法领会的。他有时确会重复一些名字,例如阿佩利斯①、菲迪亚斯等,但那只是因为古典作家提起过;而且他会把他们的作品吹得天花乱坠,只因为它们已经泯灭无存了。当他在爱尔琴石雕②前真的看到了古希腊遗留下来的精美艺术品时,他的兴趣马上会转向一个学术争论,或者为一个希腊分词的用法吵得不可开交。

他对音乐同样无知,从精美无伦的莫扎特到山间牧笛,他都毫无感觉。他的耳朵已经钉死在书本上,而且因为只听到希腊语和拉丁语,只听到课程上读书的嗡嗡声而变得麻木。对于诗歌,他是否懂得多一些呢?他知道一首诗中音步的数目,知道一部诗剧中的幕数,但对诗歌的灵魂和精神他全然不懂。他能把一首希腊颂歌译成英语,也能把一首拉丁短诗译成希腊文,但这样做是否值得,他却要留给批评家去判断。那么,"生括中行动和实践"的部分,他是不是比理论部分懂得稍多一些呢?也不。他既不懂艺术,也不懂技术,各行各业他都不懂,甚至不懂凭技术或运气的各种游戏。做学问,做不出外科医生的技术,也做不出种地的、造房的、木匠的或铁匠的技术;它制造不出劳动工具,也教不会你使用工具;它不会教你

---

① 阿佩利斯(Appelles):公元前四世纪希腊画家。
② 爱尔琴石雕(The Elgin Marbles):1801—1803 年间英国爱尔琴伯爵自希腊掠夺来的一套大理石雕塑,现存英国伦敦博物馆。

使用犁锹,也不会教你挥舞锤凿;它对架鹰打猎,钓鱼射箭,跑马遛狗,击剑跳舞,击棍滚碗,打牌玩球,以及诸如此类的事情都浑然不知。满腹珠玑的大学者号称懂得所有的艺术和科学,却无法将其中一种付诸实践,尽管他可以在百科全书里说得头头是道。甚至他的手脚也没有什么用处,他跑不动,走不远,更不会游泳;而要是什么人真的理解并且实践这些身心的活动,又要被他看作机械庸俗,尽管要真正学会上述任一样技艺都需要长期的实践,还要有生来适合搞这一行的天赋,更需要专心致志。而要使一个读书人通过刻苦攻读,取得博士学位或院士资格,也并不需要更多的条件,剩下来的时间便可以尽情地吃喝睡觉了!

事情很简单。一个人真能懂得的东西是有限的,常常是来自日常生活和个人经历,还有就是他碰巧有机会知道,而又有足够的动力去学习和实践。其他所谓的知识都是装模作样的和骗人的。普通百姓善于运用四肢,因为他们靠劳动和技艺为生;他们对所从事的工作及要打交道的人的脾气一清二楚,因为他们必须知道;他们言辞尖利,善于表情达意,妙语如珠,敢于嬉笑怒骂;他们说话自然流畅,毫不矫揉造作,妙趣横生,也无须引经据典。在伦敦到牛津的长途马车外边,你能听到的有趣东西,比在那所著名的学府里跟院长和大学生们生活一年听到的还要多;同样,你从吵吵嚷嚷的啤酒馆里,比出席下议院一个正式的辩论会,能听到更多的浅显而切实的真理。一个乡村老妇常常更具描述的本领,她能将过去五十年里镇上传闻的种种历史上的趣闻轶事,添油加酱、活灵活现地描绘出来;而一个同样年纪的女学者,即使熟悉同时期出版的所有长篇小说、讽刺诗歌,她所能查阅出来的东西也远不如前者那样生动有趣。城里人,说来伤心,对人物的了解确实不够,因为他们看到的只是胸像,而不是全身像。乡里人就不同,他们不但知道某个人做了些什么,还会把他的善言恶行,如同他的长相一般,一一追溯到几辈子以前,而把其中的某个矛盾,用五十年前的一次门不当户不对的婚姻来解释。学问家们对此就不懂了,不管是城里的,还是乡村里的那一套。说到底,社会上多数人都具有常识,而历代的饱学之士却没有。"低贱者"们如果自己作出判断,那准没错;而要是他们相信那些瞎了眼的导师,那可就糟了。著名的新教派牧师巴克斯特有一次差点儿被基特敏斯特的女信徒们用乱石打死,因为他在讲道时宣称"地狱是用婴儿的头骨铺就的",然而,凭着他的如簧巧舌和广征博引,最终他却平抚了听众的怒气,并且战胜了理智和人性。

这就是学问的用处。这些学术园地的园丁们所孜孜以求的,似乎就是利用视为当然的前哲言语和先入之见,来推翻人们的常识,混淆人们的是非观念。年代愈久,他们的做法就愈见荒谬。他们层层假设,把假设堆得山样高,以致无法看到任何问题中最浅显的真理。他们看待事物,不是依据事物本来的模样,而是他们在书中发现的形象;他们闭上眼睛,不去正视现实,这样,他们就可以看不到于他们偏见不利或证明他们荒唐可笑的种种事实。我们甚至可以认为,人类的"高度智慧"就是这样堆积起来的:对于扞格不入之处不去触动,而对胡说八道奉若神明。所有的教义,不管有多恶劣多愚蠢,他们都照单全收,而且当作上帝的意志,披着宗教的外衣,用恐怖和惩罚,强迫其追随者接受。被引导去发现真实和有用之物的人类理智是如此少得可怜!而为了维护那些信条和体系,被扔掉的聪明才智又那样多得可怕!太多太多的时间和才能,被虚耗在神学论争上,在法律上,在政治上,在咬文嚼字上,在占星学上,乃至在炼金术上!读下面这些人的著作到底能给我们带来什么好处:不管是劳德[①]、惠特吉夫特[②]、布尔主教[③]、沃特兰主教[④]、普里多的《联系》[⑤]、波索勃尔[⑥]、卡尔梅[⑦]、

---

① 劳德(William Laud,1573—1645):英国坎特伯雷大主教。
② 惠特吉夫特(John Whitgift,1530? —1604):英国坎特伯雷大主教。
③ 布尔主教(George Bull,1634—1710):英国圣大卫教堂主教。
④ 沃特兰主教(Daniel Waterland,1683—1740):英国神学家。
⑤ 普里多(Humphrey Prideaux,1648—1724):英国东方学家,著有《犹太史上新旧约之间的联系》(*Connection of the Old and New Testaments in the History of the Jews*)。
⑥ 波索勃尔(Issac de Beausobre,1659—1738):法国新教神学家。
⑦ 卡尔梅(Augustin Calmet,1672—1757):法国神学家。

圣奥古斯丁、普芬道夫①、法坦尔②,还是文字上稍微实在但照样充满学究气、大而无当的斯卡利吉尔③、卡尔丹④和西奥庇尤斯⑤等等?他们的著作连篇累牍、卷帙繁多,但到底有几分见识?要是明天把这些书放一把火烧掉,世界又有什么损失?这些书还不是早已尘封土埋,扫进历史的坟墓里去了吗?但在他们的时代,这些书都是神圣之言,不管是你是我,是人们的常识,还是人类的本性,只要与他们的见解不一,便会遭到无情的嘲笑。而现在是我们嘲笑他们的时候了。

结束这个题目吧。社会上可见的头脑最清醒的人是商人和老于世故的人,他们争论,根据的只是所知和所见,他们不会同你大兜圈子,说事情本来应该如何如何。女人的感觉通常比男人强。她们较少做作,也不大纠缠理论问题;她们看问题常凭直觉,因而往往比较真实自然。她们的推理不大会错,因为她们根本不推理。她们说话或考虑问题很少按什么定规,这样她们反而更善辩,说话更有趣,也更有见解。由于她们聪明伶俐、能说会道,因而往往有办法把丈夫置于她们的掌

---

① 普芬道夫(Samuel von Puffendorf,1632—1694):德国法学家、政论家、历史学家。
② 法坦尔(Emerich de Vattel,1714—1767):瑞士政论家。
③ 斯卡利吉尔(Joseph Justus Scaliger,1540—1609):法国新教神学家。
④ 卡尔丹(Jerome Cardan,1501—1576):意大利医生、数学家、哲学家、星象学家。
⑤ 西奥庇尤斯(Kaspar Scioppius,1576—1649):德国论辩家。

握之中。要是她们写信给闺中密友而不是给出版社,她们的行文风格往往胜过大多数作家。未经学校教育的人往往更富创新精神,更少受偏见束缚。莎士比亚的头脑显然未受过学校教育,因而他的想象新奇有趣,描绘也特别丰富多彩;而弥尔顿的思想和感情就摆脱不了一股学究气。莎士比亚没有受过学校里扬善抑恶的写作的训练,因而他的剧作的道德标准没有受过污染,但却同样健康。要想了解人类天才的力量,就去读莎士比亚;要想了解人类做学问的无稽,不妨去研究研究莎评。

论天才[①]

真正的伟人从不自认为伟大,否则就是无知或缺乏自知之明。比方说,在世的散文家没人会以伯克自居,也难以想象他会把自己与博林布罗克[②]、约翰生或威廉·坦普尔爵士等人相提并论。因为一个人在文坛上的地位自有定评,因而我们想当然地认为他们自己也必然心中有数,知道自己高明在何处。可实际并非如此!每个人都不是真实的自己,而是别人所接纳的形象。人的思想就像人的眼睛,看出去的不是自身,而是别的东西反射的映象。在依思维定式对某人产生的印象,与第一次读到心仪已久的作家的一段美文产生的惊喜感之间;在一举手即办成的事,与看来几乎办不成的事之间;在经年不变的对某著名天才的敬畏,与被迫接受的事实,即经过不懈的努力与不断的失望之后,自己所完成的只是为时已晚且毫无意义的工作之间;在个人微不足道的抱负,与想象中一个光辉的名字所拥有的伟大与辉煌之间——在这种种情况之间,有什么共同之处呢?

凡是自以为达到了伟大的人,他心目中伟大的标准通常是极低的。有人说:"弥尔顿享受不到阅读《失乐园》的乐趣,这真可惜!"确实如此,因为弥尔顿不像我们,我们读到的不仅是原作,还有积累了一百多年的赞赏,就像"万众瞩目下的凤凰";还有一次次再版造成的显赫名声;还有在冷嘲热讽、妒才嫉贤、恶意中伤中确立的、经历了时间考验的地位;还有名声所赋予几乎每一诗行的名句色彩!写短命作品的作家可能与公众一样对此无法理解,因为他们的作品只在自己眼前闪亮了一下,而别人却很快就统统忘记了。然而身后的是非谁也无法预测。每个人在自我评价的时候都只是以同代人的眼光,他也许会感受到流行的风潮,但没法知道这风潮能持续多久。他的自我评价缺乏距离感,缺乏时间感,也缺乏必要的数量来衬托并得到确认。他对自身的优点必须先保持平常心,才能有自信心。此外,人人都会意识到自己有上千项短处和不足,而天才留下的只是力量的丰碑。一个伟大的名字只是某种优点的化身,但要是谁把自己看做是优点的化身,那他就

---

① 本文作于温斯洛,后收入《坦言集》。原题直译应为《天才知道他自己的才能吗?》。
② 博林布罗克(Henry St. John, 1st Viscount Bolingbroke,1678—1751):英国政治家、政论家,曾任国防大臣、国务大臣,1713年起在法国流亡十年。《流亡散记》作于1716年,于他身后1752年出版。

不是天才,而只是傻瓜,既分不清自己的优劣,也分不清别人的优劣。伯克先生除了是《随想录》与《致某爵爷》的作者之外,还有妻有儿,他必须时时想到他们,就像我们经常想到他一样。对个人的情况分析得再琐细也无助于想象的发展。

另一方面,没有人比作者更清楚他为这作品付出了多大的代价,花费了多少时间,从事了多少研究。这是为什么人们不能心平气和地评论自己的又一个原因。结果的欢乐与所克服的困难和付出的努力是不成比例的。人们感慨"素材远胜成品",历来如此。天才的定义就是能在不经意中完成其杰作,那些完成不朽作品的人根本不知道自己是为何及如何做出来的。最伟大的力量在看不见的状态下起作用,完成得既极其轻松又毫不显眼。做得最好的事总是最符合头脑中自然的趋向和能力。我们只有在束手无策时,才感到阻力,从而也才会为克服这些阻力所取得的胜利进行过分的张扬。柯勒乔、米开朗琪罗及伦勃朗作画似乎从不事先策划,也不见得花多大气力,他们的作品就像是从头脑中自然蹦出来的;要是你问他们为什么用这种而不用那种方法,他们多半会回答,那没办法,因为他们也不知道该用别的什么方法。因此莎士比亚也说:

我们的诗歌就像树胶,

哪里获取营养,就从那里渗出。
燧石里的火不经打击不会冒出,
而我们的温情之火却会自己燃烧,
并且像水流一样,冲决所有的堤岸。

莎士比亚本人就是他自己所说的最好的例子。他几乎拥有机会所给予的一切,而且几乎都无须花费气力,也无须精心设计。诗歌从他笔下流出,就像闪电从夏日的云间透出,或者是葵花随着阳光的转动一样。霍加斯的漫画令我们赞叹不已,但从这些画的未经缩小的原稿里,看他运用铅笔挥洒自如的程度,似乎他根本没费多少心思;而他的西格斯蒙达①花了如许之力,结果却相对较逊,尽管他本人十分看重。他对所作的肖像画也十分自负,吹嘘说如果他有时间而且可以任选对象的话,他可以画得与范戴克一样好。而这正是他赶不上范戴克的原因。范戴克的与众不同之处正在于此:随便什么人落到他眼里,他都能画出一幅出色的肖像。想方设法给他捣蛋,给他最差的对象,他总能画出什么;他的眼睛,他的头脑和双手似乎都经过了什么模具的浇铸,特别善于创造优雅。

弥尔顿是另一位。众所周知,他在自己的作品中更喜欢

---

① 西格斯蒙达:霍加斯为德莱顿的诗《西格斯蒙达与吉斯卡多》所作的画,此画他花了很多精力,结果赞助人不愿接受,因而卖不出去。

的是《复乐园》。如果真是如此，我想其原因要就是他自己意识到在写作过程中失败过，要就是因为别人这么告诉他。需要加以赞扬的事物，需要搀扶一把的娃娃，人们总愿意说得好一点。我们总觉得自己每前进一步，智慧女神密涅瓦就要我们付出什么，并记在账上；而天才做事却总是一帆风顺，会在不知不觉间驶进理想的港湾。在神力推动的时候，面前不会有什么困难或阻挡，缪斯的真正灵感来了，就像我们呼吸的空气一样轻柔温和，由它所产生的效果简直非人力所为，因而人们实在也没有什么可以自夸的。

我觉得有两个人比任何人更像是在这种不自觉而无声的力量推动下进行工作的，这就是伦勃朗和柯勒乔。无从知道柯勒乔是否见到过任何大师的作品。他在一个偏僻的小村里默默无闻地生活，默默无闻地去世。我们能见到的他的作品不多，但件件都是精品，何等地真实，何等地优雅，天使般地甜美！每一根线条，每一处色调，都是那样神助般地柔和，近乎完美地赏心悦目。仿佛是出于自然的力量，画家的思想中拒绝一切不协和、粗糙和令人不快的事物。全部作品散发出的是一种纯净的思想。画作虽说出自他的手底，但更像出自其自身，没有一点瑕疵，就像岩石中发掘出的金刚石。甚至柯勒乔自己也不知道画出了什么，看着仿佛是从画布上偷来的一幅幅精致的作品，他简直目瞪口呆。啊，仁慈的上帝！不仅仅是柯勒乔，古往今来，有多少人以同样的心情在看着自己的成果，他们也可能创作出了一些若有天助的不朽作品而不自知，在迷惑中感到以往那种痛苦的孤独，那种一无所有，那种遭人冷落，那种生不逢时，都得到了补偿。啊！只要有那么一个小时，当思想突然触发某种足以流传后世的念头，当某种精品的胚胎在惊讶的眼光中从空无所有中诞生，那是怎样的一种狂喜！让那种华而不实的世俗成就、那种经年累月、生死以之追逐的浮名虚声见鬼去吧，唤回那热血青年初次娶回"不朽"作为他秘密新娘时所发出的惊心动魄的呼喊吧！

与柯勒乔相同的还有伦勃朗！要是画家中有过什么天才，你就是天才！在你画出《约各之梯》这一妙不可言的作品时你有过这样的梦想吗？当你注视着画面上那渐远渐淡以至无穷的晚霞时你的眼睛不觉得发酸？当那些身穿白衣长着鹰钩鼻的人群向你走来时，他们是否向你吐露了什么关于名声的秘密？你画的时候是否知道自己将干什么，还是画到哪里算哪里？啊！只要你有一分钟在考虑你自己或者别的什么而不是你画的东西的话，所有"这些荣耀，这些直觉，这些乐趣"就都会化为烟云，梦境会逝去，魔力会被击得粉碎。山峰不会像现在那样似乎只出现在梦中，而扔在一旁的衣衫褴褛的约各也不会似灵魂出窍般地睡在那里。伦勃朗的画把现实生活中的灵魂与肉体表现得如此淋漓尽致，他的思想与所绘之物完全熔而为一了——而要是他在这过程中思索过该做什么、该怎么做，或做得怎样了诸如此类的问题，一切就完了。一堆一堆的光凝聚在他的笔头，落在画布上，就像露水一般，朦胧的纱幕被黑夜这只呆钝的手扯过来，遮住了画的背景，黑暗变得清晰可见，因为还有更黑的黑暗只能凭感觉而存在。

塞万提斯是天才的又一个例子，他的作品从头脑中跃出，就像密涅瓦从丘比特的脑袋中蹦出来一样。堂吉诃德与桑丘从某种角度看就像一对孪生子，而桑丘的如珠妙语滚滚而来，如他自己所说，就像雨水一样绵绵不断，似乎根本就不必去想。莎士比亚的创作形式多样，但同样出自天籁，非学习所得。拉斐尔与弥尔顿似乎是这一规则的例外。他们的作品有合成的痕迹，弥尔顿的作品有时看来更有点像大杂烩。同样，我们发现爱引用弥尔顿诗句的许多作家，有很多证据表明他们自视甚高，而且有追逐声名的强烈愿望。不少人引用莎士比亚的某些十四行诗也怀有同样目的，但莎氏的十四行诗更多地表达的是对命运未卜的怀才不遇和无可奈何，而不是对其未来的赫赫名声的坚信不疑与洋洋自得。他似乎比任何活着的生灵更孤独、更少考虑自己。这种冷漠的原因之一可能是作为一个作家，他的作品在他在世时还算成功，而且很明显，他写那些东西完全不费什么气力。

我不知道是否也该将克劳德跻身于"至喜"或"至悲"之

列。确实,他不蹈袭前人,但也无人学他。他那完美无缺的风景画似乎是出于一种内在的和谐性,出于他头脑中一种极其精致的优美感。人们都抱怨他的画太单调,显然这是由于他思想中有一种先入之见的缘故。不久前我见到一位以讽刺见称的批评家,但其讽刺与其说是精妙不如说是幼稚,他说:"嘿!我从不看克劳德。他的画,看了一幅就等于全看了,每幅都差不多:同样的天空,同样的天气,每天同样的时光,同样的一棵树,而且都同样像一棵大白菜。说实在的,人家都说他画得不错,但当一个人一天到晚干同样的事的时候,他当然应该干得不错。"没有必要指出这位批评家是谁,但可以说,对这一批评的最好回答是,他说的是事实。克劳德的画确实总是一个样,但问题是他从没希望它们要变得不一样。完美是另一回事。坦白地说,我认为克劳德也知道这点,而且感到他的风景画是世上最美的,不管是过去,还是将来。

这个题目我想先说到这儿,下面我想稍微跑一下题。要是读者还不知道的话,我想提请他注意,我是在温斯洛写的这篇文章。我的温斯洛文章的总的风格是冗长散漫。在别的场合,跑题也许会显得失控、生硬和突兀,但在这里却像河流一样自然,而且大可溢出其两岸。我并不刻意寻求什么新思路,追逐什么新形象,它们都是自然涌来,随着微风吸入我的胸怀,千万个回忆涌上心头,仿佛默默的丛林都想开口说话——

新景入诗眼,

叶叶挂枝干。

十五年前我来到这里,进行一种自愿的流放。一遍又一遍我沿着矮林边的草地漫步,重复着那古老的诗句:"思想是我自己的王国!"我以前就那样想过,当时和其后就更是如此。而在我把那时想到的种种都实实在在、明明白白地告诉世人之后,却总有一种声音在谴责我,说我没能成为政府的工具,既然如此,那我现在是否该失去勇气了呢?几年以前我又回到了这里,来完成一些已着手进行的作品,尽管对事实有些存疑,但仍将尽我所能。我曾写下过《论密拉芒》[①],该文尽管被比曙光女神奥罗拉还要柔婉的手转引过,但却未引起任何别人的注意,原因就因为我不是政府工具,就理该被那些认为只有他们才配追求趣味和高雅的人们所拒绝。我在这里还起草过论老实人奥兰多·弗里斯柯巴多[②]的文章,这篇文章写得笔调优美而又辛辣尖刻,要是我是个政府工具的话,那个老怪物吉什么的[③]肯定会喜欢或者装作喜欢的。也是在这里,我写下

[①] 《论密拉芒》:见作者的《英国喜剧作家讲演集》第四讲。密拉芒是康格里夫的喜剧《世道如此》中的女主人公。
[②] 奥兰多·弗里斯柯巴多:英国作家德克尔(Thomas Dekker,1570?—1632)的戏剧《贞洁女人》中的人物。
[③] 吉什么的:指《每季评论》首任主编威廉·吉福德,赫兹里特的主要论争对手之一。

了《闲话集》中的许多篇章,同样没有什么失误。此书现在已将完成,否则我不会这样自负。要是那本书不是我写的,我可以发誓,其中许多篇的思想就像岩石一样坚实,像空气一样自由,而且有一种意大利绘画的风味。但那又怎样呢?即使那些文章像擦亮了的钢铁一样坚硬,一样光泽,它们也不能给我带来什么,只因为我不是政府的工具!我曾努力想把英国人的欣赏趣味引向第一流的英国古典作家,但我说了英国国王的统治权并非神授的,当前的王室属于汉诺威选帝侯一系①,自我说了那番话之后,忠诚的王国臣民们就不再读韦伯斯特②或德克尔的书。我还写了《莎士比亚戏剧中的人物》,可说除了施勒格尔③之外,我是在莎士比亚研究上出力最多,并在法国批评界的诋毁前敢为莎士比亚辩护的人。但我们那些反雅各宾派和反法国天主教派的作家很快就发现,我说过并且写过,法国人、英国人、所有的人都不是生来该当奴隶,好了,这就足以把我的那本书贬得一钱不值了。这些只是我的过错的大要。

---

① 英国王朝的世系,从 1371 年到 1714 年属于斯图亚特王朝,从 1714 年至 1901 年属于汉诺威王朝。其名称来自德国汉诺威公国,因其统治者为神圣罗马帝国的选帝侯。1714 年,选帝侯乔治依转让法继承英国王位,是为乔治一世。
② 韦伯斯特(John Webster,约 1580—约 1625):英国戏剧家,与德克尔一样,都属于上一朝代的作家。
③ 施勒格尔(August Wilhelm von Schlegel,1767—1845):德国哲学家,批评家,曾把莎士比亚作品译成德语。

当我的朋友利·亨特在写他的《自由的堕落》，为王室联盟的进军播撒鲜花时，我正坐在巴比伦①的水边，把竖琴挂在柳梢上。我一向知道只有一种选择，要就是国王，要就是全人类。我早就看到了这一点，我害怕的也是这一点。现在全世界都看到了，但已经太晚了。因此我无比悲痛，而且当那位巨人垮台时，寝食难安，因为我们，我是说全人类，也都随着他一起垮了，就像空中划过的一道闪电，现在我们只能在"自由"的坟地里，在"合法"的猪圈里爬行！王室们的心中现在只有一个问题，那就是人民究竟是不是他们的财产。我思索的也就是这一个问题。对这个问题，我有一个抽象的哲学原则。我不会受那种迷人的声音的糊弄，从我对暴君的痛恨我可以推想到他们对具有自由精神的人们的痛恨，乃至对其表征，对"自由"与"人道"这两个名词的痛恨。在别人向那野兽的形象顶礼膜拜时，我对它吐口水，搏击它，朝它做鬼脸，指指戳戳，还要把它当时还半遮掩着，但后来已扔在一边的幕布扯开，用它真实的名字来称呼它。用不着设想，在我揭开了它的神秘面纱之后，那些喜欢偶像、喜欢一半是野兽一半是魔鬼的人，那些不好意思承认这种形象和名称指的就是他们的人，会放过我而不加任何惩罚。有两个也算是我的朋友的人，他们不

---

① 巴比伦：指伦敦。伦敦别名"现代巴比伦"。

愿意把两者看成一个整体,有一天对我说,我写的那些不分青红皂白、连珠炮似的漫骂,其实只是偏见和党同伐异,而我那些用化名发表在杂志上的文章确实写得不错,很值一读,可说是第一流的作品。他们说得不错,正是靠那些文章才使我这浅底小船在托利党人的深恶痛疾下能免遭没顶之灾。这是因为,人们在不知道的情况下读了杂志上的某篇文章,而且大加赞赏之后,后来尽管得知了作者是谁,总不能翻口说那文章是白痴写的吧。甚至连乔丹先生①也撰文推荐说,《人生众相录》②是一部出色的小书,好就好在扉页上没有用什么深奥难懂的名字。他还发誓说,《爱丁堡评论》最后一期上有一篇长达四十页的一流文章,肯定是杰弗里③自己的手笔;尽管在他很不情愿地知道那是我写的之后,接连发了三期《文学报》,痛骂《爱丁堡评论》最后一期的那篇"古怪"文章。

其他一些人没有我这种方便,则由于被疑心为怀疑国王的神圣或与有这种怀疑的人有关,而成为恶毒诽谤的牺牲品。可怜的济慈就因为这种大逆不道的罪名受到惩罚,而付出了他的健康和生命。尽管他的诗歌像春风一样醉人,他的一些

---

① 乔丹(William Jerdan, 1782—1869):《文学报》主编。
② 《人生众相录》:赫兹里特写的一部格言集,匿名出版于1823年,1823年7月12日《文学报》曾高度评价。本书有节选。
③ 杰弗里(Francis Jeffrey, 1773—1850):辉格党人,苏格兰大法官。《爱丁堡评论》的创办人之一和主编。

闲话集 | 247

思想像花朵一样鲜美,它们甚至获得了聚集在王室周围的一些批评家的好评,受到了《观察家》①好评,但这些都无法减轻他的罪名。甚至连《观察家》活跃而亲切的主编本人,也因类似的原因被放逐出国,其理由只是因为他赏识济慈,写过长诗《里米尼的故事》②,以及在十年前说过一句"欧洲最出色的亲王不过是个五十岁的阿多尼斯"③。

    回来吧,阿尔斐俄斯④;

    回来吧,西西里的缪斯,

    那逼窄你泉流的可怕声音已经过去!

  我望着窗外,阵雨刚刚过去,田野显得分外青翠欲滴,山梁上悬挂着一朵玫瑰色的云彩;一朵百合花绽开了湿润的花瓣,披上了青白相间的美丽新装。一个牧童采来了几块带着雏菊花的草皮,要为他小情人的云雀做一只小床,因为它的双翅无力在空中举起。——我的一片愁云也被吹散,恼怒的政

---

① 《观察家》:利·亨特与其兄约翰共同主编的周刊,1808年创刊,是当时文学品位最高的杂志之一。
② 《里米尼的故事》:利·亨特最著名的诗作,取材于但丁的《保罗与弗朗西丝卡》,1816年发表。
③ 阿多尼斯:希腊神话中爱与美女神阿芙罗狄忒所爱恋之美少年。亨特的这句话被认为是对摄政王的人身攻击,因而被判刑两年。
④ 阿尔斐俄斯:希腊神话中追求仙女的河神,因仙女化作泉水逃脱,遂化为河流,与之相会。

治风暴也已过去。——布莱克伍德先生,我是你的了;克罗克先生,愿为你效劳;摩尔先生[①],我还活着,而且活得挺好。——说来真奇妙,十五年的折磨对我已了无痕迹,我又在真理和自然的大地上重新站了起来,视野更加宽广,浑然忘了自身的存在!

我保留了上面这段文章,尽管会招致批评,但我想这是一个很好的实例,说明作家在被迫自卫时会怎么认识自己(必须声明,这与本文标题所说的"天才"无关),同时也能使某些人警觉,不要以为他们的作品好像很流行,似乎是对他们独立精神或他们自以为具有的才能的奖赏。有时粗粗一看,仿佛用一套套的谎言和绰号,无休止地、不分青红皂白地对不属于正式的政府一派的人进行低级的恶意中伤和漫骂,以为这样便可一手遮天,这样的事只是当代才有,只发生在现代批评畸形发展的时代;其实只要我们回顾一下便可发现,同样的情况代代都有,就像权力、偏见、麻木不仁及恶意中伤在互相耍弄手腕时一样经常起作用,对公众的努力大事攻讦,对各种各样的低贱货色则大事鼓吹,使之流行。蒲柏与德莱顿的名字天天在遭到毫不留情的漫骂,对前者还专门使用了一个 A.P.E.[②]

[①] 摩尔(Thomas Moore,1779—1852):爱尔兰诗人,拜伦的朋友。
[②] A.P.E.:Alexander Pope, Esquire,即"蒲柏先生"的缩写,但这三个字母组成的 ape 一词又有"猿人"的意思。

的外号。要是像这些人都不得不时时要想到自己的不足,以面对肆无忌惮的敌意所加给他们的傲慢与藐视,因而使其灵魂无法处在平静之中的话,一般活着的作家要在种种互相矛盾的证据中能保持心境的宁静,有把握地认识自己的优点,以至努力使自己变得不朽,那就更难了。

尽管如此,在暴怒和不安之中,人们还是可以转过身来,面对那些受雇来的下流的恶意攻击,坚持自己的主张。这里我想重复我在本文开头时说的,没有一个头脑清醒、精神正常的人会起劲地跟他真正地心悦诚服的伟大名字作比较,而不是拒绝;或者会毫无遗憾地认为伟人们也像他们自己一样具有许多弱点;更不会孜孜于按照长期形成并且普遍公认的标准,将自己置于伟人之列,或容忍他人这样做,而不认为是一种亵渎。那些乐滋滋地把自己想象成拉斐尔或荷马之流的人实在非常低级,他们甚至没有想到这些名字其实对他们毫无用处。他们既不懂骄傲也不懂谦虚,甚至不配给有真正可敬的雄心的人当徒弟。他们把片时的流行当作持久的名声,把多血质的神经误认为天才的灵感。好名之心过于高妙,不该与现实相混,它是一种孤独的幻想,灵魂的一声秘密的叹息——

　　它就像我们喜欢一颗特别明亮的星星,

而竟想与它结为婚姻。

一个牢牢地维系于绵绵时光的名声就像一颗在空中闪耀的星星,峻冷遥远,默不作声,然而却崇高、永远;而我们要使自己的名声留传后世就像我们想把自己变成星星。如果我们对这个问题不能满足于这样的感觉,那么我们就永远无法置身于仙后座的星间,我们的名声也不可能缀于阿里阿德涅①的王冠上,或与美发女王贝伦妮丝的秀发一起飘扬,使——

  天空永远如此明亮,
  鸟儿歌唱着,以为黑夜永不来临。

那些只喜欢热闹与表演自己,而不愿终身学习的人们,还不如到巴特尔美市场②去租一个摊位,或者鼓声咚咚、彩旗飘扬地走到新兵招募团的前列!

有人主张,尽管我们无法左右身后人们的评价,尽管可能只是出于一种自我的满足,在从事一件伟大工作时,思想就不可能不想到它所需要付出的巨大努力,想到"巨大的努力带来成功的喜悦"。我同意在这种情况下确实有一种意志的力量,

---

① 阿里阿德涅:希腊神话中弥诺斯王的女儿。
② 巴特尔美市场:1133—1855年期间西史密斯菲尔的著名市场。

但是这种努力和兴奋状态当时会占据思想,以后便会导致无序和疲劳。我们所作的努力,或者说我们所感受到的高度愉快的状态,换了一个场合之后就会使我们完全得意不起来:与我们创作时的状态相比,我们显得太迟钝、太普通了;而我们所能做的好像是个奇迹,也并不值得庆贺。写作的诱惑就像醉酒的诱惑一样,在清醒的时候,当我们不再在魔鬼的灵感控制下,当男子汉气概离我们而去时,我们根本不会把它当作一回事。做任何事时,心里想的只能是对象,不可能停下来自我赞叹一番;而当事情做完后,就可能以比较冷静的眼光来看待。我可以大胆地说一句,只有书呆子才会一遍又一遍地看他自己的作品。但这时作品已不再是他的,而已成了纯粹的词语和废纸,他创作时的光彩、热心、激情和自然精神,已经一点都没有了。

思想一旦付诸纸张,写成文字,变成印刷品,要是我们头脑正常的话,我们与它的关系就算结束了。我有时曾想读读我在某份杂志或周刊上写的文章,但读了一两句就停止了,而且不想再读。因为在那个问题上我要说什么自己十分清楚。我没有必要上我自己的学校。世上最无趣的事就是老调重弹了。我想大约连画家也没有很多兴趣一再看自己完成后的作品。画还在进行时,边看边考虑已经做了什么,还需要做什么,那是很令人满足的;但一旦完成后,再这样看就成了希望,成了空想。我想拉斐尔和柯勒乔在看自己的旧作时都不会有很大乐趣,当然他们会回想起在画这些作品时的欢乐;他们还会发现画中的不足(因为越靠拢,越觉得纯粹的完美不可能达到),觉得它们不配永远流传。世上迄今最伟大的肖像画家总在他的画下写着"提香试作",表示这些作品并不完美;而在他给查理五世呈上他最受欢迎的作品时所附的信中,他也只提及他画那幅画所花的时间。阿尼巴·卡拉齐吹牛说他可以画得与提香、柯勒乔一样好[①],但与大多牛皮家一样,他错了。

年轻时人生的最大乐趣是读书。我在这方面的乐趣大约跟任何人一样多。随着年龄增大,这种乐趣逐渐退去;或者说,一种更强的写作欲取代了它。到了现在,我既没有时间读也不想读,但我仍想花整整一年的闲暇时间来系统地读一读英国的小说,可能读到狡猾的沃尔特爵士为止。说来不可思议,以前在我自己一行字都写不出时,会特别喜欢某些作家的风格。原因很可能是,精神上的攀登与生活中的攀登不同,精神上的目标,从下往上看,总比在某一高度从上往下看要显得高。当时我最喜欢的三位作家是伯克、朱尼厄斯和卢梭。读书时我从不知疲倦,对文章风格的得体、表达的多变、思想感情的精妙赞佩不已;我放下书本想去发现其力量和美感的秘

[①] 见他在帕尔马看了画以后致其堂兄卢德维柯的信。——原注

密,但失望地又把书拿起,继续读,继续赞叹。就这样,我度过了一天又一天,一月又一月,甚至可以说,一年又一年。而现在我要说,随着我的新生活的开始,这种日子可能要结束了。我最后一次充分享受这一乐趣是在某个闷热的夏天,在沿着法尔罕到阿尔顿走了一天之后,我几乎累坏了,走进了一家酒店的院子,侍者把我引向院子另一端的一间屋子,初看像一间普通的外屋,后来发现是一套房间,约有上百年的历史了。我走进的那间,前门朝向一座老式的花园,装点着几个种着翠雀属和山靛属植物的花坛。屋里装着护墙板,在砌着瓷砖的炉台上方挂着一幅神情严肃、色彩深暗的查理二世的画像。我口袋里正带着一本《以爱还爱》①,就读了起来。咖啡放在银壶里端了进来,奶油,夹奶面包,一切都好极了,而在所有这一切之上的是康格里夫的风味。那天我自得地享受到很晚,觉得这部神圣喜剧比任何时候都要有味,甚至比我以前看过的由梅隆小姐饰演普鲁小姐,鲍勃·帕麦尔饰演塔特尔,班尼斯特饰演老实头本恩的演出还要够味。这件事过去已整整五年了,却好像是昨天的事。要是我的生命都像这样光计算光彩的日子,恐怕很快就会消逝了;但我毫无怨言,只要在它延续期间,能多有几次这么美好的回忆!

---

① 《以爱还爱》:康格里夫的戏剧,1695 年初次上演。下文普鲁小姐、本恩等都是剧中的人物。

论独居[①]

离群索居,长日悠悠,或与闲散之人同游。

此时此刻,坐在此地,写这样一个题目,实在是有生以来心情最好的一次。晚饭吃的鹧鸪已经烤好,一股香味正从厨房飘来;壁炉里炉火闪动;又是一个冬日难得遇到的好天气。只是肠胃稍感不适,这是唯一使我有点不快的事。好在我还有整整三个小时,得试着把这篇文章写出来。过一个星期写还不如现在就写。

要是说写这个题目不轻松,那么写作这件事本身就更见艰难。赢得别人佩服不容易,让自己满意那就更难。窗外是一片草莽之地,透过朦胧的月光可以看到温斯洛背后起伏的丛林。蒙蒙的夜色,将我的思绪带回了很多年以前,那时我还是充满了遐想,对善与真在孜孜地追求。我对要写的这种感情自己都说不出是否真懂,更不知道能不能让读者也与我抱同感了。

格兰迪逊夫人写信告诉海丽叶·拜伦小姐,说她弟弟查理爵士总是"只为自己活着",不久 L 夫人告诉拜伦小姐说她也注意到了。结果拜伦小姐在给这两位姐姐的信中一再提到,"你们知道,查理爵士总是只为自己活着"。到了后来,这句话变成了三位女性通信中的惯用语②。不过我不想用这个例子来说明我对"独居"的理解。查理·格兰迪逊爵士确实总只考虑自己,而我的意思实际上是,"独居者"从不考虑自己。这完全不是一种自我中心主义者的性格。理查森钟爱的这一角色只代表某一种人,一些尖锐的批评家已经指出了,他拜倒在姿色已退的格兰迪逊夫人(这里指海丽叶·拜伦小姐)面前,其实他应当拜倒在自己面前,因为他这个人,眼里除了自己没有任何人,他自己就是自己供奉的神。

我说的独居也不是指古代的圣徒或殉教士那样,避世住到人迹罕至之地,让野兽吞食;也不是住进什么山洞里,被人当作隐士;更不是爬到什么柱子或岩石顶上,做出什么狂热的苦行,让世人瞻仰。我说的独居是住在世上,活在人间,但人

---

① 1821 年 1 月 18—19 日写于温斯洛茅舍。——原注。[按:温斯洛距索尔兹伯里六七英里,在安多佛公路上。赫兹里特的妻子萨拉在那里有几处小小的房产,在那里他"发现"了温斯洛。1819 年以后,尽管他已与萨拉分了手,但仍常去那里,住在野castle酒店,或称"温斯洛茅舍"。在这里写了许多文章。本文是其中之一。选自《闲话集》。]
② 以上情节见塞缪尔·理查森的小说《查理·格兰迪逊爵士》。海丽叶·拜伦小姐遭人诱拐,幸遇查理爵士解救,被安置在他姐姐家中。经过一段波折,最后二人结婚。

们似乎不知道有你这个人,你也不希望有人知道;这样你就可以默默地旁观世间风云变幻,而不是成为别人关注或好奇的对象;对世上发生的一切,你思索,你留意,却丝毫不想去参与或干预。这就好像是一个神仙过的日子,世事茫茫,你只需静观、熟思、消极而保持距离;人间苦难,你同情而感动之;凡人的蠢事,你一笑而冷置之。你无须感受其痛苦,分享其幸福;也无须为其情所动,为其人所知,甚或为其人所梦!善独居者独居于心,隐窥世事纷扰而无动于衷,"闻之也而不为其所动"。补之既非其所能,毁之亦非其所愿。他饱览宇宙间的种种却不想让自己也成为别人饱览的对象。无为亦无所为!他读着天上的云彩和星星,眼看时序更替,秋风落叶,春日花香。树丛中画眉鸣啭,令他惊喜不已;坐在炉边,听着寒风呜咽;沉浸书中,或者高谈阔论,以度漫漫寒夜;甚至整天想着可心的事儿,把长长的小时融成短短的分钟。喜欢上某个作家的风格,就认准了,再也不读别人。他喜欢凝视挂在房里的一幅名画的摹本,却从不想自己也画上几笔试试。他从不想操什么心,去变成他目前还不是的什么人,或者去做他目前还做不到的什么事。他甚至也不知道自己到底能干什么,对自己将来能否成为世上什么角色更是不感兴趣。他觉得下面这些诗句中说的对极了——

> 永远看着自己的人
> 实际是看着自然最拙劣的作品；
> 这种目光会使最聪明的人变得可笑，
> 这智慧在他身上本来就不公平。①

　　他从自身出发去看辽阔的大自然，越过狭隘的抱负去关注普遍的人性。他像空气一般自由，像晚风一般自在。可一当他关心起别人对他的评价，灾难就会产生。人对自己及自己的才能十分满足时，一切都没问题；但当他要在舞台上扮演一个角色，要让全世界人多想想他而少想他们自己时，就会发现掉进了一个陷阱，到处都布满了荆棘与刺丛、烦恼与失望。关于这我可以说几句。有很多年我什么事都没做，只在那里空想。我所做的一切只是解开自己设想的一些难结，或者设法去理解某些深奥的作家；瞪着两眼望天，或者在满是卵石的海边漫步——

> 看孩子在海滩上玩耍，
> 听涛声拍击着海岸。

---

① 见华兹华斯《紫杉树下独坐有感》。

我无所忧虑，也无所需求。我有时间思考我想到的任何问题，并且不急于给出一个故作深奥的回答——没有什么印刷商的小厮在一旁催我。半年时间我可能只写一两页，因而我记得当著名的实验家尼柯逊告诉我他在二十年里写的东西足足有三百个八开本时，我是如何地开怀大笑。要是我不是什么大作家，我可以不断阅读，永远怀着一种新鲜的喜悦感，"永远读不完，总是刚开始"，而看完后也总是没有时间去写一篇评论；要是我不像克劳德那样会画，那么我外出时就会对那蔚蓝色的天空赞叹不已，而满足于它给我带来的快感；要是我反应迟钝，对美景就无动于衷；要是我反应敏捷，就会听任感情的奔放。我对世界充满憧憬，也把它想象得非常美好。我就像一个外国人踏上了陌生的土地，展目四望，惊讶，好奇，说不出的兴奋，完全没想到也会成为别人注目的对象。我与那国度没有什么关系，无须承担任何义务，也跟任何人没有联系。在那里，我既无朋友也无情人，既无妻子也无孩子。我所处的是一个思索的世界，而非行动的世界。

这种梦幻般的生活真是再美妙不过了。抛弃这种生活去追求"现实"，通常失去的是静谧，而换来的是一而再、再而三的失望与无可奈何的后悔。时间、思想，以至感觉都不再受自己支配。从那个时刻起，他观察事物就不再是从事物本身的角度，而是看它能不能用来实现自己的野心，引起自己的兴趣，或满足自己的快感。一个原本率直、真诚、不加掩饰的人，现在会变得难以捉摸、邪恶乃至两面三刀。他对世界的巨变已不感兴趣，感兴趣的只是他自己厕身其间的一些微不足道的小事；他不再开诚布公、推心置腹地面对精彩纷呈的世界，而是在眼前举起了一面屈光的镜子，对自己的为人及抱负赞不绝口，还睥睨着看别人是否也在这样赞美他。光怪陆离的世界给他造成的印象尽管随着经常的思索已淡化，如今更消失殆尽，取而代之的是他日渐膨胀的妄自尊大。为了取悦舆论，他成了舆论的奴隶。他成了一件工具，成了机器上的一个零件，永远无法站稳，由于不停地旋转而感到眩晕。除了在大众眼中的形象，在大众耳中的名声，他没有满足的时候。他搅混了一切，也破坏了一切。我想波拿巴也会因为他的画像贴满了罗浮宫、贴满了整个巴黎而感到厌倦。

众所周知，哥德斯密在荷兰时，有一次与几位漂亮的英国姑娘登上一个露台，当台下的人群对姑娘们的美丽欢呼时，哥德斯密转身便走，并且悻悻然说："受人崇敬的场合我也有的。"他对当一个作家的虚荣的渴慕已到了一天都不能放过的地步。我自己也遇到过一位当代著名演说家，由于一位光彩照人的女郎走进他正在演说的房间，分散了一部分听众的注意力，因而使他变得脸色惨白，转身便走。多少人为了一夜成名历尽千辛万苦，遭受多次失败；而伴随着成功而带来的折磨与世事沉浮之感却更加巨大和痛苦——

> 爬到顶就意味着掉下,
> 或者是说不出的溜滑,
> 那滋味比掉下还要可怕。

每当他的意见在国会受阻时,奥列佛·克伦威尔便会高叫:"老天,我宁可回到林边去牧羊,也不愿待在这样一个政府里!"当波拿巴钻进马车,向俄国进军,不经意地转动着手套,哼着小调"马尔布洛上战场"时,他绝对想不到其后发生的一切,而这种打击世上除了他谁也承受不了。我们所看到的和听到的都是命运女神或缪斯女神眷顾的人物:大将军、一流演员、著名诗人等等。他们高高在上,发出炫目的光芒,令我们折服,并渴望步其后尘。此时人们绝对不会去想有多少只领到半饷的副官们终其生盼提升而不得,不得不忍受着长官的傲慢和身居要津的无能者的排挤倾轧;也不会去想有多少挣扎在饥饿线上的艺人衣衫褴褛,命中注定只能流落在乡间,直到死都在梦想哪天能有幸到伦敦演出;也想不到有多少倒霉的涂鸦者终日在希望与害怕间痉挛地颤抖,日渐憔悴,听凭其天才消磨,或者沦为画匠、洗画人、报评人之类;也不会去想有多少不幸的诗人几乎为缪斯呕尽了心肝,结果声名不出乡

闲话集 | 261

村小报的"诗人之角",只能含着嫉妒而又期望的目光望着那条限制他们名声远播的地平线。

——而要是一位演员,经历了伤心疾首及人类生来该受的无数的痛苦,最终爬到了他这一行的顶峰,他又决不能忍受有另一位竞争对手觊觎他的宝座:做老二、甚至跟另一个人平起平坐实际上意味着一无所有。他开始关注谁可能继承他的王位,神经质地紧握着虚幻的"权杖"不放。但很有可能就在他即将得到垂涎已久的第一名的位置的瞬间,一名意想不到的竞争者捷足先登,抢走了奖品,使他不得不一切从头开始。每有什么传言冒出了一个演艺新星,他就心惊胆战。"住在猫耳朵里的老鼠"①似乎也比他安全。他害怕任何一点反对他的迹象,无法忍受带责备的表扬。怀疑就是侮辱,细析就是贬低。他甚至不敢看剧评,除非别人先替他过目,确定于他无碍;要是他每晚上演不能满座,便吃睡不香。而要是这些不幸都没有发生,酒醉饭饱之后,他又会对那些无休止的捧场感到厌倦,对自己的职业感到不满,又想成为什么别的人物,例如作家啦,收藏家啦,古典学者啦,等等的有明知灼见之人,每说一个字都要掂掂分量,而每说一半就要吞回另一半,否则只要有一点说滑了嘴,别人就会传言,怎么这位某某先生的智力就

---

① 见韦伯斯特的《莫尔斐公爵夫人》。——原注。

像个戏子似的？要是有什么人从他那虚荣心中得到的不是痛苦多于欢乐，那这个人，按照卢梭的说法，就一定是个傻瓜。汤顿附近住着一位乡绅，他花了毕生精力，从一些二流画家的作品中临摹了几百幅画，这些画在他死后被邻家一位从男爵一股脑儿全买走了，看来这位爵爷一定是遇上了鬼，才会劝他这样做。

威尔逊的一幅小画挂在不起眼的角落里，逃过了这位艺术家的眼光，而被布里斯特尔一个画商用三个几尼买走了；而大厅里其他那些乱七八糟的赝品，连同画框一起，却卖到了每幅三十、四十、六十、以至一百达克特①。我有一位朋友见到了一幅非常精致的卡纳莱托②，但毁损得很奇怪。画面上部的天空被乱涂一气，抹上了斑斑驳驳的云彩。当问起画主人是否在上面搞了什么名堂时，得到的回答是，一位绅士，附近一位伟大的画家，在上面作了某些润饰。真是热昏！而这位候补大画家要是知道自然命运希望他干什么的话，完全可以痛痛快快地去玩一场猎狐游戏或做他的治安法官。有一位某某小姐，谁也无法说服她从英格兰西部一个小乡镇的舞台上退下来。人们减了她的工资，丑化她的为人，嘲笑她的演技——可这一切都没用，她非要做一个演员，要她像以前那样做一个衣

---

① 达克特：与上面的几尼一样，都是金币名。两者币值相近。
② 卡纳莱托（Antonio Canalettto, 1697—1768）：威尼斯画家。

帽商,她才不干呢!

还要举什么例子吗?同一家剧团里有一个男演员,一次因为发疟疾,一位药剂师去看他,向女房东问起他是怎么过日子的。女房东回答说,这个年轻人安静极了,从不闹什么麻烦。他每餐一般只吃一盘土豆泥,整天躺在床上,背他的台词。还有一对年轻恋人,不管从哪方面看都是很可爱很该帮助的一对,他们要结婚了,驻地某团的长官发了话,要为他们举行义演,以支付结婚登记和结婚戒指的费用,但那晚收入的钱还不够所需的数,我怕他俩至今仍是童男童女呢!哦,真希望有霍加斯或维尔基①的画笔,来画下某剧团演出喜剧时的伟大力量,他们在排成《克兰迪斯汀的婚礼》②里的战斗队形时,居然会把眼睛扫向后厅,扫向包厢,扫向正座,以确保他们满足了人们对于理想的永久的爱,及喜欢打扮得鲜亮光洁、在众人眼前过节日的欲望,而不是龟缩在家,只想着自己的事!

即使在人们日常生活中,诸如爱情、友谊和婚姻,要是我们把幸福寄托在别人手上,那是何等的不可靠啊!我见到大多数所谓的朋友后来变成了死敌,或者冷冰冰的熟人。老的朋友,就是吃得太经常的菜,早就失去了其完整性及特有的风

---

① 维尔基(Sir David Wilkie,1775—1814):苏格兰风俗画家。
② 《克兰迪斯汀的婚礼》:英国剧作家大柯尔曼(George Colman the Elder)和著名演员加里克(David Carrick)合作的喜剧,1776年上演。

味。有人看到美人禁不住要赞叹,要爱慕;有人从小说、从诗歌、从戏剧看到了美女的神奇魅力,这些都没错,可是千万别坠入爱河,因为那样他就成了"一个女孩的宝贝"。我很想重复《米兰德拉》一剧中的话——

>她沿着长廊飘曳而去,
>
>就像一头小鹿,只是更具威严。
>
>听不见半点儿音响,
>
>也没点儿回声,知道她踩在哪边。
>
>寂静,只是寂静,
>
>使她飘过的每个身影都显得神圣不凡。①

但不管描写得多么美,我还是不要遇见她本人为好!

>苍蝇吸糖水,
>
>终被糖水粘。
>
>彼惹女子者,
>
>下场定更惨。②

---

① 《米兰德拉》:英国诗人康沃尔(Barry Cornwall,其真名为 Brian Waller Procter)写的剧本。所引见该剧第一幕。
② 见盖伊的戏剧《乞丐的歌剧》第二幕第四场。

这支歌不是我写的,是盖伊写的,真可谓甘苦自知。世上这么多人结婚或者别人要他们结婚,可是有多少人是跟他愿拿整个世界去换的人结婚的!恐怕大多数婚姻是因为方便,因为偶然,因为朋友介绍,有人是因为害怕这种场合(这也并不罕见),有人则是因为对这种事感到厌恶,最后还有某种命运的捉弄。但婚姻关系一旦建立,它就是终身的,不可动摇的,除了死亡或者把你弄得身败名裂。到了此时,人不再是为自己活着,而是不由自主地将身心都拴到另一个人身上去了,"因为生和死总是不成比例的"。

因此弥尔顿也许是出于他自身的经历,让亚当在绝望中愤愤地唱出:

要就是

他总找不到心上人,
不是厄运,就是误会;
要就是他渴望的总得不到,
由于她的执拗,结果眼睁睁地看着
她落入远逊于己的人的怀抱,
要就是她也爱他,但被父母所阻;
要就是他的幸福时刻来得太迟,
心上人已经与他最可怕的敌人结为连理。

>他的悔恨,他的羞辱,
>
>>给人类带来了无穷灾难,给家庭也
>
>带来了不安。[①]

要是一见钟情是双向的,或者经过努力可以撮合;要是炽热的感情不老遇到冷嘲热讽;要是那么多的恋人,不管是早于还是晚于《堂吉诃德》里的那个疯子,没有"崇拜雕像,追逐风雨,向沙漠大叫";要是友谊能够永恒;要是美德就是名声,而名声就是健康、财富和长寿;要是世人尊重的是自觉而真诚的对美德的追求,而不是那些花里胡哨的表面东西——那么我一定会赞成,人该为别人活着而不该为自己活着。但在目前的情况下,我只能持相反的意见[②]。

>我不爱这个世界,世界也不爱我;
>我不会对丑恶的东西溜须拍马,
>也不会对种种偶像轻屈双膝;
>我不会厚着脸皮,强作欢笑,

---

① 引自弥尔顿《失乐园》第十章。
② 申斯通与格雷二人,一个装作是为自己活,而另一个确实这样做。格雷拼命躲避公众的注意,甚至在著作上都不愿附上自己的画像,以便能自己思考问题,自寻乐趣;申斯通装作独居,却很易被人找到;一个真诚地想退隐以享受闲暇和安静,另一个玩弄这个字眼,其实是希望人们来探访与吹捧。——原注

闲话集 | 267

也不会因为爱听回声,而大声呼叫;
在人群中我不是他们的同侪,
我在他们中间,却不属于他们;
我有一片不属于他们的思想,
既不会磨平,也不会变柔。
我不爱这个世界,世界也不爱我;
但我们可以成为公平的对手,我相信,
尽管我尚未找到,但言辞有时
就是事物——人们的愿望不会骗人,
而德行是仁慈的,不是为了
替失意者编织罗网。对于他人的悲哀,
我相信有的是真的悲哀;
其中有两个,或者一个,同他们看起来一样,
善良不是名,幸福不是梦①。

美妙的诗句凝聚了乖张的厌世者的精神,但是,如果那些下三流的散文作家认为因此他们就可以跟世界对话,或者用欺诈手段来对付,那他们就要倒霉了。

公众真要惹恼了我,我定会竭尽嬉笑怒骂之能事,一如

---

① 见拜伦《恰尔德·哈罗德》第三章。

本·琼生当日为自己剧本写下的开场白。我想我会用一些漂亮的套话,大概像下文的样子:

"公众"是最卑劣、最愚蠢、最胆小、最可鄙、最自私、最嫉妒成性,也是最忘恩负义的动物。它是最大的胆小鬼,因为它连自己都怕。由于自身过于庞大难以操作,它害怕受到最小的指责,只要用小指头一戳就会像云母片一样摇落。面对自己的影子它也像惊弓之鸟,就像哈兹山的那个人一样[1],听到自己的名字也浑身发抖。它的嘴像狮子那么大,但胆子却像兔子那么小,整天竖起耳朵,睁着警觉的眼睛,谛听着有什么可怕的声响。它连自己的意见都怕,因此从来不想去形成,而只是匆匆忙忙地听到什么谣传就赶快利用,生怕迟了就赶不上趟,然后不厌其烦地大声重复直到把自己的耳朵都震聋。

老想着"公众会怎么想",使公众根本不去想,实际上成了某家个人意见的符咒,简而言之,哪个人皮最厚,敢于把自己的胡编瞎猜、甚至私下传言首先公之于众,"公众"就听他的。一人说了人人都听见,而人人都知道等于人人都相信,此时还有什么细微的不同声音想说理,就必然会淹没在空洞模糊、连篇累牍的报道中。也许我们相信,也知道人家说的不一定是真的,但我们知道或想象别人都相信,因而就不敢持不同意

---

[1] 赫兹里特指的是勃洛根的海市蜃楼,人、房子等的影子被夕阳投射到东方朦胧的地平线上。

见,或者懒得跟人家去争论,因而就宁可放弃自以为是孤单的内心真实想法,而去相信另一种声音,无需事实,无需证据,往往无需任何动机。不,还不仅仅如此。有时我们不但相信并且知道某事是错的,而且知道别人也相信并知道此事是错的,他们同样是受了蒙骗,而且他们也看到像机械的木偶一样在动作,但只要谁有本事或权力,就会利用一句时髦话或化名,或者就是借着厚颜无耻,去控制公众舆论,让全世界都相信并且重复全世界都知道是假的事情。耳朵总比判断来得快。我们知道有人说了什么,也当即知道这在他人的想象中产生了某种效果,但由于机械的同情心或者缺乏足够的持不同意见精神,我们就认同了他们的偏见。

公众舆论并非建立在广泛和坚实的基础,亦即某一社团全部思想和感情之上的,因而它总是极度浅薄,微不足道,变化无常,它不过是瞬间的泡沫,因此我们大可说公众本身并不是公众舆论的发起者,而是受害者。公众是脆弱的,因而既卑怯又胆小,它自知不过是个笨蛋而已,没有人提建议,它不会有自己的任何看法;而公众又不愿让人当作刚刚学步的幼儿,希望别人把他们的决定看得同样聪明有力。公众喜欢上一样东西很快,而抛弃它则更快,两者都为了证明自己头脑灵敏。

公众通常分成两大派,双方都认为对方缺少常识,又不诚实。他们既读《爱丁堡评论》,又读《每季评论》,两者都相信,否则要是对一家有所怀疑,好恶就会使天平失衡。泰勒和赫西①告诉我《莎士比亚戏剧中的人物》一书三个月里售出了两版,但自从《每季评论》登了文章之后,一本都没有卖出去过。公众既然这样容易受到启发,他们应该懂得是谁在攻击这本书,其目的又何在。可见使公众放弃自身观点的,不是因为无知,而是因为胆小。《爱丁堡评论》有一班恶作剧的批评家给一两个大城市出身的作家戴上了"伦敦佬派"②这项帽子,所有的伦敦人都不敢看他们的作品了,好像一看就表明他们自己也有伦敦佬的土气似的。真是勇敢的公众啊!这项帽子对其中的一人特别有效,就像一支带钩的箭扎在他心上。可怜的济慈!对城里人来说是消遣的事对他来说却意味着死亡。他年轻,多情,纤弱,就像——

> 一朵花蕾,
>
> 他的花瓣还没迎风展开,
>
> 也还没在阳光下充分展示风采,

---

① 泰勒和赫西:出版商,赫兹里特《莎士比亚戏剧中的人物》一书即是由他们出版的。
② 伦敦佬:本指伦敦城区出生的人,特别用来指当地的土腔土调。"伦敦佬派"这个词最早见于1817年的《布莱克伍德杂志》,题为《论诗歌中的伦敦佬派》,作者是 J. G. Lockhart,主要是针对诗人利·亨特的。后来这词语不胫而走,不但《布莱克伍德杂志》用,《每季评论》也用来攻击济慈、兰姆、雪莱、赫兹里特等人。本文提到的对济慈的攻击指《布莱克伍德杂志》1818年8月和《每季评论》1818年4月号(9月份出版)上的文章。很多人撰文谈到这些文章对济慈健康和身体的影响。赫兹里特也同意拜伦的意见,认为这导致了济慈的死亡。

> 就遭到了嫉妒成性的蛀虫的噬害,——

他既然无法忍受罪恶的狂呼和白痴般的傻笑,就只能结束自己的生命,在国外。

公众,一方面无知、糊涂、好说话,另一方面同样突出的是爱眼红及无情无义,是"一群负义汉"。公众读的,欣赏的,大唱赞歌的,只是因为那是流行的,并非因为他们真喜欢那个人或那件事。他们把你捧到天上或贬到地下完全是任意和轻率的。要是你让他们高兴了,他们会因自己在不知不觉中发现的你的优点而嫉妒,于是一有什么机会或什么借口,就紧紧抓住不放,跟你吵上一架,以保持"收支相抵"。每个人云亦云者都被捧成法官,每个嚼舌者都赢得众人信任,每个低级无聊的家伙都垂涎欲滴地企求什么,只因为人人都是如此;而要是发现,或是感到你跟他处于同一水平,便会兴高采烈。说到底,作家毕竟不是另一类人。公众的崇敬是强迫的,且不合潮流,而公众的诽谤是由衷的、实心实意的:因为每一个人从中体会到了自身的重要性。他们把你手脚捆起来听任你的攻击者去处置。想为自己辩护,那简直是莫大的罪孽,是对法庭的藐视,是极端无礼的举动。而一旦你证实所有对你的攻击都是不实之词,他们也从不会考虑收回错误的意见,赔偿你的损失,因为这会有损于他们的威望。他们会把自己也看成受害的一方,因为你的清白而使他们受到连累而感到愤愤然。著名的巴布·多丁顿①在朝廷失宠之后,说,他"不会在国王面前为自己辩护,因为国王陛下感到不快是应当的,而他应该相信自己是错的"!公众可不会这么谦虚。人们已经开始议论纷纷,说对苏格兰小说②的评价过高了。要这样的话,一般作家如何才能长久把头保持在水面上不被淹没呢?

依惯例,靠公众活命的终将饿死,而且还会被当作一个笑柄、永久的小丑。死后也无法解脱,还其自由之身,除非你已不再在他们的掌控之中,或者为了普通的名声他们不屑理睬你的要求。现在的公众正在莎士比亚和弥尔顿的身后,而我们的身后将是下一代活着的公众。人死之后,他们把钱放进他的棺材,为他竖立纪念碑,用一些套话庆祝他诞辰的周年。而在他活着时人们是否会注意他呢?绝对不会!我说这些,是因为有一位苏格兰人出席了一个捐款为彭斯竖立纪念碑的午宴,他说得很清楚,宁可为纪念碑捐助二十镑而不愿在诗人生前给他,因此如果诗人重新活过来,他原来怎么待他,现在仍将这么待他。这个苏格兰人很老实,而他说的,正是别人在做的。

够了,不提这些了,还是让我回到我所喜欢的湮没在无闻

---

① 巴布·多丁顿(George Bubb Dodington,1691—1762):英国政治家,1784年其遗著《日记》出版,该书对当时政治之腐败有所揭露。
② 指司各特写的一系列"韦弗利"小说,第一本出版于此文写作前七年(1716年)。

与安宁之中吧,远离世上的纷争,住到属于我自己的什么偏僻的角落或者什么遥远的地方!要真能住到遥远的地方,作为自我慰藉,我可能会带上博林布罗克《流亡散记》中的一段文章,在这段文章里他以绚烂的笔调描写了一个人能在自己身上找到的资源,这是世上任何人无法夺走的:

"我相信,上帝在世上建立了一个非常完美的秩序,在所有属于我们的东西中,只有那些最没有价值的部分才在别人意志的控制之下。最好的东西总是最安全的,在人类力量所够不到的地方,既无法施舍也不会被夺走。这就是世界或大自然的伟大而美丽的杰作,这就是人类思考和赞美世界的思想,而这些思想也正是世界的精华。这些都是我们身上不可分割的部分,只要我们拥有一个就能欣赏另一个。因比,我们尽可义无反顾地循着人生各种事件为我们开辟的道路前进。不管它把我们引向哪里,扔到什么海滩上,我们都不会是个完全的陌生人。我们将感觉同样的春去秋来,日月代序,头上是同样的苍穹,繁星满天。我们在世间各地,处处能赞叹别的星球像地球一样,循着自己的轨道,绕着太阳旋转;处处能发现更加光辉灿烂的事物,那就是广袤的宇宙空间中有着自己固定位置的星星,无数的太阳照耀并孕育着绕它们旋转的未知的世界。当我陶醉在这些想法中的时候,当我的灵魂就这样升到天空的时候,我脚踩何地,实在已无关紧要。"

独游之乐[①]

世间诸乐事中,出游是其一,但我所爱者是独游。在室内我还喜欢与人交往,而一旦出了门,有自然给我做伴就已够了,此时看起来孤独,其实并不,因为——

> 旷野兮我之书斋,
> 山水兮我之书卷。[②]

有人喜欢边走边高谈阔论,我实在看不到这有什么高明。到了乡间就应该随俗生活。离城赴乡,本来就不是为了对乡间的事物说三道四,而是为了忘掉城市及与之有关的一切。确实有这样的人,他想去乡间,来到了湖滨海岸,但却同时把整个都市生活的习惯带了去,这与留在城里又有什么区别?我的出游是为寻求更多的空间与较少的干扰,我喜欢独处,而且是为独处而求独处。我也不喜欢诗中说的,

> 退隐觅知音,
> 相与赞孤寂。③

出游的宗旨,是为了寻求自由,彻底的自由:思想自由,感觉自由,行动自由,摆脱种种羁绊与不便。为了自由,我连自己都想抛开,怎么还顾得到别人! 我们之所以暂离城镇,丝毫不担心独处,就是为了能够静下心来,思考一些与日常生活无关的问题。而只有在这时,思想才能

> 重梳整兮羽毛,
> 奋六翮兮高蹈,④
> 奔九天兮逍遥。

我不想在马车里与朋友一边互换什么可口的食品,一边变着法儿地重复说过不知多少遍的老题目,相反,我想冒昧地说一声,停止这一切吧! 我向往的是:头顶晴日蓝天,脚踩绿茵似毯,前途小径弯弯,漫步半天,且尝饕餮美餐。继之以悠

---

① 选自《闲话集》。
② 引自英国诗人罗伯特·布龙菲尔德(Robert Bloomfield)的《农夫之子·春》一诗。
③ 引自英国诗人威廉·柯珀的诗《隐居》。
④ 引自弥尔顿的诗《宴神》。

思远远!草原上荒无人烟,正是我纵情之时:我大笑,我狂奔,我跳跃,我欢唱。注视着滚滚而来的白云,我会一翻身跃入过去,沉湎于往事的回想,就像黝黑的印第安人一头跃入碧波,海浪就会把他送回故乡。此时,往事纷呈,琳琅满目,仿佛沉船里的宝贝重现。我的思想,我的感觉,会把我带回过去的时光。这里的一片寂静,不是那种尴尬的沉默,要靠即时式的小聪明或傻乎乎的大实话来打破;而是一种心底的宁静,本身就充满着千言万语。对于双关、头韵、对仗、论辩、分析这些文字技巧,我之喜欢并不亚于任何人,但此时我连这些都不想,"让我,哦,让我清静清静吧!"[①]我此时忙的是别的事,这在你看来也许很无聊,但于我却良心攸关。野生的玫瑰没有人去品评,难道就不香了?而这枝雏菊花,穿着可爱的翠衣,为什么不能跃入我的心房?这些事件件使我心醉,而向你一一解释,你不过一笑了之。既然如此,把这种感觉留给我自己岂不更好?跟前的景物,由近处而及远山,由远山而及天边,且容我独自从容消受。我的这番行径,人们肯定避之唯恐不远,因此倒不如由我自身独往。

听说有时兴之所至,你们也会一个人驱车或徒步外出,但却会一路想着,这样做有悖礼节,也太不顾别人,该赶快回到

---

① 引自托马斯·格雷的诗《奥丁神的降临》。

大伙儿中间。我说,停止这种半心半意的交往吧。要我的话,要就一人独处,要就由人摆布;要就滔滔不绝,要就缄默不语;要就出门游历,要就端坐安处;要就广交朋友,要就离群索居。科贝特先生说起,"边喝酒边吃饭,这是法国人的陋习,英国人该一件一件事地做",此话大获我心。因此,我无法边说话边思索,或者一会儿冥思苦想一会儿谈笑风生。斯特恩说,"请给我一个对胃口的朋友,即使他只说些太阳斜了影子便拉长之类的话。"话诚然不错,但在我看来,老说些不痛不痒的话也会干扰心灵对事物的自然感受,而且会破坏情绪。如果你只是以哑剧的形式向人家暗示你的感受,那当然使人乏味;而要是不得不把感受说出来,这更是把乐事变成了苦差。谁能够一边阅读着自然,一边顾着他人,絮絮地译介个没完?

就旅游而言,我觉得总体感受比吉光片羽要好,随感随记,待事后再去整理剖析。朦胧的感受像蓟草的茸毛那样在风前飞舞,那不是很好吗?何必非要辩个明白,就像让那些茸毛羁绊在荆棘丛呢?要想完全拥有自己的感受,只有独自一人,或者周围是些与你毫不相干的旅伴。就什么问题与随便什么人边争边走个十里二十里,这我毫不介意,可这不是为了寻求乐趣。比如你赞美路对面的豌豆地如何如何香,而旅伴可能正好嗅觉欠灵;你指点着远方某处大发议论,而旅伴却是个近视眼,不得不取出眼镜来装模作样地看。空气中有某种感觉,云彩中有某种色调,你心有所感而口难表述,此时两人便无法取得共鸣,而你又想去苦苦追寻,结果只好一路不快,最终大为扫兴。而人跟自己却从不会吵架,对自己的结论也从不会怀疑,除非有人反对,必须找出理由来辩护。这倒不仅仅因为人们对眼前种种事物的观感未必一致,而是因为触景生情,引起的联想实在过于精妙,难以一一传诸他人。但是我却非常喜欢这种联想,并且希望摆脱他人去捕捉它。勉强屈己以从众,这未免过于大方而且矫揉造作;另一方面,要把自己在各个瞬间的神奇妙思随时向他人解释,并要求人人都跟你具有同感,这也实在难以做到。可以意会,不可言传,仅此足矣。

不过我的老友柯勒律治却有两者并举的本事,既能意会,又能言传。他能在一个美好夏日的山边谷间,以最轻松愉快的方式说上一整天,把美丽的风景转化为一篇教训诗或一首品达体颂歌。"他说起来远比唱歌动听"[①]。要是我也能用优美动听的词语来包装我的思想,说不定我也会希望有人在我身边,为我的长篇大论唱赞歌;要不,像在奥福克斯顿[②]树林里那样,让我再重聆他回肠荡气的嗓音吧,那就更使人心满意足

---

① 引自英国剧作家博蒙特和弗莱彻合作的悲喜剧《菲拉斯特》。
② 奥福克斯顿:在英国圣奥宾斯,其时诗人华兹华斯住在那里。诗人柯勒律治住在附近的内瑟·斯多伊。作者曾与柯氏一起去访问过华氏,在那里,柯氏为作者朗诵过《贝蒂·福伊》这首歌谣。详见本书《诗人初晤记》一文。

了。那些树林也沾染了这位一流诗人的逸兴,要再能配上什么稀世乐器的话,定能奏出如下的美妙乐章:①

> 此地有绿树婆娑,空气芬芳,
> 春风兮轻拂,微波兮荡漾,
> 繁花兮似锦,缤纷兮怒放;
> 此地有新意盎然,山泉清冷,
> 亭台兮半露,林木兮掩妆,
> 岩洞兮深邃,溪流兮谷长。
> 且任君兮所憩,子伴坐兮低唱,
> 采芳草兮结环,约君指兮修长,
> 为君述兮旧事,意缠绵兮情长,
> 昔菲比兮行猎,绿荫映彼容光,
> 初识恩迪米恩,年少美貌情郎。
> 眸子盼兮流光,欲火炽兮焰长。
> 饰罂粟兮双鬓,催情郎兮梦乡。
> 施妙手兮暗运,迁崔嵬兮高冈。
> 借神光兮乃兄,金碧灿兮辉煌。
> 接唇吻兮相亲,夜复夜兮未央。

---

① 以下诗句引自弗莱彻的剧本《忠诚的牧羊女》。菲比为神话中之月亮女神,爱上了牧童恩迪米恩。

要是我也有这样美丽的词藻与意象,我也会试图唤醒沉睡在晚霞金边里的奇思妙想,但是在迷人的自然景色面前,我的想像力变得如此苍白无能,就像日落前的花朵,合上了叶瓣。面对美景我常常目瞪口呆,我需要时间来重整当时的印象。

总之,任何妙语都只会破坏野外的兴致,它只适合留待席间的闲谈。由此看来,兰姆是最好的室内谈友,却是最差的野外旅伴。退一步言,如果旅途中一定要谈什么的话,那只有一件事,就是晚上宿夜前吃什么。野外的气氛有助于讨论这一问题,甚至不妨引起争论,因为这会使胃口大开,旅途中每多走一里都会使旅途后的晚餐增添一分滋味。试想,夜幕将垂,古城初临,墙堞苍朴,塔楼依然;或是郊行失途,荒村偶现,四围黝然,孤灯独明,然后舒其筋骨,据案而坐。令店主罄其所有,美肴野味,杂陈于前,此情此景,人何以堪!人生的这些重大时刻实在太珍贵、太充实、太幸福了,只能独自领会而无法与人分享。要是我,就要把这些感受全部独吞,挤榨它们,直到最后一滴:因为到将来,它们仍是谈资和写作素材。喝下一大碗滚滚的热茶,"那种只会提神而不致喝醉的饮料",在热气散发到大脑之际,坐在餐桌边,想着即将上桌的美味,是鸡蛋火腿、葱烤兔肉,还是精制的炸小牛肉?这样的猜测实在太有意思了。有一次这样的场合,桑丘竟要了一份牛蹄,但这不

闲话集 | 281

能怪他,他是没有办法。接着,在浏览周围的壁画和沉湎于项狄式的遐想之余,谛听厨间传来的忙乱声响。"啊,你们这些亵渎神圣的人!"①这些时刻何等神圣,实是沉思默想的最好时光,弥足珍贵的记忆,留待他日重思,发为微笑。

这样的时光,我绝不愿浪费在闲谈之中,要是思路必须打断,我也宁肯是被生人而不是被朋友。此时此地,陌生人自有其情趣,他是旅店整个装饰和情调的一部分。要是他是贵格会教徒②,或来自约克郡西区③,那就更好了,我根本无需与他取得同感,他对我的思路也毫无损伤。除了当前的事物和正在发生的事,我跟他别无可谈;他对我和我的事一无所知,这样,在某种程度上,我也就会忘了自己。可是朋友就不同了,他会使我想起别的事情,撕开旧日的伤痛,无法超然面对美景。朋友总横在我们与想象中的自己之间,说着说着就会不由得暴露出你的身份与职业;要是你跟某个了解你一生中不那么光彩的事的人在一起,那似乎马上众人皆知。你不再是一个四海漂流之人,你置身户外的自由重又落入羁绊。

旅店中的隐姓埋名制实有一大优点,可使人重新拥有"自主之身,不受名姓之累"。摆脱了世事和公众舆论的种种桎

---

① 原文是拉丁文:Procul, Oprocal este profani!
② 贵格会重默祷和内省,不以多言为事。
③ 约克郡西区当时较贫困落后,与伦敦地区的人较少共同语言,故云。

桔,面对大自然,扔掉那强加在头上、折磨人而又无时无刻不在的个人身份,真正成为自然的一员,割断与外界的一切联系,所求于天地的不过盘餐之奉,所欠于世人的无非是隔宿之费;掌声既可无求,轻蔑也可蠲免;不再有任何头衔,人所知者,"住客"而已! 这一切该有多好! 在这个各自都不明底细的浪漫场合,人人可各依所愿,随心所欲地扮演各种角色,既可朦胧地受人尊敬,亦可转而崇拜他人。偏见不存,揣测无由,人不知我,我亦不复知我。旅店使我们返朴归真,与世无争,不再是昔时的庸碌之辈!

在旅店里我确实度过了一些堪为歆羡的美好时光。有的时候真的剩我孑然一身,我就会试图解决一些哲学上的问题,例如有一次在惠瑟姆公店①,我找到了相似与概念的联想不是一回事的证据。有的时候听说旅店里有藏画,我就会毫不迟疑地举步而入。我第一次见到了格里贝林根据拉菲尔底图作的蚀刻就是在圣尼奥旅店;又有一次在威尔士边界的一家小酒店,那里正好挂有韦斯托尔的一些作品,画中人使我想起了在塞汶河上送我过渡的船家姑娘,那姑娘披着黄昏的夕阳,站在船头,与此画十分相像,我非常自得地将两者作了比较(当然是依我自己的标准而与韦氏无关)。还有的时候,我可以提

---

① 惠瑟姆公店(Witham-common):在萨默塞特郡。即下文之圣尼奥旅店。

到的是读书之乐,在旅店中读书委实别有兴味。记得在布里奇沃特,那天我淋了一天的雨,浑身湿透,在旅店里居然翻到一本《保罗与弗吉妮亚》[①],我兴致勃勃地读到深夜;也是在那里,我读完了达勃雷夫人的两卷《卡米拉》[②]。1798年4月10日,我在兰戈伦一家旅店里,一瓶雪利酒在手,就着一盆冷鸡,打开了一卷《新爱洛漪丝》[③],我精心挑选的就是圣布侣描写他在佛得州朱拉山峰上所见所感的那封信,那是我特地带来为当晚生色的:因为那天正好是我的生日,而我又是首次从附近赶来一睹这儿的名胜风采。

去兰戈伦之路在彻克和雷克斯翰一带忽然折转,循此而行,不数步,豁然开朗,谷地美景,一如置身露天舞台,尽呈眼前:两旁山峰陡立,嶙峋突兀,中间高地隆起,一马平川,"绿草芊芊,牛羊哞哞"[④],第河一曲,蜿蜒其间,溪石毕露,流水潺潺。晴光潋滟,绿波耀眼;树头苞芽初吐;柔枝轻拂水面。我顺路而行,睹此美景,欣喜之情,几不能已,口中喃喃,唯诵柯氏佳句而已。但脚底美景只是其一,在我心底展现的又是另一幅天堂般的美景,上书八个大字,大如笆斗:"自由,天赋,爱

[①] 参见《诗人初晤记》。
[②] 参见《诗人初晤记》。
[③] 本文所指为书中第四部分,信札第十七,《圣布侣致米洛尔·埃杜阿》。卢梭是欧洲文学史上最早赞美高山大川的壮丽之美的作家之一。
[④] 引自柯勒律治的诗《往岁之歌》。

情,美德"。可惜自那时以后,这幅美景已渐渐融入日常光照之中,令人不胜怅惘。真乃——

美人已杳兮不再返①。

可是有朝一日我一定要重访这迷人的地方,而且要独自前往。昔日的情怀已化作碎金残玉,面目俱非,世上还有谁能与我同享这翩翩思绪,有谁能与我分担这忧喜悲欢?我多么希望站在什么高高的峰巅,俯视那把我与往昔隔断的岁月深渊!那时我正要去拜访上面提到的那位诗人,可如今他又在何边?变化了的不仅是我,还有这世界。那时它对我是如此的新鲜,可如今已变得顽钝不化、苍老不堪。呵!苍翠的第河哟,我还是想在梦中把你寻访,跟当日一样的年轻,跟当日一样的欢乐,跟当日一样的芬芳!你永远是我的天堂圣水,容我把生命之泉自在品尝!

人之鼠目寸光、见异思迁,恐怕在旅游中表现得最为淋漓尽致。地方一变,思想遂变,连看法与感觉也跟着一起变。我们费尽心机,把自己带回已经淡忘的遥远的过去,往日的思绪恍在眼前,可是我们转眼忘了刚刚经历的情景。人的思想看

---

① 引自柯勒律治译自席勒的诗《华伦斯坦夫人之死》。

来一次只能停留在一个地方。想象这块画布的范围实在有限,画上了一批事物,其他的马上被统统掩盖。看来没有什么想象的拓展,只有观点的转移。眼前的风景向我们敞开了胸怀,我们贪婪地看啊看啊,似乎没有别的地方更加美丽、更加壮观;可是我们走过去以后,转眼就不再思念:地平线遮挡了我们的视线,也把那边的景物似梦境般从我们的记忆中擦得精光。在荒脊不毛之地旅游,便想不起森林沃原的模样,似乎全世界都如同所见的那样荒凉。到了乡间便忘了城市,而到了城市又鄙视村庄。恰似《福布龄·弗勒特爵士》一剧①中所言:"海德公园之外,只是一片沙漠。"地图上我们所没见过的地方都是空白,世界在我们头脑里也不过与果壳无异,说什么景点成线,城镇成片,邻国相接,海陆相连,一片浩瀚,无边无沿,思想所知者,仅眼前视野所及,其余均不过地图上之名称,与算术上之演算而已。举例来说,人称中国地大物博,人口众多,但这个名称对我们有何实际意义?地球仪上的这一寸见方的硬纸板,恐怕还不如"中国橙子"②跟我们更贴近。事物距离近,该多大还是多大;距离一远,就完全是心理尺寸了。宇宙的大小完全因人而异,人看自己也只见局部不见整体。而就是这样,我们记住了无数地方、无数东西。

---

① 乔治·埃思里奇所作的喜剧,一名《时髦人》。
② 即橘子。

人的头脑就像一架灵巧的乐器,可以演奏各种各样的曲调,但只能一支接着一支地来。一个念头触发起另一个念头,但同时排斥了所有其他念头。在试图唤回过去的记忆时,我们无法一如原状,和盘托出,只能抽丝剥茧,慢慢调理。我们都有过这样的经验,在故地重游时,由于不断悬想将会出现的情景,因而越接近目的地,感觉越变得真切,旧时的场景、旧时的心情、旧时的人物、旧时的面孔、旧时的名字,相隔那么多年,又一一重返记忆。但与此同时,除此以外的世界在我们眼前消失了!不过且打住,回到本题上来吧。

跟一个或几个朋友一起去看看古迹、沟渠、画展等,这我倒并不反对,而且还颇为赞成,理由同前面说的刚好相反。因为这些都是人类智慧的产物,经得起互相探讨,也不需要默默感受,大可以公开交流。索尔兹伯里平原本身无可评说,但那里的巨石阵很值得从考古、美术、哲学诸方面议论一番。结伴外出首先要考虑的是去哪里,而独自漫游要考虑的是路上会遇到什么。"心即是景"[1],何处是旅途终点并无关紧要。

我自己对艺术珍奇品颇能表示恰如其分的尊重。一次我曾携伴去牛津旅游,结果大为成功[2]。我从远处向他们展示了

---

[1] 引自弥尔顿《失乐园》第一部:"心即是景,地狱可以变成天堂,天堂也可变成地狱。"
[2] 指1810年携兰姆姐弟去牛津。

这座缪斯的圣殿,其时正——

楼阁华丽,尖塔辉煌[1]。

我还向他们一一介绍各个学院、厅堂,芳草如茵的四方庭院与厚重石墙,以及从中透出的浓郁书香;到了博德雷恩图书馆[2]我更是熟悉,历历如数家珍;而在布莱尼姆宫[3],我更使我们的向导相形见绌,他挥舞着指挥棒在那些稀世名作前乱戳乱点,却全是隔靴搔痒。

以上所说,有一个例外,即要是所游之地是在国外,那么独游无伴会令人不安,因为时不时我总想能听到乡音。英国人对外国的习俗与观念总是不自觉地抱有反感,这时就需要与同伴交谈来使之化解。起初这种调剂还只是偶然想想而已,随着去国日远,就会变得越来越强烈以至不可或缺。独自处在阿拉伯沙漠,身边没有朋友,没有本国人,会使人郁闷欲死;而雅典与古罗马的气度也使人抑止不住想找什么人交谈;至于金字塔之伟大,更非一人沉思默想所能了事。在所有这

---

[1] 引自弥尔顿《失乐园》第二部。
[2] 牛津大学最大的图书馆。
[3] 在牛津附近,英国历史上著名军事家马尔伯勒公爵约翰·丘吉尔(John Churchill, 1st Duke of Marlborough)因布莱尼姆大捷而获赠的府邸,由极负盛名的建筑师尼古拉·霍克斯摩尔设计,是英国巴罗克风格的代表作之一。并以所藏艺术品丰富而著称,尤富荷兰画家鲁本斯的作品。

些场合,人的想法会变得跟平时完全不同,要是不马上找到一个伴,分享他的感觉,恐怕人也会换了一个,变成游离社会之外的怪人。

不过有一次我却没有感到这种强烈的愿望,那是我第一次踏上充满欢声笑语的法国海岸的时候①。加莱处处令人感到新鲜和喜悦,喧嚣嘈杂的声浪传入耳中,如膏如酒,沁人心脾。夕阳西下,港口边那艘破旧的船上传来水手们的歌声,似也不那么充满异乡情调。我贪婪地吸入的空气,无非是普遍的人性;我漫步法国境内,葡萄满山,欢声遍地,人民昂立而自豪。因为人的形象没有被践踏,也没有被拘牵于专制帝座的足下。甚至语言不通,也没有给我带来太大不便,因为所有伟大画派的语言对我都不陌生。然而所有这一切,现在都已消失得无影无踪;绘画啊,英雄啊,荣耀啊,自由啊,都不见了,剩下的只有波旁王朝和法国人民!

无疑,在国外旅游有一种特别的感觉,那是在别处得不到的,但是这种感觉只能图一时之快而不能久远。这是因为它与我们的联想习惯相距太远,无法成为经常谈论和引用的题目。它不过像一场梦景,与日常生活格格不入,尽管鲜活生动,总是片刻幻觉。从现实之"我"切换为理想之"我",殊属不

---

① 作者首访法国是在 1802 年,其时他崇拜的偶像拿破仑正任法兰西第一共和国的第一执政官。写作此文前一年,拿破仑于流放地死去。故文中颇有讥讽。

易；而要使昔日忘情之我强烈重现，则必须"跃过"当前的种种舒适及与周围之联系。

人性浪漫好游，但其实很难归化。约翰生博士就说过，那些出过国的人的海外阅历，其实无补其言谈能力。在国外的日子确实有趣而有益，只是似乎与我们的实际生活脱节，而且衔接不上。一旦身居国外，我们即非自我，而成了不相干之他人，纵为众人所艳羡，但已自外于友，甚或自外于己。故诗人①曾作怪语云：

行行千里外，
辞国复辞己。

人有悲痛需要排解，不妨暂居国外，以免触景生情、睹物思人；但人生之使命只有在父母之邦方能完成。据此而言，我极愿终生在国外旅游，但条件是，必须再假我一生，俾我此后在国内度过！

---

① 指柯勒律治。

William Hazlitt
TABLE TALK AND OTHER ESSAYS

图书在版编目（CIP）数据

闲话集：赫兹里特随笔 /（英）威廉·赫兹里特
(William Hazlitt)著；潘文国译.-- 上海：上海译
文出版社，2024.8.--（译文经典）.-- ISBN 978-7
-5327-9527-7

Ⅰ．I712.65

中国国家版本馆 CIP 数据核字第 20240QZ274 号

闲话集

[英] 威廉·赫兹里特 著 潘文国 译
责任编辑 / 顾 真 装帧设计 / 张志全工作室

上海译文出版社有限公司出版、发行
网址：www.yiwen.com.cn
201101 上海市闵行区号景路 159 弄 B 座
山东韵杰文化科技有限公司印刷

开本 787×1092 1/32 印张 13 插页 8 字数 145,000
2024 年 8 月第 1 版 2024 年 8 月第 1 次印刷
印数：0,001—5,000 册

ISBN 978 - 7 - 5327 - 9527 - 7/I · 5964
定价：58.00 元

本书中文简体字专有出版权归本社独家所有，非经本社同意不得转载、摘编或复制
如有质量问题，请与承印厂质量科联系。T: 0533 - 8510898